光文社文庫

エンドレス・スリープ

辻　寛之

光　文　社

目次

エンドレス・スリープ

1

――二〇一九年五月十三日　月曜日

午後三時半。空は晴れて海は穏やかに凪《な》いでいた。目の前の風景とは裏腹に、背後が騒がしい。矢島哲也《やじまてつや》は湾岸署《わんがんしょ》から臨場《りんじょう》したが、現場にはまだ入れなかった。大井水産物埠頭《おおいすいさんぶつふとう》に隣接する冷凍倉庫。そこが火災発生現場だった。消防車、救急車、パトカーが現場前に無造作に駐められている。火災事故は被害も甚大で、それ故に関わる行政機関や司法関係機関が多い。

矢島は倉庫前から離れ、一人岸壁に向かった。目の前に海が広がっている。周囲を見渡した。埠頭に停泊しているコンテナ船からガントリークレーンがコンテナを一台ずつ吊り上げている。この距離では四十フィートのコンテナがおもちゃの箱、クレーンはまるでUFOキャッチャーのようだ。

矢島はポケットから煙草《たばこ》を取り出してくわえた。左手で風を遮《さえぎ》り、ライターで火を点《つ》ける。炎が風に吹かれ大きく揺れる。海から吹く強い風が手に当たり、煙草の先端が赤く染まった。酸素は十分、さぞやよく燃えただろう。振り返って現場を眺めた。巨大なコンクリートの壁が黒い煤《すす》で染まっている。五階建ての冷凍倉庫の上層階には工事現場の足場が組まれ、その一部が焼け焦げている。ニュースでは出火原因は冷凍設備のメンテナンス工事での失火ではないかと報道されていた。放火の可能性もゼロではないが、事故の可能性が高い。

煙草をふかしていると、倉庫に横付けした警察車両から女性が出てきた。こっちを睨《にら》みつけている。矢島は吸いかけの煙草を海に放り投げた。

「矢島警部補、火災現場で喫煙はやめてください」

湾岸署刑事課強行犯係の巡査部長、的場《まとば》恭子《きようこ》が矢島に指を突きつけた。三年前に刑事課に配属になった矢島の後輩だ。若いくせに口うるさい。

「煙草一本くらいで、うるせえこと言うな」

「まだ消火が終わったばかりですよ」

「アカウマの線はあんのか」

アカウマは放火犯を指す警察の隠語だ。火災の原因の八割が放火だというが、矢島にはどうでもいい情報だった。事件は一つひとつ違う。現場を見なければわからない。

「消防の情報でも大方事故という見方です。火災はメンテナンス工事をしていた屋上付近で発生。階下に広がり、建物の最上階まで延焼しました。消火活動が終わったのでこれから現場検証が始まります」

「消防も入るのか」

「もちろんです。東京消防庁の火災調査官との合同調査です」

大井埠頭で発生した火災事故現場には機捜（機動捜査隊）に続いて、大井埠頭を管轄する湾岸署の刑事課強行犯係が臨場していた。火災事故は消防と警察が協力して原因調査をすることになっている。死傷者の有無、出火原因の特定、事件性の検証など消防署の火災調査官とともに警察が捜査に当たる。

「被害の範囲は？」

「五階建ての建物の屋上と最上階が全焼です」

矢島はここに来る途中、スマホで火災のあった倉庫会社を調べた。丸神《まるがみ》ロジスティクス大井第一物流センター。丸神ロジグループは国内でも屈指の低温保管物流企業だ。グループ十五社、売上高二千五百億円、低温物流拠点網と全国を網羅する輸配送ネットワークを持つ。

東日本の玄関口である臨海エリアに位置しているため、海外からの輸入貨物の取り扱いが多い。通関業務を代行する乙仲《おつなか》、港湾エリア内の配送、保管、さらに通関後の国内配送など、一連の物流業務を丸神ロジグループが担っている。

矢島は的場の後について倉庫に向かった。歩きながら的場に質問した。

「死傷者は？」

「今のところ確認されていません」

「これだけ派手に燃えたにしちゃあ、不思議だな」

「先に臨場した機捜の刑事もそう言っていました」

警察車両が列をなし、地域課の警察官が現場保全のために動いている。その横で消防関係者が消火活動の後始末をしていた。放水ホースの回収をする消防士たちが忙《せわ》しなく動いている。

矢島が捜査車両に戻ると、強行犯係係長の袴田幸雄《はかまだゆきお》が眉をひそめて立っていた。

「どこに行っていた。鑑識も消防もお揃いだぞ」

捜査車両の周辺にブルーの制服を身に着けた東京消防庁の火災調査官が三名、湾岸署の鑑識係五名、署員数名が建物の前で待機している。

「消防から何か情報はありましたか」

「さっき消防の連中と会ってきた」

袴田はやや不機嫌そうに話した。

「出火元は冷却システムもしくは、外壁工事、いずれかのようだ。メンテナンス作業のために冷却機の施工会社が工事をしていたそうで、出火の原因は冷媒のアンモニアの可能性が高い」

矢島の知っている限りでは、冷凍機器の冷媒は環境問題への配慮から脱フロン化が進んでおり、自然冷媒を採用するケースが多い。自然冷媒にはアンモニアが使われる。アンモニアは毒性・可燃性が高く取り扱いが難しい。

「施工会社の作業員に、被害は出ていないんですか」

「今のところ軽い火傷だけだ。施工を担当した横山《よこやま》エンジニアリングは作業の一部を下請けに委託していたそうだ。こういう時は下請けが必ず損をする。俺たちと同じだな」

消防が主体となって調査する火災事故は所轄に任されている。袴田はそれを不満に感じているのだろう。

「本庁は人を出さないんですか」

「今のところはな。死体でも見つかれば、出張《でば》ってくるだろうがな」

死傷者なしであれば、火災調査が主体となる。現場検証に鑑識は入るが、調査の主導権は消防が握るだろう。

矢島は消防車両に目を向けた。

「そろそろ、始まるみたいですね」

青い制服の消防庁火災調査官たちが先陣を切って、建物に入っていく。傍らには防寒服を着た倉庫会社の社員もいた。

「中に入るぞ」

袴田を先頭に刑事課、鑑識らの警察組が順番に倉庫に入った。一行は何組かに分かれ、エレベーターに乗った。幸い電源は生きているようだ。倉庫内の灯《あか》りや空調は動いていた。

エレベーターは五階で止まった。この階の上、冷却装置が設置された建物の屋上部分が火災発生現場だ。

エレベーターを降りて倉庫棟につながる分厚い扉を抜ける。火災発生後というのに、保冷された部屋から冷気が流れてきた。15℃の冷蔵温度帯が保持された作業場を歩いた。コンクリートの厚い壁で外部と遮断された庫内は密閉性が高く、冷気が足元から体を冷やす。加えて乾燥した空気で喉がやられそうだ。

倉庫会社の職員が指さす現場は五十メートルほど先で、黒い煤が壁にべっとりついていた。激しい煙と炎が気密性の高い空間で暴れたように、現場は壁や床が変色し、段ボールの残骸や熱で変形したパレットが散らばっていた。倉庫の職員が歩きながら、説明する。

「冷凍機への引火で六つある保管庫のうち、二つが止まりました」

保管庫の中には荷主から寄託された冷凍品が保管されている。冷凍機が止まれば、荷物は解凍されてしまい、商品価値を失う。

この場所は通電しておらず、天井の灯りも消えている。さらに奥に進むと火災の被害が酷《ひど》い場所に着いた。湿っぽいすえた臭いに焦げ臭さが混じる。むきだしのコンクリートの壁は真っ黒に変わり、床は塗料が剝《は》げて、たわんでいる。かなりの熱と煙が倉庫内に充満したのだろう。これで死傷者が出なかったのは幸運だった。

先を歩く職員が懐中電灯を点け、光を階段に当てて説明した。

「この階段から屋上に上がれます」

職員は手すりのついた階段を上って行った。

矢島はその場に残り、半壊した入出庫口を持っていたペンライトで照らした。コンピューターで制御された可動式のラックが採用されており、保管庫の入口に設置されたパネルを操作して自動で入出庫ができるシステムになっている。保管庫の中の様子が気になった。被害状況もそうだが、冷凍品が火災の熱で解凍され、臭気を発している。その中にわずかだが気になる臭いが混じっていた。

「矢島さん、屋上に行きますよ」

的場の声が聞こえたが、矢島は気にせず、背中をかがめ庫内に入った。

天井まではゆうに五メートルはあるだろうか。金属製の可動式のラックにパレットが敷かれ、段ボールが積まれている。ほとんどが解凍による水濡《ぬ》れで変形し、潰れている。どの段ボールも大きい。サイズはばらばらだが、一様に潰れた箱が大量に並んでいた。

「矢島さん、何しているんですか」

的場の声が聞こえた。矢島の姿が消えたので戻ってきたようだ。矢島はあきれる的場を気に留めず、質問した。

「ここにある冷凍品って何だと思う」

「さあ、わかりません、なんだか魚の臭いがしますね。きっと水産物ですよ」

矢島はラックの中に収まっている段ボールを見た。隙間からビニール袋が見えた。段ボールを剥ぎ取り、中のビニールを引き出す。ぬるりとした感触とともに冷凍された魚らしきものが見えた。やはり水産物のようだ。一つのラックに二十箱程度、それが十以上ある。それなりの被害総額になりそうだ。

「矢島さん、もう行きましょう。次の現場はこの上ですよ」

ちょうどこの保管庫の上が火災発生現場のようだ。

「わかった。出よう」

矢島が引き返そうとした時、庫内の片隅に目が向いた。可動ラックに、大きな段ボールが並んでいる。剝がれかけた段ボールには他の荷物と違い、ケースのようなものが入っている。矢島はラックの隙間を通り、段ボールの近くまで寄った。

「これは――」

思わず声が出た。ケースは特殊なプラスチックのような素材だ。容器が溶けた部分の隙間に何か黒いものが挟まっている。まさか――。

矢島は段ボールを剝がし、中のケースを見た。長さ二メートル程度、高さは五十センチ、大きさといい形といい、まるで棺桶《かんおけ》だ。マグロを入れるにしては少々厳重すぎる。上部が大きなフタとなっており、持ち上げられそうだ。箱の側面を軽く叩《たた》き、フタを取り外した。

――やはりそうだ。

人間だ。ビニール袋に収まったマネキンのようだが、間違いない。これは死体だ。どうやらこの死体は女性のようだ。髪が乱れて、ケースの隙間からこぼれている。破損した隙間から見えたのは、毛髪だった。同じような段ボールがあと四つ、つまり、死体は五つ。

矢島は外に聞こえるように声を張り上げた。

「的場、とんでもないものが見つかったぞ！　早く来い！」

2

午後四時五十分、本庁から捜査一課の管理官をはじめ刑事、鑑識が向かっているという報告が入った。身元不明の死体が五体も見つかったとなれば、大量殺人の可能性も考えられる。本庁扱いとなり、捜査本部が立つ。

倉庫屋上スペースでは消防が中心となり、現場検証が続いていた。その真下部分の五階、保管庫周辺では地域課の警官たちが、黄色い規制線とブルーシートで現場保全を進めている。

現場で鑑識チーム主任の瀬田《せた》の大声が聞こえた。矢島は的場と顔を見合わせ、もう一度庫内に入った。

庫内には解凍された冷凍品の臭気と湿気が満ちていた。火災発生が午後二時前、一時間以上は高温に晒《さら》されていたことになる。死体には傷みが出始めているはずで、早い段階での検視、解剖が必要となる。

死体の発見場所付近に瀬田他数名の鑑識がいた。倉庫会社の社員数名と話し込んでいる。矢島が瀬田に声をかけた。

「どうしたんだ」

瀬田が矢島に気づいて、話を中断した。

「死体を司法解剖するために外に出したいと申し出たんだが——」

瀬田は視線を職員に向けた。

「このエリアに保管してある荷物は保税扱いです。外に出すと関税法に違反します」

保税扱い。つまり、ここにある荷物は外国貨物ということか。瀬田が反論する。

「これは人間の遺体だ。そんなものに関税法なんぞ関係ないだろう」

社員は瀬田の反論を受け付けず、自分には判断できません、とそれ以上取り合わなかった。揉め事の原因はわかった。要は法的に遺体を外に出すことができるかどうかが論点のようだ。矢島が間に入って、社員に聞いた。

「法的な取り扱いはこちらでも確認しますが、事件性もあるため、ここは警察に任せてもらえませんでしょうか」

社員の上司が前に出て矢島に説明した。

「私は警察関係者の方に保管エリアと荷物の所在をご説明しただけで、取り扱いをどうするか判断する立場にありません。責任者同士で話をしてください」

矢島が社員に聞いた。

「保税扱いということは、ここにある荷物には輸入に関する書類一式があるはずだが」

「もちろん通関関係の書類があるはずです。荷物の入庫番号で詳細はわかるはずです」

「でしたら、遺体が発見された荷物の入庫番号から荷主もわかりますね」

倉庫社員は言葉を詰まらせた。

「それがあの可動ラックの入庫記録が見つからないのです。そのため、荷主も不明です。いつどこから誰が運んだのかわかりません」

社員の話では、コンピューター管理された自動倉庫の場合、入庫時に付けたナンバーですべてが管理されている。冷凍倉庫に保管してある魚介類などの場合は、冷凍コンテナ船で運ばれ、倉庫に一時保管された後、通関手続きを経て、各地に出荷される。しかし、入庫記録をはじめ、荷主など必要な事項が記載された書類が一切見つからないので、遺体を倉庫から出す手続きを進めることができない、というのだ。

係長の袴田が現場に駆けつけた。

「まもなく本庁が到着する」

矢島は社員に伝えた。

「では、詳しい荷物の履歴や素性は改めてこちらでも調べさせてもらいます」

社員がその場を離れたタイミングで、矢島が袴田に事情を説明した。

「関税法絡みか。法的な手続きは本庁に判断を委ねよう。まずは現場での採証を進めよう」

袴田が言ってすぐ、捜一の腕章を付けた私服刑事と鑑識の制服を着た一行が倉庫に入ってきた。

3

午後五時半。外に出て新鮮な空気を吸った。

「矢島さん、なんでそんなに通関や倉庫業に詳しいんですか」

的場が現場を仰ぎ見るように立っていた。

「昔倉庫でバイトしてたんだよ。冷凍倉庫で荷物の入出庫を担当していた。フォークリフトの運転もできる」

「へえ、そうなんですね。フォークの矢島。またニックネームが増えましたね」

「馬鹿野郎。茶化すんじゃねえ」

的場を睨みつけながら、矢島は過去を振り返った。そういえばこれまでにもいろんなあだ名をつけられた。どれも気に入らないが、さほど気にもしなかった。

『鬼の矢島』『無敵の矢島』、そう呼ばれるようになったのは、刑事課強行犯係で殺人、放火、強盗など凶悪な犯罪で矢島が挙げた成果の証《あかし》だった。危険を顧みない無鉄砲な行動が功を奏し、数多くの事件を解決に導いた。だが、矢島の呼称には名誉も尊敬もない。同僚が陰で言っている噂《うわさ》は知っている。

「あいつは人間じゃねえ」

「化け物、ロボット、冷血漢」

「無感情、無遠慮、無関心」

そんな類《たぐ》いの侮蔑が転じて、「鬼」だの「無敵」だの言われているだけだ。何を言われても矢島は気にしなかった。刑事は犯人逮捕が仕事だ。

万年警部補で出世を望まない。アウトローだが捜査の邪魔はしない。出世を望み、実績を挙げたいキャリアは矢島を便利な捜査マシンとして使った。矢島もそれは望むところだった。そうやって警察社会の片隅に自分の居場所を確保し、生き残ってきたのだ。

「俺は別に死んでもいい」

それは正義感からくる言葉ではなかった。実際、捜査中に負った傷は一つや二つじゃない。強盗逮捕の時に腹を刺され、死にかけたこともある。幸運にも一命はとりとめたが、一か月の入院を経て、復帰した後も強行犯係の刑事として現場に立っている。矢島は自分が特殊だということは自覚していた。

　これまで矢島は恐怖というものを感じたことがない。それがどういう感情なのかは頭ではわかる。客観的な観察や推測の中で恐怖についての人の反応や態度、どういう状況でそれが起こるのか理解はできるが、情緒として感じることはなかった。事実矢島は拳銃を目の前に向けられても、何の恐怖も感じない。体や心の痛みも感じにくい。そういう体質といえばそれまでだが、幼い頃からそうだった。

　警察官任官時の『警察職員の服務の宣誓』の通り、『何ものにもとらわれず、何ものをも恐れず、何ものをも憎まず』という文言は矢島の体質そのものだった。任務中に危険を顧みたことがない。その反面、被害者の悲痛や、悲しみ、心の傷も理解できない。長年刑事をやった経験から、被害者の前では人並みに犯罪者への恨みや憤《いきどお》りに似た反応を示せるようにはなったが、それとて演技でしかないのだ。

「現場に戻るか」

　外の空気を存分に吸い込み、倉庫内に入ろうとした時、矢島を呼ぶ声がした。本庁の刑事部の管理官、弓成正之《ゆみなりまさゆき》警視の姿が見えた。

「久しぶりだな」

　弓成は矢島の肩を叩いた。柔道で鍛えた体は筋肉質で無駄な贅肉がない。理知的だが、実行力があり、現場への配慮もある。年は矢島よりも少し上、本庁刑事部のエースで出世コースを歩く管理官の一人だ。矢島は十年ほど前に湾岸署管内で発生した強盗事件でともに捜査をした。

「弓さんが帳場《ちょうば》を仕切るんですか」

「そうだ。部長指揮扱いになる。死体五つだ。本来なら特捜でもおかしくない」

遺体の多さから本庁も事件の重大性を認識している。まだマスコミに事件は伝わっていないが、いずれ公開捜査になれば、大きく報道されるだろう。

「おまえが見つけたんだってな」

「たまたまです」

「得意の嗅覚か」

「そんなもんじゃありません。被害のあった現場を覗《のぞ》いただけです」

「とにかくよくやった。火災との関連性はわからんが、死体五体を冷凍倉庫内に隠している奴がいた。重大事件だ」

弓成の言い方にはどこか違和感があった。「隠していた」、「事件」という言い方に引っかかったのだ。

「これは事件でしょうか」

「死体があるってことは事件だ。放置しておくわけにはいかんだろう」

「あってはいけない場所にあった。そういうことですか」

「もちろんそうだが、死体がどこの誰で、どうやって死んだのか、なぜこんなところに置かれていたのか、調べることは山ほどある」

弓成の言うことは間違っていない。事実関係をはっきりさせ、犯罪の場合は刑罰に問う。それが警察の仕事だ。

「まずは身元の確認だ」

弓成は頼むぞと片手を挙げて、現場に戻っていった。

4

午後六時半。矢島は湾岸署に戻るとすぐに鑑識課に向かった。現場検証の結果を確認したかった。本庁の鑑識が現場に臨場する前、湾岸署の鑑識課主任の瀬田がぼそりと囁《ささや》いた。

「妙な現場だな」

あの時、瀬田は何かに気づいたはずだ。瀬田はかつて刑事課にいたが、鑑識の経験も長い。現場全体を俯瞰《ふかん》し、微細な手がかりから事件全体を読む。刑事時代に培《つちか》った捜査の勘と経験、鑑識としての知識が他の鑑識官では導き出せない答えを見つけるのだ。

今回の現場にはなぜか殺しの臭いがしなかった。これまで見てきた殺人や死体遺棄とはどこか様相が違っているように思った。ただ、はっきりと殺しではないと断言はできない。だからこそ、瀬田の意見を聞きたかった。

主任である瀬田は様々な機器を持ち込み、湾岸署の地下に本庁さながらの分析能力を持つ鑑識課を作り上げた。特に物質の同定や分析に関しては、特殊光源装置やガスクロマトグラフなどの機器を使った分析が可能だ。薬物、毒物について瀬田は専門性が高く、その見識は本庁鑑識にも引けを取らない。

矢島が部屋に入ると、ちょうど瀬田がパソコン画面を見ていた。何かを調べているようだ。

「せーさん、何か見つけたか」

瀬田が振り返る。

「なんだ、ヤジか、ホトケはどうなった」

「本庁がやってる。じきに検視ができるだろう」

「きれいだったな」

「ホトケがか？」

「ああ、現場もきれいだった。五人死んでてあんなにきれいな現場は見たことがねえ」

死体はきれいな状態で発見された。大量殺人の現場を経験している刑事にとってはあれがいかにきれいで異常な現場かはすぐにわかる。血が一滴もない。死臭もなくうじもいない。死体は、ほぼ生前の姿のまま残っている。

「で、せーさんの見立てを教えてくれ」

瀬田はパソコン画面に写真を映し出した。矢島は画面に顔を近づけた。最初の写真は庫内の様子だ。

「冷凍庫を選ぶあたり、なかなかのもんだ。どうやって入れたか知らねえが、ここなら腐敗は進まない。臭気もないし、死体も半永久的に保存できる。見つかったのは偶然だろうが、こっそり入れて隠しちまえばずっと気づかれない。死体は消えてなくならねえからな」

そうなのだ。あのまま半永久的に置いておくつもりだったとして、それは何のためか。殺人だとすれば、どうにかして死体を処理したいと考えるはず。それが殺人ではないと考える理由だった。

「もう一つ気になったのは、死体の入っていた箱だ。外装の段ボールは単に他の荷物に紛れさせるためのダミーだ。中には耐冷性の合成樹脂が入っている。密閉型で外気が入りにくい。中の気圧も一定に保たれる。その一方で外気温に近い温度を保持できる。つまり、気密性がありながら、外気、冷凍庫内の低温で中身を保管できる。ポリプロピレンとポリアミドの合成で、厚みが五センチもある。こんな棺《ひつぎ》はどこにも売ってない。明らかに特注品だ」

「だったら、その容器の出どころを押さえたらホシもわかるんじゃないか」

瀬田は鼻を鳴らした。

「簡単にはわからんだろうな。材料はどこにでもある。作るのはそう難しいものじゃない。もちろん、既製品じゃない。だから、余計に厄介だ」

「その容器は何のために使ったんだと思う」

瀬田は思いつくまま言葉を並べた。

「保存性を高める。保護する。いや、案外持ち運びに便利だったんじゃないか」

「冷凍倉庫に入れるくらいだからな」

「どっからきた荷物かわかってないんだろう」

「保税庫にあったようだが、海外から運ばれたにしちゃあ、状態が良過ぎる」

瀬田は感心したように頷《うなず》いた。

「わかってるじゃねえか。海外から遺体を運ぶには、航空便を使うが、エンバーミングを施されていないと運べない。つまり、遺体を保存するための特殊な加工が必要だってことだ。航空機は高度一万メートル、時速九百キロ、機内は〇・八気圧だ。通常、遺体は膨張して中の体液が外に噴き出す。だから減圧された機内に死体を乗せるわけにはいかない」

瀬田の意見に矢島も納得した。

「つまり飛行機での搬送は現実的じゃないってことか。そうだとしたら船か」

「確かにリーファーコンテナに積み込んじまえば、冷凍のまま運べるな」

「仮に船で運んだとして、目的はなんだ」

「それを調べるのが刑事の仕事だろう。鑑識の仕事じゃねえ」

瀬田の言う通りだ。そのために手がかりを探している。

瀬田が矢島に聞いた。

「身元はわからないまでも、日本人だってことはわかってんだろう」

「それも調査中だ。遺体の写真を公開して情報を集めるそうだ」

「公開捜査か。まあ、顔は比較的生前に近いから情報も集まりやすいだろうな」

矢島が欲しい情報はまだ十分ではない。瀬田をせっついた。

「他に手がかりはなかったのか」

「遺体は倉庫から出せなかった。外観から判別するしかない」

瀬田が思い出したように言った。

「そういや、遺体の箱に何か紙が入ってたな」

「なんの紙だ。まさか、名刺じゃねえだろう」

「いや、本庁が調べるって持ち出したが、ありゃ多分折り紙だ」

「折り紙？　なんだってそんなものが」

「さあな。本庁の鑑識に聞いてくれ」

どうやら証拠となるような物品はすべて本庁が持ち帰ったようだ。

「他にはないのか」

瀬田はにやりと笑ってパソコンを見た。他にも何か見つけているようだ。

「こいつはまだ本庁も摑《つか》んでないかもしれねえ。遺体の入っていた棺桶に溜《た》まっていた液体を採取したんだ。通常は体液が漏れ出てくるが、量がかなり少ない。それに見つかっちゃいけないものもあった」

「なんだ」

瀬田がマウスをクリックすると、画面にガスクロで調べた成分分析結果が現れた。縦軸にピークが現れている物質が成分ということだ。矢島は主成分の元素記号を見て、思わず身を乗り出した。

「なんだこりゃ」

「硫化水素だ」

矢島の知る限り、硫化水素は体内にも微量だが含まれる成分で、一般には毒ガスとして周知されている。

「普通に考えりゃ、きれいに殺すにはもってこいのガスだな。濃度が500ppmを超えると、中枢神経が鈍麻して、呼吸が停止する。一定量を吸い込むと血中ヘモグロビンの鉄イオンに硫黄原子が結びついて硫化ヘモグロビンに変化するんだ。そうなるとヘモグロビンが酸素に結合できなくなる。で、呼吸に麻痺《まひ》が起こっちまう」

「あの遺体は硫化水素を使って殺されたってことか」

「可能性でしかないが、硫化水素で中枢神経を麻痺させてから、高濃度のカリウム水溶液を点滴すれば、心停止させることができる。積極的な安楽死で使われる方法だよ」

安楽死。その単語に矢島は反応した。頭の中で何かがつながった気がした。

「仮に安楽死させたとしてなんで冷凍庫に入れたんだ」

瀬田が椅子を回転させ、矢島を見た。

「それを調べるのは鑑識じゃない。まあ、あとは本庁がやってくれるだろう」

「せーさん、悪いがその硫化水素、もう少し調べてくれないか」

「さっき説明しただろう」

「いや、毒で殺したってのはどうもピンとこないんだ。他に使い道がないか、せーさんなら調べられるだろう」

瀬田の好奇心をくすぐってみた。

「いいだろう、その代わり今度付き合えよ」

瀬田は手でグラスを傾ける仕草をした。

「魚秀《うおひで》でいいか」

普段使う居酒屋の中では高めの店の名前を出した。

「まあ、いいだろう」

瀬田に礼を言って、部屋を出ようとした。その時、ポケットの中でスマホが震えた。袴田係長からだ。電話に出ると、袴田のだみ声が聞こえた。

「帳場に来い。遺体の身元が一人わかったぞ」

矢島は返事をしてから電話を切った。瀬田がちらりと矢島を見た。

「帳場に戻る。遺体の身元がバレたみたいだ」

「そうみたいだな。情報は共有しろよ」

「わかった。また来る」

矢島はそう言い残し、鑑識を後にした。

5

午後七時。湾岸署の大講堂に捜査本部が設置された。本庁から捜査一課の管理官と捜査員が出張ってきている。

火災の原因解明については消防が主導権を握っている。もともと事故の要因が強い火災であれば、警察の出番はさほどない。しかし発見された死体の捜査主体は警察をおいて他にない。矢島も発見時の状況説明のため、会議に呼ばれた。

午後八時過ぎ。合同捜査会議が始まった。

実質的な責任者となる捜査一課の弓成管理官が司会を務める。本庁の捜査一課長が本部長、湾岸署署長が副本部長として前列に並ぶ。矢島は所轄の刑事とともに後方に陣取った。

「そろそろマスコミが勘づくな」

湾岸署刑事課の岩本《いわもと》課長が記者の動きを気にしていた。捜査本部ができれば、記者も騒ぎ出す。火災絡みだと言っておけば、最初のうちは納得するだろうが、本庁が乗り込んで、大がかりな捜査本部を設置すれば、単なる火災ではないと気づく。もちろん放火の可能性があれば、記者はその線で捜査関係者に取材する。だが、夕方の消防の会見で事故の可能性が高いと発表されており、記者たちは警察の動きに異変を感じているはずだ。

刑事課強行犯係の袴田係長は大柄な体を狭い椅子に押し込め、矢島に言った。

「当面は死体遺棄として事件性を捜査するだろうな」

矢島には死体遺棄がしっくりこなかった。

「死体は捨てられていたんじゃなくて、保管されていたんです」

「同じことだ。死体だぞ。冷凍食品とは違う。なぜ保管する必要があるんだ」

「だったら、なぜ死体の司法解剖がされないんですか」

「そんなことは知らん。これから会議で報告があるだろう」

矢島は前方のスクリーンを見た。発見された死体の写真が並んでいる。現場検証が終わり、死体の身元を調べているが、矢島の耳にはまだ一人の身元情報も入ってこない。

本庁の捜査一課、鑑識をはじめ、所轄含め四十人程度の捜査関係者が席に着いた。上座に座っていた弓成管理官が立ち上がった。

「大井埠頭の丸神ロジスティクス第一物流センターで発生した死体遺棄事件についての合同会議を始める」

弓成は死体発見時の状況を説明、死体の数、場所、状態、直前に発生した火災についての概略と消防から入ってきた情報を手際よく伝えた。ひと通りの説明を終えると、弓成の視線が矢島に向いた。

「第一発見者の矢島警部補、何か補足はあるか」

矢島は立ち上がり、発言した。

「発見時死体は硬質の箱に入れられ、その外から段ボールに包まれていました。そのうち一つが部分的に溶解しており、隙間から毛髪が見えました。中を開けると、女性らしき遺体がありました。他に同じようなサイズの箱が四つ。恐らくそれらも死体であると考えました」

「発見時に何か気づいたことは？」

矢島はもう一度倉庫で死体を見つけた時の記憶を辿《たど》った。

「女性の死体ですが、頭部にいくつか外傷がありました」

「外傷？　鑑識、確認したか」

鑑識が立ち上がり、前方のスクリーンに現場を撮影した写真を次々に映し出した。その中から、女性の死体の写真を選んだ。

「確かに頭部、額のあたりから頭頂部にかけて裂傷があります」

「死因に関係は？」

「まだわかりません」

「わかった。続けて鑑識から報告を頼む」

鑑識はスライドを戻し、現場の状況、火災の影響、保管されていた他の荷物の場所、状態を説明した後、死体それぞれの外観や所見を説明した。

「死体の解剖についてですが、倉庫会社の調査が終わっておらず、着手できていません。現段階では外観や状況から推測される材料しかありません」

通常なら異状死体が発見された段階で、事件性ありと判断されると警察の嘱託によって司法解剖される。その場合には死体は今頃東京監察医務院《とうきょうかんさついむいん》か東大法医学教室に移されているはずだ。

刑事たちがざわついた。弓成がそれを抑えるように補足した。

「今回は見つかった場所が問題だ。異状死の取り扱いとしてはかなり特殊なケースだ。それに死因もはっきりしない。法的には『死因・身元調査法』により警察署長が必要と判断した場合、遺族の承諾なく行う新法解剖が可能だ。ただし、今回は死体の発見場所が保税倉庫であり、取り扱いに法的解釈を必要としている」

弓成が鑑識に指示した。

「例のものを映せ」

スクリーンに映し出されたのは、折り紙だった。蝶《ちょう》の形に折られている。鑑識が説明を始めた。

「死体が入っていたケースでこの紙が発見されました」

鑑識は次のスライドを映した。折りたたまれた紙を広げると、中央に文字と模様があった。

『御子《みこ》を持つ者は命を持ち、神の御子を持たない者は命を持っていない』

「なんだこれは？」

矢島が思わず言った言葉に、隣に座っている的場が囁いた。

「聖書の言葉ですよ。ヨハネの第一の手紙五章十二節」

矢島は的場に顔を向けた。

「おまえクリスチャンか」

「ええ、まあ」

「どんな意味なんだ？」

「御子とはキリストのことです。キリストを持つ、つまり信じる者は永遠の命を持つことができるという意味です」

壇上でも刑事が同じような説明を加えている。

「ここに書かれているのは、新約聖書のヨハネの第一の手紙五章十二節にある言葉だ。言葉自体に深い意味はないだろう。問題はその下に記されたコードだ」

四角形の中に複雑な陰影が刻まれている。ＱＲコードだ。まるで認証コードのように印刷されている。

「このコードをリーダーで読み込んでみたが、ＩＤとパスワードがわからないと肝心の情報にアクセスできない。誰が何のためにこの紙を入れたのかも不明だ。このサイトを管理している企業を調べている。恐らく死体の身元に関する情報につながっているはずだ」

弓成が次の指示を出した。

「次、遺体の身元についてだ」

本庁の刑事二人が立ち上がった。

現場検証の後に、倉庫会社への事情聴取を担当した本庁捜査一課の刑事が遺体の入庫履歴について簡単に報告した。

「入庫履歴、荷主について倉庫会社関係者に聴取しましたが、荷物の履歴に関しては倉庫会社側も把握しておらず、現段階で不明。今後さらなる事情聴取を進めます」

矢島は聞きながら、舌打ちした。

「結局何にもわかってねえってことだな」

「しっ、聞こえますよ」

的場が小声で囁くと、矢島は腕組みした。

刑事は報告を続けた。

「ただ、遺体の一つ、中年男性の身元が割れました。四十二歳のフリーライター。名前は如月啓一《きさらぎけいいち》。現住所、東京都大田《おおた》区。過去に出版したノンフィクションやその他出版物がいくつかあり、顔から身元が判明しました」

前方のスクリーンに二枚の顔写真が出た。現場で撮影された青白いものとカラー写真だった。

「科捜研の顔認証ソフトでインターネット上の如月氏の写真数枚と一致しました。如月啓一は両親ともに死亡。離婚歴がありますが元妻とは連絡が取れていません。取引のあった出版社数社に確認したところ、昨年五月に病気を理由に仕事の休止の連絡が入っていたことがわかっています。その後の行方は不明です」

「如月の病状、入院先、その後の足取りを引き続き調べてくれ。他の遺体の身元はどうだ」

弓成の問いかけに鑑識が答える。

「冷凍状態で保管されていましたので遺体の状態は良く、生前と変化ない顔のまま捜索ができます。現在他の四体も顔認証を進めています」

弓成は鑑識に指示をする。

「他の四体の生前のイメージ写真をすぐに作るように。身元確認を迅速に進めるため、マスコミを使う」

弓成は公開捜査を示唆した。ならば早い段階で身元は特定できるだろう。身元が特定できれば、五人の関係性や共通点など手がかりがわかる。

弓成が全員に向けて言葉を発した。

「まずは見つかった如月啓一の鑑取《かんど》りをする。その前に如月啓一のブログが見つかったので各自読んでくれ。重要な記事をプリントアウトした」

刑事たちに紙が配られた。ブログタイトルは『エンドレス・スリープ』、日付、短い日記風の文章の後に小説風の本文が書かれている。ブログ記事を分類するジャンルはすべて『如月啓一（42） 職業 フリーライター』で統一されていた。

矢島は配付されたブログの記事を読んだ。

第一章　如月啓一（42）職業　フリーライター

二〇一八年五月八日

今思い出しても現実感がない。昨日近所のクリニックからもらった紹介状を手に、都内の大学病院を訪れた。肺に影がある。すぐに大きな病院で診《み》てもらったほうがいいと言われ、紹介された病院は医学部を併設した待ち時間が長いことでも有名な大学病院だった。

午前九時。予約時刻から一時間遅れで問診。その後、CT、血液検査を受け、呼吸器科の外来で診察を受けたのは午後一時を回ってからだ。その時の医師の診断は今でも頭から離れない。あの瞬間を境に自分の人生は百八十度変わってしまったのだから。

ブログを書いている今も実感がない。まるで映画かドラマの中に入り込んでしまったような感覚だ。診察室はスタジオで、ベテランらしき医師はまるでセリフを読み上げる役者のようだった。ただ、その声は市役所の職員のように淡々としていた。

「ステージⅢからⅣの肺がんです。手術は難しいかもしれません。すぐに入院して精密検査が必要ですが、どうされますか」

——どうされますか。

言葉が出なかった。何を言われているかわからなかった。医師は答えを待っている。言葉が見つからないまま、聞いた。

「治りますか」

医師はしばらくCTの写真を見ながらつぶやくように言った。

「治る方もいますが……とにかく早い入院を」

医師から告げられた瞬間、まるで自分が自分でないような感覚に襲われた。体から魂が抜け出てどこに自分がいるのかわからなかった。後から知ったのだが、あれは離人症《りじんしょう》という症状で、強いショックを受けた時に発症するらしい。その後、医師の声で我に返ったが、同時に全身の血が逆流したかのような焦燥感、胃の奥に鉛を押し込まれたような、ずんとした重圧に襲われた。診察中、早鐘《はやがね》のように心臓が動き、気がつけば病院の長椅子で一時間近く茫然《ぼうぜん》としていた。何を考えていたのか今となってはわからない。ただ、何も考えられず真っ白な世界に一人でいるような気分だった。

具合が悪いと認識しながら放置していたことは否めない。疲れと不摂生から風邪《かぜ》を引いた。年をとると治りが遅い。そう思ってようやく薬をもらうため近くのクリニックで診察を受けた。だが、あの時点でなぜ検査を奨めてくれなかったのか。いや、そうではない、あの時クリニックの医師も「咳《せき》が続くようなら、病院で検査を受けてください」と言っていた。薬さえもらえればいい。咳止めでなんとか仕事を続けられればと、軽く考えていた。その後、一か月たっても咳が止まらず、咳に血が交じった時、ようやく風邪ではないと気づき、慌ててクリニックに駆け込んだ。

入院前にセカンドオピニオンを得ようと考えたこともある。診断や治療方針は医師によって違うと聞いた。クリニックから紹介状をもらい、すぐにがん専門病院を検索し、電話した。ところがどこの専門病院にも診察は一か月以上先と言われた。それでは待っている間に病状が悪化するのではないか。無駄な時間を過ごし、病気をこれ以上悪化させたくはない。その思いは焦りになり大学病院の外来に走り、入院を希望した。医師は入院を許可し、病室を確保してくれた。

その後、入院手続き、保険金の請求、身の回りの整理、入院に必要な支度と、次第に現実を嫌でも認めざるを得ない段階となった。不安はあるが、治療法はあるはずだ。医学は進歩している。末期と言われた患者が回復したケースはたくさんある。助かる望みはある。だから医師は入院を奨めた。そう信じたかった。

診断を受けた日、病院を出て、帰宅途中、ずっと不安だった。こんな時に家族がいないのが心細い。両親は既に他界し、頼れる身内はいない。

妻とは三年前に離婚した。お互い仕事を持ち、それぞれの生活を楽しんでいた。干渉しない関係。それが夫婦の暗黙の了解だった。四十が目前に迫った時、これまで表に出さなかった子供を作りたいという気持ちに、はっきりと答えを求めるように変わった。

――子供が欲しいって、気持ちじゃなくて体が感じるのね。

女性はそういうものか。その程度の感覚しか持てなかった。そこから夫婦の関係がぎくしゃくし始めた。

夫婦の価値観の違いから溝が深まり、お互い一緒にいる意味を見失ってしまった。お互いの気持ちをぶつけ合い、何度かやり取りがあった末、離婚という選択が自然の結果となった。

四十を前に独身に戻った。その後数人の女性と付き合ったが、すぐに別れた。今付き合っている佳奈《かな》も半年ほど前に知り合ったばかりだ。

十歳年下の佳奈には結婚願望はなく、今を楽しめればいいという割り切った関係だ。会いたい時だけ会う。お互いの事情や都合を優先する。そんなドライな関係を続けてきたが、病気とわかった今、頼れるのは佳奈だけだった。

診断を受けた日、自宅のマンションに戻った後、事情を話すため、佳奈を食事に誘った。何気ない会話で食事を済ませ、コーヒーが出されたタイミングで如月は居住まいを正して、佳奈に向き合った。

「大事な話があるんだ」

佳奈はこちらの異変に気づいたようだ。

「改まってどうしたの」

「今日病院で検査を受けた。その結果なんだけど――」

コーヒーカップを持つ佳奈の手が止まった。

がんと診断されたこと、入院が必要なことを伝えた。詳しい病状や治療は入院後、医師から説明があるはずだと話した。ステージⅢからⅣ、手術ができないとは話せなかった。

佳奈の反応は予想以上でも以下でもなかった。

「最近は医療技術も進歩しているし、新しい薬も出ているからきっと大丈夫よ」

佳奈の言葉を素直に受け止められなかった。励まされるのはありがたいが、楽観的な佳奈の言葉と自分が置かれた状況に大きな隔たりを感じた。

どんな治療が必要なのかの前に、治る見込みはあるのか、ないとするとあとどのくらい生きられるのか。そんな問いを覚悟していたが、詳しい話も聞かず、治ると信じている佳奈の言葉がどこか他人事《ひとごと》に聞こえたのだ。もっとも、そう考えるのは自分自身治ると信じたいのに、悲観的になっているからだ。励まされたい。優しくされたい。その一方で深刻に受け止め、とり乱すほど心配してほしい。不安な気持ちに寄り添って欲しいというのは求め過ぎなのだろうか。

「入院はどのくらいになるの」

「わからない」

退院できるのか、自宅にまた戻れるのか、そんな不安を押し殺し、ようやく言葉を絞り出した。

「長くなると思う」

「——そう」

カップを見つめる佳奈の目が怖かった。何を考えているのか、これから二人の関係はどうなるのか。この先治療の精神的負担をどこまで引き受けてくれるのか。

二人とも無言のままマンションに戻った。佳奈の心の中が読めなかった。何を考えているのかわからない。不安だけが広がっていった。

マンションに着いて扉を閉めると、何も言わず佳奈を抱きしめた。

「頼む、傍《そば》にいてくれ」

佳奈は受け止めてくれた。

「大丈夫だから、ちゃんといるから」

背中をさする佳奈の手にわずかな安堵《あんど》を求めた。

「怖いんだ、入院も、治療も、全部」

「大丈夫、きっと大丈夫よ」

これほどまでに慰めを求めたことはなかった。それが気休めであっても構わなかった。ただ、何も言わず、何も聞かず、佳奈の体温を感じていたい。それが生きている実感であり、唯一感じることができる生の証明だった。

五月九日

入院初日。朝から検査が続く。検査をしながら思った。ここまでの精密検査を受けなければ詳しい病状がわからないのであれば、健康診断などただの気休めでしかない。健診には意味がないという、医師が書いた記事を読んだことがあるが、まさか自分でそれを体験するとは。人には楽観バイアスがあり、気休めの健診結果を健康のお墨付きと思ってしまう。後悔しても仕方がないのだが、だったら最初から健診なんて受ける必要はない。突き詰めて考えれば、運が悪かった。そういうことなのだろう。まあ、煙草を吸っている時点

でこうなっても仕方がないのだが、そう割り切れないのが人間なのだ。

ひと通りの検査を終えて、病室に戻ってきた。ブログを書きながら、ベッドに横になった。病室は病棟の五階、四人部屋だった。同じ部屋の患者の病名は知らない。通路に面したベッドの横ではネブライザーが音を立て、ベッドに寝ている患者は口に管を付けられていた。点滴の管、採尿のための管が病状の重篤さを物語る。末期の患者に違いない。思わず目を背けた。

夕方、医師から検査の結果と治療の説明がある。それまでに荷物を整理する。自宅から持ち込んだ本の中に『安楽死を求めて』があった。もう十年以上前に書いたものだ。まさかこんな形で読み直すことになるとは思わなかった。

企画から取材、執筆まですべて一人でやった作品だった。運よくノンフィクションの賞を獲《と》り、本は売れた。おかげでライターとして独立できる足がかりになった。

本を開いて冒頭の数行を読み返す。当時の取材の記憶がよみがえってきた。安楽死を手がける医師、受け入れる患者。その話を聞き、安楽死の事情をルポルタージュとして書いた。

文章を読みながら、書いている時には気づかなかった様々な思いが、今こうして死を意識したことで鮮明に胸を衝いてくる。尊厳死、安楽死、言葉の裏に隠れた葛藤や恐怖に対してどう向き合えばいいのか。そんな覚悟を持たないまま、安楽死を取り上げ、テーマの力に頼って書き上げた。書くという行為に矜持《きょうじ》を持てないまま筆を執ったことを今更ながら後悔している。

本を閉じ、目を瞑《つぶ》った。自分一人いなくなっても世の中は変わらない。なのに自分がいない世界など想像できない。死は自分にとって世界の終わりであり、すべての終焉《しゅうえん》に他ならない。この先世界がどうなろうと関心はない。なのに、なぜこれほどまでに自分の死んだ後の世界が気になってしまうのだろう。時間は永遠に続くのか。地球はいつ滅ぶのか。そんなとりとめもないことを考えると恐ろしくなる。死が無だとすれば、無とは何だろう。得体のしれない無に恐怖を感じる。

ため息をついて目を開けた。できることなら痛みや不安、恐怖のないままにゆっくりと眠るように消えたい。人間はどうすれば自然に死を受け入れられる心境になれるのだろうか。堂々巡りが始まり、不安が広がっていく。思考が暴走して止まらない。ベッドに足音が近づいてくる。

「先生がお呼びです」

気づけば検査結果の説明の時間になっていた。

ベッドから立とうとしたが、体が動かない。体が震え、気持ちが乱れる。このまま病院から逃げ出したい。だが、どこにも逃げるところはない。気分が落ち着かず、全身が不安に包まれる。

「大丈夫ですか、どうされました」

思わず看護師の腕を摑んだ。異変を訴えかけようとしたが、声が出ない。体の震えが止まらず、そのまま床に倒れた。看護師は驚いて部屋を出て行った。やがて車椅子を押しながら、看護師が病室に入ってきた。体を起こされて、車椅子に乗せられる。どこに運ばれているのかわからないまま、ベッドに寝かされ、点滴を打たれた。薬が静脈に入ると徐々に震えは収まり、動悸《どうき》が和らいでいった。

看護師が耳元に話しかけた。

「鎮静剤を打ちました。落ち着いたら診察室に移動しましょう」

何年かぶりのパニック障害だった。

以前に一度だけ経験したことがある。ライターとして独立後間もない頃だった。突然の動悸と震え、過呼吸で苦しくなった。このまま死んでしまうのではないかと思うと、いてもたってもいられなくなり、タクシーを拾って近くの病院に駆け込んだ。心電図に異常なし。医師の診察でも急性の疾患の症状は見られなかった。安定剤を打ってもらい、落ち着きを取り戻すと、そのまま帰宅した。後日、それがパニック障害だとわかった。予兆もなく、原因もわからず、突然体が変調を来す。

処置室で三十分ほど休むと、動悸は収まり、気分も持ち直した。看護師が大事をとって、車椅子を用意してくれた。ベッドから起き上がり、車椅子に移った。そのまま看護師に運ばれるように診察室まで移動した。

診察室にいたのは初診の時とは違う若い医師だった。

「担当します佐藤《さとう》です」

どこかで見たことがある。そう思ったが思い出せなかった。

「パニック発作ですね。精神科にも一度診てもらいましょう」

精神科という響きに抵抗感があった。

「安定剤を処方していただければ大丈夫です」

医師は「そうですか」と妙に納得して、電子カルテに何かを書き込んだ。パソコンにCTの画像を映し、眉根を寄せる。造影剤を投与され、撮影された画像には五センチほどの影があった。左肺の上部、それが病巣だと素人目《しろうとめ》にもはっきりとわかった。

「先日の血液検査の結果でも兆候が出ています。腫瘍マーカーは陽性、扁平上皮《へんぺいじょうひ》がん、進展型、リンパ節への転移が見られます。ステージはⅡ期BからⅢ期Aでしょうが、詳しい型は生検で調べます」

医師がカルテに何かを書き留めた。

「気管支鏡検査をします。後で同意書にサインして看護師に渡してください」

差し出された同意書はＡ４判で二枚、複写になっており、細かい字で何かが書かれている。

医師に質問する。

「治療はどのように……」

「リンパ節に転移が見られる場合、手術は難しいですね。基本は抗がん剤治療になるでしょう。生検の結果を見てから治療方針を考えます」

「治るんですよね」

医師の表情が険しい。次の言葉を聞きたくなかった。

「患者さんによっては抗がん剤が効く場合もあります。こればかりは治療を始めてみないと――」

わからないということか。医師としては治ると言えないのはわかる。だが、患者にとっては死刑判決だ。

「最近は免疫療法もあると聞きましたが」

「こちらでは標準治療を基本としています」

医師はそれ以上説明する必要がないという態度で視線をパソコン画面に向けた。

「先生、やれるだけのことはお願いします」

「もちろんです。しかし、効果が認められない治療はお奨めしません」

「免疫療法は効果が認められないとおっしゃるのですか」

「すべての治療がそうではありませんが、患者さんそれぞれに合う治療法がありますから」

その判断を誰がするというのだ。こちらはとにかく最善の治療をしてほしいだけだ。

医師が退室を促すように、看護師に書類を渡した。

看護師が書類を受け取り、車椅子を引いた。

「お部屋に戻りますね」

医師の診察に強い不満が残ったが、半ば怒りを抱えて診察室を出た。

病室に戻り、ベッドに落ち着いた。怒りは収まったが、ショックは続いている。ステージⅡかⅢ、それがどんな段階なのか、詳しくはわからない。少なくとも早期とは言えない状態。リンパ節への転移があるという医師の言葉は重たい現実を突きつけた。

夜、面会時間ぎりぎりに佳奈が見舞いに来てくれた。仕事を休めないという佳奈に何も言えなかった。こんな時、結婚していれば会社を休んででも診察に同席してくれただろう。だが、それを望めないのは承知している。

佳奈は差し入れにケーキを買ってきてくれた。ベッド脇のテーブルにケーキを並べ、持ってきた缶コーヒーを置いた。診察の内容を聞かずにケーキに手を出そうとする佳奈に、主治医から聞いた検査結果をかいつまんで話した。佳奈はケーキに触れた手を止め、ベッドの隣に座り直した。

「あんまり深刻にならないで。先進医療は他にもあるし、民間療法で治った人もいるんだし」

「やめてくれ」

つい声を荒らげてしまった。佳奈なりに調べてくれたのだろうが、今は聞きたくなかった。にわか仕込みの医学的な知識に頼るほど楽天的ではない。何より佳奈の言葉が他人事だと感じた。そして、他人の佳奈にとってはまさに他人事なのだ。

驚いた佳奈は黙り込んだ。嫌な空気が流れた。

「ごめん、つい——」

「こっちこそごめん。なんかどうやって励ましたらいいかわかんなくて」

「思ったよりも深刻なんだ。だからつい——」

楽観的な発言に腹が立った。そう言いたかったが言葉を飲み込んだ。

佳奈が体を寄せて、顔を近づける。

「心配なの。少しでも力になりたくて」

気持ちはわかる。わかるのだが当事者にしかわからない不安をどう説明すればいいのか。これまで佳奈とは適度な距離を保ってきた。それはお互い自立している前提での最適な距離だと思っていた。こうして今倒れかかっている自分に必要なのは支えだ。だが、佳奈とは支え合うような関係を築いていない。あえてそこに踏み込まないでここまできた。

「今日はもう帰る」

佳奈を引き留める言葉が見つからなかった。

「悪かった」

また来てくれと言いたかったが、口に出せなかった。佳奈は小さく頷いて病室を出て行った。

ベッド脇のテーブルの上に残されたケーキを、そのままゴミ箱に放り込んだ。缶コーヒーを飲み干して、ベッドに潜り込んだ。

五月十日

昨日、佳奈になぜあんな風に怒鳴ったのかわからない。いや、あの時はまだわからなかった。がんを告知され、死の恐怖がじわじわと近づいてくる中で、自分と佳奈の間に大きな壁ができてしまった。立ち位置が変わってしまったと言った方がいいかもしれない。佳奈を頼りにする反面、余計な世話を焼く外野と考えるようになった。生の安全地帯にいる人間と、死の恐怖に立ち向かっている人間の間にある隔絶、大きな壁。自分はもう違う部屋に入れられた。まるで塀の中と外のように。犯罪者と一般人のように。

検査着に着替え、看護師に言われるまま部屋に入った。うねうねとした黒い管が死んで吊るされた蛇のようにだらっと垂れていた。これからあれが喉《のど》の奥に入り、肺まで突っ込まれる。想像するだけで嘔吐《おうと》しそうになった。看護師から説明があった。検査はファイバースコープを口から挿入し、気管支から肺に入れ、病変部位の組織を採取する。

「二十分ぐらいで終わりますからね」

検査はそれで終わりだろうが、その後にも治療が続く。むしろそっちのほうが長くて怖い。採取された細胞は病理検査に回され、どんな型なのかを調べると説明を受けた。じわじわと追い詰められるその感覚が嫌だった。もったいぶって殺されるほど恐怖と痛みは大きい。

ネブライザーで口腔《こうくう》内と気管の局所麻酔をする。霧状の薬液を吸い込むと、喉にしびれるような痛みを感じた。その後、喉に管を入れられ、さらに麻酔薬を噴霧される。むせると同時に痛みが喉の奥まで広がる。検査台に横たわり、血圧計、酸素飽和度計を付けられる。

「少しちくっとします」

針が腕に入ると、看護師が手早く点滴につないだ。

「お薬入れますね」

看護師が点滴に小さなアンプルを注入する。じわじわと鎮静剤が効いて頭がぼうっとしてくる。気がつけば、検査が終わり、可動ベッドのまま運ばれ、病室に戻っていた。

五月十一日
検査結果を聞くのが怖い。結果は言ってみれば判決だ。今のところ無罪はない。執行猶予もない。せめて懲役であってほしい。死刑判決だけはやめてほしい。今更どうこう言っても遅いが、待つのがとにかく怖い。

昼食を食べた後、カーテンを閉め切り、しばらく眠った。浅い眠りを覚ましたのは、男性の声だった。佐藤という若い医師だ。

「生検の結果で細胞の型がわかりました。標準治療で効果が期待できる抗がん剤三種類を四週間一クールで三クール続けます。その後、経過を見てお薬を変えていきます。これが治療計画です」

佐藤が渡したA４判一枚の紙にはスケジュールとともに、それぞれ使用する薬と処方量、副作用が書かれていた。四週間のうち、抗がん剤の投与は週に三日、それ以外は血液検査と副作用を考慮した診察の予定が書き込まれていた。

「最初は辛《つら》いかもしれませんが、無理なく効果が期待できる薬を二クールから三クール繰り返して経過を見ます」

「そうすると、入院は三か月ほどに？」

「経過を見ながらですが、状態が良ければ、一時退院や通院も検討します」

これまで医師から見放された印象を持っていたが、こうして丁寧に治療について説明されると希望が湧いてくる。退院は叶《かな》わないと落胆することもあったが、通院や一時退院の言葉を聞いて救われた。

「入院生活や治療で希望や相談があれば、なんでも言ってください。治療は大変ですが、全力でサポートさせていただきます。一緒に取り組みましょう」

目頭《めがしら》が熱くなった。これまでの外来の医者とは違う誠実な対応に好感を持った。担当がこの先生で良かったと心から感謝した。

「先生、よろしくお願いします」

笑顔を浮かべる佐藤を見ながら、頭を下げた。この日、入院して初めて希望を持つことができた。


午後七時。面会時間が終わる一時間前、佳奈が病室に来た。病室を出て面会室に移動した。

佳奈はいつものお気に入りのケーキを持ってきた。如月に食べさせたいというよりは自分が食べたいのだ。

「どう調子は？」

「診察で担当の若い先生に励まされたよ」

佐藤から渡された治療計画を見せながら、治療の説明を聞かせた。

「三クールってことは、入院は三か月程度ってこと」

「わからない。ただ、一時退院や通院に変わることもあるそうだ」

「そうなの」

佳奈の浮かない顔が気になった。

「どうかした？」

「実は……仕事がね」

「仕事で何かあったのか」

「そろそろ正社員にって」

電機メーカーで事務をしている佳奈は滅多なことで仕事の愚痴を言わない。佳奈は新卒で保険会社に入ったものの、仕事に馴染《なじ》めず、一年で辞めた後、派遣社員となった。今の派遣先は居心地が良く三年間勤めた後、契約社員になった。正社員へのステップアップは間違いなくチャンスだ。

「良かったじゃないか、希望してたんだろう」

佳奈にとって良い話だと思った。ただ、佳奈は浮かない顔をした。

「それでね、正社員になったら忙しくなるからなるべく見舞いには来たいんだけど、来られない日もあるかも」

「気にしなくていい。今は仕事が大事だろう。だったら無理しなくてもいいからな」

精一杯強がった。本当は毎日来てほしい。仕事と病気の俺とどっちが大事だ。喉元まで出かかった。

「――ごめんね」

そこまでが限界だった。言葉が続かなかった。自分の希望と佳奈の希望。次元の違う世界にいる二人の隔たりはこんなにも大きかったのか。生きているステージが変わったことを実感した。

「ほんとに無理しなくてもいいからな」

見舞いだけじゃない。看病も、すべてに無理しなくてもいい。そんな投げやりな気持ちから出た言葉だった。

「でも、如月さんすごく大変そうだから」

「仕方ないだろう。無理すんなって」

心の声は違っている。支えてくれ。せめて治療が一段落するまで。傍にいるだけでいいから。なのに言葉が素直に出なかった。

「無理はしていないけど――」

「無理しているだろう。今日だってここに来るのが面倒だったんだろう。だったら、もう来なくていいよ」

佳奈の表情が崩れ、泣きそうな声になった。

「なんでそんなこと言うの」

「もう放っておいてくれていいんだよ。俺なんてこの先どうなるかわかんないし、おまえは仕事が大事なんだろう」

「そんなこと言わないで」

「わかってんだよ、自分でも。もう俺は終わりだよ。病気になって変わったんだ。将来どうなるか、それどころか、いつ退院できるのかだってわからない。だから、もういいんだよ」

「何言ってんの」

「何って、わかってんだろう。俺は病気で、もうなんの価値もないってことだよ」

「やめて、馬鹿なこと言わないで」

「馬鹿なことってなんだよ。俺より仕事のほうが大事なんだろう。俺が重荷になったんだろう。もう別れたいんだろう」

「そんな風に思ってないのに――」

「本音が言えないだけだろう。だから俺が代わりに言ってやったんだ」

佳奈は泣きながら震える声で言った。

「ごめん、多分私邪魔なのね」

邪魔なわけがない。ただ、頼ってしまうのだ。期待してしまうのだ。もっといてほしい。もっと会いたい。もっと励ましてほしい。際限ない甘えの中で自分のすべてを受け入れてほしい。そう思ってしまうのだ。

佳奈はそんな気持ちを支えられるような女じゃない。こっちが期待するほど重荷になる。応えてくれない佳奈に腹が立ち、無理強いするようになる。そんなみっともない姿を見せるのは嫌だった。

「わかったら出てってくれ」

涙を流す佳奈を見てますます腹が立った。ここでめそめそと泣かれても困る。泣きたいのはこっちだ。

「もう二度と顔を出さないでくれ」

その言葉が決定打になった。佳奈はバッグを摑み、逃げるように病室を出て行った。あっけなかった。本当にあっけなかった。何かを期待していたわけじゃない。当然と言えば当然だが、それにしてもあっけない終わりだった。こんなにやわだったのか、と思うほど泣けてきた。情けなさと悔しさと怒りがごちゃ混ぜになって心をかき乱す。

ただ、そう思ったのは、その夜だけだった。こんなものはまだ序の口と思わせるほどの地獄が待っていたのだ。

五月十九日

気分は最悪だった。佳奈と別れたからじゃない。もちろんまったく応えてないと言えば嘘だ。でも、今はそれ以上に辛いことがある。想像した以上に抗がん剤の副作用が辛い。話には聞いていたが、治療を中止する患者がいるのも頷ける。だが、治療の中止は死を意味する。どんなに辛くても回復の見込みがあるのなら、それに縋《すが》りたい。

ブログを書きながら、点滴を見た。この薬が体に入ると、激しい嘔吐と倦怠《けんたい》感に苛《さいな》まれる。食欲がなくなり、食べ物を見るだけで吐き気がする。何も食べる気がせず、一日一食ですら完食できなくなった。体重は十キロほど減り、五十二キロまで落ちた。鏡に映る自分の顔は日に日に痩せていった。

「副作用が酷いようなら支持療法を併用します」

佐藤医師が提案した支持療法は治療による副作用に対しての予防、症状の軽減を目的とした治療である。治療中は副作用である貧血や血小板減少を防ぐ製剤を処方されていたがそれに加えて吐き気止めを処方してもらった。

抗がん剤治療を始めて、一週間。まだ一週間、ワンクールが終わるまであと三週間続く。

長く辛い治療の先に根治があるとすれば、その希望に縋りたい。

「一緒に取り組みましょう」

佐藤医師の言葉を信じて治療に耐えた。

六月十日
ようやく四週間の治療が終わった。昨日血液検査とCTを受けた。結果が良ければ、同じ抗がん剤の投与を続けるという。良い結果が出てほしい。普段神仏など信じないが、今日ばかりは神でも仏でもいい、祈りたい。どうか、回復していますように。

ブログを書きながら、夕方の診察を待った。頼れる者はいない。あれから佳奈とは連絡を取っていない。家族も親戚もいない自分には話し相手すらいなかった。がんは一人で抱えるには重過ぎる病気だった。介護を受けなければ日常生活が送れないほどの状況ではないが、これから病状が変化した時にどうすればいいのか、不安は募るばかりだった。

振り返れば、自分には心の支えがなかった。自ら関係を壊した佳奈に今更戻ってきてくれとは言えない。それに妻でもない佳奈は看護を担わせるには申し訳ない存在だった。深い関係を望まなかったのは自分のわがままだ。こうなってみて初めて孤独の気楽さが反転したことに気づいた。誰かに縛られたくないという身勝手な性格が災いした。家族がいない分余計なわだかまりがない。それは良くも悪くも一人で生きている者の定めなのだ。

「辛い」「気分が悪い」「食欲がない」「もう治療をやめたい」「こんなことなら死んだほうがましだ」、どれも病人の愚痴に過ぎない。それを言える相手がいる人はまだいい。誰かにやさしい言葉をかけてほしい。励ましてほしい。家族も信仰する宗教も持たない独り身は自分で自分を支えるしかない。しかし、治療中は体力も気力も落ち、とかく弱気になっている。病気になって初めてわかった。心のつながりを必要としないのは、自分で自分を支えられるという前提があってのこと。今はとにかく誰かに励まされたかった。

その反面、家族の支えの裏に潜《ひそ》む負担もわかっている。

かつて取材した安楽死を求める患者の多くは、家族に迷惑をかけたくないという理由で死を望んだ。取材をした患者の声を思い出し、家族という存在の功罪を感じた。家族の愛情は間違いなく存在する。それは血のつながりだけではない、同じ時間を過ごしてきた人間が持つ結束とも言える。だからこそ、その気持ちが家族を縛る。先の見えない看護が大きな負担となり、家族を疲弊させる。安楽死の是非とは別に、安楽死を求める患者と家族の声には今の医療の現実が表れている。自分が書いた本がたくさんの人たちに読まれたのは筆の力ではない。ありのままに書いた生々しい現実の過酷さに皆耳を傾けたのだ。

外来に呼ばれた。ベッドから起き上がり、外来まで歩いた。筋力が落ちたせいか、診察室までの歩みは遅く、思いの外時間がかかった。足取りが重いのは体力のせいだけではない。結果を聞くのが怖かった。診察室が被告人席に思え、医者という裁判官が判決を言い渡す。どんな判決が下るのかわからないが、そこに「死刑」という二文字があると思うと、足がすくんだ。

診察室の前で順番を待った。待合室にはまだ四人の外来患者が待っていた。どの面持ちも暗い。この時間の待合室は午前の診察で何らかの検査を受けて、結果を待っている患者たちだ。待ち時間が患者を疲弊させる。治療の効果は。入院は続くのか。考えるだけで不安が次々に生まれてくる。

医師の一言で自分の将来が天国にもなれば、地獄にもなる。その審判を前にして不安にならない者などいないだろう。日本の医療システムに自分ごときライターが何を言っても変わらないだろうが、患者の立場になって様々な問題点を実感した。

「診察室にお入りください」

パニック発作はもうないが、相変わらず動悸がする。診察室の扉を開け、中に入ると、CTの画像を見つめる佐藤医師がいた。

「四週間の治療お疲れさまでした」

画像を見つめる佐藤の表情は厳しい。治療に臨む前にあった明るさが消えている。恐る恐る聞いた。

「――先生、どうですか」

結果は佐藤の表情に表れていた。

「あまり効果が出ていませんね」

「――そうですか」

「別の薬を試したいのですが、いかがでしょう」

やはり患者に聞くのか。素人である患者には判断する材料がない。医療現場についてそれなりに取材したこともあり、多少事情はわかっているつもりだが、それでも病気は専門家にしかわからない。だが、病院のスタンスは違う。医師は医療サービスを提供するための情報提供者であり、選択権は患者にある。あくまでも患者が治療を選択したという建前のうえで、医療を実施しなければ、医療機関は責任を取ることができないのだ。

「先生が変えたほうが良いと言われるなら、そうします」

「標準治療では別の抗がん剤を複数組み合わせることで効果が認められる場合もあります」

標準治療。何度か聞いた言葉だが、疑問があった。

「その標準治療とはどんなものですか。他にも選択肢があるということですか。私はベストな方法で治療を受けたいだけです。医学的な知識のない患者が治療の選択をできるはずがないでしょう」

これまで佐藤を信頼してきたが、抑えてきた不満がつい言葉に出てしまった。ここに至るまでに相談があれば何でも話すよう言われていたが、佐藤を信頼し任せていた。

佐藤の態度は相変わらず冷静だった。

「標準治療とは決して平均的なレベルの治療という意味ではありません。過去の症例や治験をもとに作られた現時点でのベストなガイドラインだと思ってください。患者さんがお調べになって様々な治療法を試されるのは結構です。個人の選択を尊重するのが、現代医療の前提となっております。病状をお伝えし、望まれる治療を受けられるようサポートするのが私の仕事です」

何も言い返せなかった。医学的な知識や見識などほとんどない素人に治療の選択などできるはずがないのだ。そんなことは百も承知のはずだった。振り上げた拳は行き場を失い、自らの懐に戻すしかなかった。

「わかりました。先生に従います」

「別の薬を試しましょう。副作用にも注意して治療を継続します」

佐藤の治療方針に同意して、診察室を後にした。後に残ったのは、医師への信頼でも治療による回復への希望でもない。抗がん剤による副作用への不安だった。

六月十二日
再び抗がん剤投与が始まる。薬は変わっても副作用は変わらない。相変わらず食欲はない。薬の量が増えたせいか、喉の痛みや口内炎が酷い。抜け毛が多くなったが、これも抗がん剤特有の副作用だ。仕方なく売店でニット帽を買った。今日仕事仲間が見舞いに来る。患者なのだから髪を気にしてもと思うが、そうではない。いかにも病人らしく見えると、お互いの心を暗くするのだ。

ブログを書くのが辛くなってきた。病状の回復は見られず、副作用に苦しむ毎日。病気の苦痛を少しでも紛らわせようと日記を書き綴ってきたが、日に日に悪化する病状に書くのが嫌になってきた。
夕方、食事は付いてきたプリンだけを食べ、ほとんど残した。膳を下げてもらった後、懐かしい顔を見た。同じフリーのライターで医療問題に詳しい笹原《ささはら》が見舞いに来てくれた。
「すっかり病人だな」

「そりゃそうだろう。もうひと月だ。いつ出られるかわからん。娑婆が恋しいよ」

自分に冗談を言える余裕があるとは思っていなかった。見舞いはなるべく断るようにしていたので、知り合いも気遣って来なかった。そんな中、仕事仲間の笹原が来てくれたのはうれしかった。

「それにしても痩せたな。やっぱり治療は大変か」

「副作用がきつい。食欲も性欲もまったくなくなった」

「冗談が言えるうちは大丈夫だな」

苦笑しながら笹原が言う。

「相談してくれれば、知り合いの医者を紹介したのに」

「そんなことを考えている余裕はなかった」

時間的にも精神的にも他の医療機関を見つけるほどの余裕はなかった。セカンドオピニオンを受ける暇を惜しんで入院した。

「医者はどうだ。ちゃんと診てくれているか」

「主治医から言われた治療方針に素直に従っている。ただ、いろいろと不満もある」

一昨日の診察で主治医の佐藤から言われた標準治療についてはある程度、納得したものの、その治療がうまくいかなかった時のことを考えた。標準治療を選択すれば、回復が見込めない場合でも責任を問われないはずだ。だが、患者にしてみれば、それはそのまま死を意味する。治療の愚痴を話すと、笹原はさも専門家のように模範解答を返した。

「病院側の事情もある。大学病院の医師は忙しいうえに患者数も多い。一人の患者にかけられる時間は限られている。患者の悩み相談に時間を割いている暇はないんだ。標準治療はそのためのエクスキューズだよ」

「しかし、医師にとっては何人もの患者の一人だろうが、患者にとって医師は唯一頼れる存在だ。治療は自分の命がかかった死活問題だ」

「そこに現代医療の限界がある。医療機関はどこも飽和状態だ。入院患者を長く置いておく余裕はない。特に大学病院は手術が必要な患者以外は通院、治る見込みがない患者は在宅介護かホスピスに移される」

治る見込みがない。ホスピス。がん患者の前で不用意に使う言葉か。笹原の配慮のなさに気分が悪くなった。

「そんな話は聞きたくない」

笹原は励ましに来てくれたかと思ったが、どうやら健康な人には患者の繊細な気持ちはわからないようだ。無用な言い争いはしたくなかったが笹原は話を続けた。

「辛いのはわかるが、おまえだって医療問題にメスを入れたジャーナリストの端くれだ。

安楽死を扱ったテーマで本を書いただろう」

笹原が視線を向けた先、ベッドの脇の棚には『安楽死を求めて』の背表紙が見えた。

「あれは違う。まだ安楽死という言葉すら浸透していなかった日本に一石を投じるために書いたんだ」

「同じことだ。時代は変わって、患者の権利が尊重される時代だ。患者には治療を選ぶ権利同様に死ぬ権利もある。そういう論点で書いたんだろう。今やがん告知は当たり前になった。患者が治療を選択する時代になったんだ。その背景には病院の責任逃れや効率化という根本的な問題がある。大学病院のキャパは飽和状態だ。近い将来必ず機能不全になる。それに警鐘を鳴らす声はあるが、抜本的な解決策はない。だからこそ――」

顔を背け、笹原の言葉を制した。

「もうやめてくれ。ここだって大学病院だ。俺は毎日辛い治療に耐えて闘病生活を送っている。医師は患者を救おうと日々悪戦苦闘している。もし俺が医師に見放されたら、行き場を失うんだ。医療問題なんてどうでもいい。俺は治りたい。助かりたいんだ。治療方法だの、死に方だのをどうのこうの言う前に死にたくないんだよ」

感情の抑えが止まらなかった。もうこれ以上こいつの顔も見たくない。

「出て行ってくれ」

「そんなことを言わないでくれ。俺はおまえを励ましに——」

「とにかく今日は帰ってくれ」

笹原は「すまん」と詫《わ》びて病室を後にした。

ベッドに一人になってから急激な不安が襲ってきた。どうやら自分の視界にはもう死神がいるようだ。その存在が他人を近づけないよう睨みを利かせている。自分と他人を隔てる「死」という境界線ができつつある。自分が運転する道の先に見え隠れする「死」という標識。その標識が他人にも見え始めているのだろう。必死にブレーキを踏んで踏みとどまりたい自分。何の迷いもなく、アクセルを踏み続ける世間。そのギャップにもがいている。

笹原と会ったことで、自分が他人と違うレールを進んでいると強く自覚した。同時に希望の糸がぷつりと切れてしまった気がした。

六月二十一日

入院して一か月半、変わったのは、体重だ。体が軽くなるにつれて、体力も気力も落ちた。忍耐力がついたかどうかはわからない。副作用の苦しさはどれだけ長く経験しても慣れはしない。もう正直やめたいとすら思っている。苦しい。痛い。もう楽にしてほしい。

ただ、楽になるイコール死だ。俺はまだ死にたくない。

最近ブログにも弱音が出るようになってきた。時間潰しにテレビをつけた。昼のバラエティ番組を見てもどこか別の世界に見えてしまう。自分が世間とは違う場所にいる感覚。この感覚は同じ病気で入院している者でなければわからないだろう。笹原が見舞いに来たのを最後に、誰も来なくなった。世間から完全に見捨てられたというわけだ。

薬を変えてから一週間。ＣＴと血液検査の結果が今日出る。診察は判決が出る法廷のようだ。万が一死刑を宣告されたら——。そんな不安が過《よぎ》る。祈る気持ちで午前中を過ごした。

昼食の後、病棟のカンファレンスルームに呼ばれた。部屋に入ると、佐藤医師が待っていた。

「一週間よく頑張りましたね。結果ですが、良い兆候はありますね」

佐藤の一言で胸が躍った。良い兆候。その言葉が何よりも心の安定剤になる。

「ただ、まだはっきりと効果が出ているわけではありません。薬効は期待できるという程度です」

「どういうことですか」

「リンパ節に転移した腫瘍はわずかに小さくなっています。ただ、手術できるレベルではありません。もうしばらく薬を続けて効果を見ましょう」

わずかでも良くなっているというのであれば希望が持てる。ただ、佐藤が言ったことを素直には喜べなかった。不安にさせる言葉が続いたからだ。

「薬の効果は認められましたが、病状が厳しいことには変わりありません。治療は続けますが、これ以上体力を奪うようであれば、中止も検討せざるを得ません。食事と睡眠を十分に摂《と》ってください。病気に負けないためにも体力は必要です」

副作用との闘いには完全に負けていた。それでも、一縷《いちる》の望みがあるなら、耐えよう。

佐藤に頭を下げ、カンファレンスルームを退室した。

六月二十二日
昨日の検査結果を聞いて、少し心が上向いた。辛い治療は続くが、それでも先に希望があれば、頑張れる。必ず克服する。ここで終わってたまるか。

強気の言葉を書いたが、また投薬を始めると、以前にも増して副作用に悩まされる。髪は完全に抜け落ち、寝ている時も、ニット帽をかぶることにした。顔の腫れ、浮腫《むく》み、口内炎は相変わらずで、食べ物が喉を通らない。佐藤医師から食べるように言われたが、とても食欲は出なかった。体重は五十キロを切り、いよいよ病院着が大きくなっていく。

気力も徐々になくなっていく。どこがゴールなのか、どこまで行けば、この治療が終わるのか、先の見えないゴールに向かって、あとどのくらい走ればいいのか。体力の減少が気力も奪っていった。

六月二十五日
ついに気力は底を突いた。これ以上は耐えられない。副作用に殺される。もはやこれは治療ではない。拷問だ。

午前中に佐藤の回診があった。佐藤は、いつもと同じように笑顔を浮かべて話した。

「どうですか、副作用は」

「相変わらずです」

「食欲は？」

首を横に振る。昨日も診察でなるべく食べるように言われていたが、既に食事は拷問に近くなってきた。食べてもすぐに苦しくなり、吐く。また食べる。すぐに吐く。これでは食べる意味がない。

「では、薬を変えましょう。如月さんが希望されるのなら、抗がん剤を止めて免疫療法に切り替えます」

それが効くのなら、もっと早く出してほしかった。そんな嫌味を言う気力すら残っていなかった。

ふと、佐藤がベッド脇の机に目を向けた。

「その本は？」

佐藤の視線を追った。いくつか本が積まれているが、どれを指しているのかわからない。

「本をお書きになるんですか」

その言葉で佐藤が著者名を見たのだと気づいた。

「ええ、随分前に書いた本ですが――」

「そうですか、確かお仕事は――」

「フリーライターです。ノンフィクションを書いています」

「その本もあなたが」

佐藤は『安楽死を求めて』を指さした。

「ええ、まだ若い時分の本です」

佐藤は興味ありげに、本のタイトルを読み上げた。

「医師にとってはとても気になるタイトルですね」

「お読みになりますか」

「いえ、結構です。多分読む時間がありませんから」

佐藤は苦笑いしながら、次の患者の回診を始めた。

忙しい医師には本を読む暇などないのだろう。今の自分には安楽死など触れたくもないテーマだが、なぜかこの本は手元に置いておきたかった。自分はまだジャーナリストの端くれだと思いたい。病気を克服したら、もう一本これを超える作品を書きたい。今度こそ時世に合った作品を。あの時書き切れなかったことを自身の体験もふまえて書き上げたい。消え入りそうな希望の中でなんとか踏みとどまりたい一心で、自分に言い聞かせた。

六月二十六日
病院のベッドの上で本を読む。体力は落ち、活字を読むのは辛いが、今日は読める。あまりの苦痛に薬の投与を中止してもらった。抗がん剤を中止し、免疫療法に切り替えた。疼痛《とうつう》を緩和する薬を処方してもらい、ようやく苦痛からわずかに解放された。

ふとベッドサイドにある『安楽死を求めて』を手に取った。帯にノンフィクション新人賞受賞と書かれてある。

この本を書いたのはまだ二十代の頃だった。出版社をやめて、ライターとして独立して最初の仕事。安楽死が法的に認められているスイスの自殺ほう助団体に取材し、代表医師のインタビューをまとめ、一冊の本にした。「安楽死」に対する知識も見識もない、しがないライターが取材だけを頼りに書いたノンフィクションは、「死」の瞬間に立ち会った証言者の声として評価された。

あの時は何も考えていなかった。自分にとって遠い「死」に目を向けていなかった。だから書けたのだ。他人の死を目撃し、考察を入れず、描写することでリアリティを出した。計算したわけではない。ただ、題材を追って、スイス、オランダ、スペインへと飛び、話を聞き、体験談をまとめただけだ。そして日本の現状を調べ、過去の安楽死事件に関わった関係者に取材した。口を閉ざす者、正当性を主張する者、取材拒否などすべて織り込んで原稿にした。若気の至り。今ではそう思う。取材中は「死」を他人事と切り離し、深く入り込まないようにした。

恐る恐る本を開いた。そこに何が書いてあったか、正直よく覚えていない。たまたま開いたページは日本での「安楽死」の事例を書いた章だった。

日本の安楽死事件は一九九一年の東海大学医学部付属病院での事例が最初だと言われている。現在も安楽死事件に関わる判例として、医療史に残る出来事だ。

多発性骨髄腫と診断され、終末期にさしかかっていた患者に医師が塩化カリウムを静脈注射した。本人の意識はなく、家族に『苦しむ姿を見たくない』と懇願され、取った処置としているが、当時も現在も積極的安楽死は日本の刑法では殺人または嘱託殺人とされている。

医師は懲役二年執行猶予二年の有罪判決を受け、「殺人医師」とマスコミから批判を浴びた。『尊厳死』と『安楽死』の違いもまだ周知されていない時代、判例はその後これまでの終末期医療に大きな影響を与えた。

自分の書いた本ながら、気が重くなった。まさか自分自身に安楽死という選択肢を意識する事態が起こるなど考えてもいなかったからだ。

原稿を書き上げた十数年以上前と変わらず、現時点でも積極的安楽死は殺人だ。そして、医療は患者を一日でも長く生かす行為であり、死は敗北という意識で医師は日々病気の治療に臨んでいる。それは患者にとっても同じだ。消極的安楽死、即ち「延命措置の手控えや中止」はリビング・ウィルという呼び名で昨今、患者の意思が重視される風潮になっている。だが、医療現場では医師と患者、その家族の間でも様々な軋轢や葛藤がある。

「自分がもう助からないとわかったら、延命措置はいらない」

以前は自分もそう話していたが、それが現実になった今、その考えを改めた。末期患者の置かれた立場は健康な人とはまったく違う。「延命措置」以前に「死」を意識するということは「非日常」であり、普段の生活では「死」と向き合うことを本能的に回避している。死を意識するのは、病気に罹患し、日常から離れた時だ。

一度死が見えると、そこから先、元の場所に戻ることが難しい。運よく生還できた者は生きる大切さ、生のありがたみを実感できる。もし時計の針が戻るなら、あと一年、いや半年前に戻してほしい。その時の自分に「すぐに検査に行け」と言いたい。早期にがんが見つかっていれば、結果は変わっていただろう。仕事、友人との約束、日常生活のあれこれ、そんな些末《さまつ》なことは後回しにしてもやるべきことがあったはずだ。

気づいた時はもう手遅れだった。

「安楽死」も「尊厳死」も今は考えたくない。その字面すら見たくない。死という文字を見るたびに、全身に悪寒が走る。これが夢であってほしい。時間を巻き戻してほしい。今ならわかる。何を望み、何を求めているのかが——。

――俺はまだ死にたくない。もっと生きたい。

七月十七日

朝から調子が良くない。いや、良くないのはずっと前からだ。そうではなく、これまで以上に胸が苦しい。医師からの指示で酸素チューブを付けることになった。鼻にチューブを入れ、なるべく高濃度の酸素を肺に送り込む。空気が供給される音は心理的にも不安を煽《あお》る。それに、薬の副作用とは思えないほど息苦しい。まさか病気が悪化しているのだろうか。そうだとしたら薬は効いているのか。息を吸って吐く。たったそれだけのことがうまくできない。

ブログを書く手を止めて、スマホをベッドの上に置いた。息苦しさが酷くなる。酸素が出ているかどうか確かめた。鼻から送り込まれる強い風を感じる。濃度が落ちているのだろうか。不安にかられ、枕の横にあるナースコールを押した。

「どうされました」看護師の声にかぶせるように伝えた。

「息が……苦しい……」

看護師が来るまでの時間が長かった。まるで胸に無数の針を刺されているかのようだった。胸の激痛が不安を呼び込む。何度呼吸をしても酸素が入ってこない。窒息しそうなほど息苦しいのだ。

看護師は酸素を供給する機械を確かめる。酸素は送り込まれている。にもかかわらず、息苦しい。

「まだ苦しいですか」

痛みはまだ続いている。息苦しさも変わらない。もしかすると、自分の肺はもう酸素を取り込めないほど弱っているのか。

「ちょっと失礼します」

看護師が着衣の上半身をまくり、腹と胸に触れる。

「少しお水が溜《た》まっているかもしれませんね。先生を呼んできます」

看護師が戻ってくるまでの間も息苦しさは消えなかった。胸の痛みと息苦しさが不安を煽る。痛みと不安は表裏一体だ。病状の悪化、治療への懐疑。回復への道が閉ざされ、死が少しずつ迫ってくるような切迫感に襲われる。

もう一度ナースコールを押した。反応がない。しばらくして、インターホンから声がした。

「今、行きます」

切羽詰《せっぱ》まった如月は怒鳴るように言った。

「早く……苦しい……」

インターホンが切れると、主治医の佐藤と担当の看護師が部屋に入ってきた。看護師が病院着を脱がせると、佐藤が聴診器を当てた。

「胸膜炎かもしれない。処置室に」

看護師が車椅子を用意する。体を支えられながら、車椅子に乗り、処置室に運ばれた。ベッドに横になり、佐藤がエコーを胸に当てる。痛みのある箇所を聞かれたが、もはやどこが痛みの発信源なのかわからない。佐藤医師がエコーを当てながら看護師に指示をする。

「麻酔と胸腔穿刺《きょうくうせんし》」

胸の周囲に注射を打つ。ちくっとした痛みは胸の疼痛に比べれば蚊に刺された程度にしか感じない。数か所麻酔を打つと、佐藤は注射器に太い針を取り付け、胸の側面に刺した。胸から液体が抜ける感覚とともに、注射器に液体が溜まっていく。液体が抜かれるたびに呼吸が少しずつ楽になってきた。佐藤は穿刺をやめると、針を抜き、傷口を処置した。点滴で痛み止めを入れられ、病室に戻った時に自分の置かれた状況を理解した。体が限界を訴えている。

――もう薬は効かない。俺は死ぬんだ。

七月十八日

肺に送り込む酸素濃度を上げるため、常に鼻にチューブを付けるようになった。病室では酸素を吸い続け、病室から離れる時は携帯できる酸素ボンベを持ち歩いた。呼吸が苦しくて、何も考えられない。時間を止めてほしい。もう後戻りができないのなら、せめて楽に逝かせてくれ。これ以上の苦痛と恐怖に耐えられない。

担当の看護師が顔を出した。昨日は詳しい説明がなかったが、処置室を出た後、ＣＴを撮っている。その結果を伝えるために迎えに来たのだ。

「如月さん、車椅子に乗れますか」

頷いてはみるが、体が動くかどうかわからない。ゆっくりとベッドから下りて車椅子に乗った。酸素ボンベを車椅子に付け、チューブを鼻にかけた。ゆっくりと酸素を吸い込む。壊れかけた肺に少しでも酸素を送り込もうと鼻で息をした。

看護師は点滴台から薬袋を外し、車椅子に付け替えた。そのまま、看護師に車椅子を押され、病棟のカンファレンスルームに移動した。

主治医の佐藤がパソコンの画像を見ていた。佐藤はいつになく深刻な表情で迎えた。目を合わせようとせず、ディスプレイを見つめている。

「もう免疫療法はやめましょう」

その言葉が何を意味するのか理解したくなかった。

「他に治療法はあるのですか」

「あまり効果が出ていないので、免疫療法はやめようと言ったのです」

佐藤の冷静な口調がまるで最後通牒のように聞こえた。

「そうじゃない。他に治療法がないか聞いているんだ」

「でしたら、はっきり申し上げます。治療から緩和ケアに移行しましょう」

「なんだと」

「もう一度申し上げます。免疫療法が効かなければ、もう治療の方法はありません」

ここにきて、この苦しみのどん底での死刑宣告か。怒りも憤りをも通り越し、感情のうねりに体全体が押し潰されそうになる。佐藤は追い打ちをかけるように言い放った。

「ホスピスをご紹介します」

「見放すんですか。散々励ましておいて、もう手に負えないから、病院を出て行けと。これまで何のために辛い治療に耐えてきたんだ。回復する望みがあると思ったから、頑張って耐えてきたんだ」

しゃべるたびに息があがった。まるで百メートルを全力で走ったように呼吸が苦しくなる。酸素ボンベのつまみを最大にして、鼻のチューブから酸素を吸い込んだ。

「ご自身でもわかると思いますが、もう治療に耐えられる体力はないと思います」

反論できなかった。息が苦しくて言葉を発することができないのだ。それでも力を振り絞って訴えた。

「免疫療法は、肺がんには効くと聞いた」

抗がん剤治療に苦痛を感じ、他の治療法を調べていた。新薬が開発され、免疫療法に有効性が認められたことは知っていた。

「先日もお話ししましたが、化学療法では限界が来ていましたので、免疫療法も試してみました。ですが、効果はありませんでした」

言葉を失《な》くした。希望が絶たれた。いや、希望は他にもあるはずだ。

「他にも治療法はあるでしょう。あきらめないでください。先生に見捨てられると、私はもう――」

悲痛な訴えは届かず、佐藤はさらに追い詰める。

「私も精一杯治療を試みました。あなたが望んだからです。あなたが選択したからです。ただ、医者にも限界はあります。治る見込みがないからではない。もう打つ手がないのです。現代の医療では治せない病気もあります」

「あんた、それでも医者か」

一言吐くたびに肺から酸素が失われ、全身が酸欠状態になった。うまく話せないところに、佐藤は冷や水を浴びせるように言った。

「では最初から緩和ケアをお奨めすればよかったとでも。最初に診断した時にもその選択肢はありました。ですが、患者さんが自ら治療を望まれたのです。その効果が伴わず、病状は悪化しました。既に胸膜に播種《はしゅ》したがんによって胸水が生じています。今後定期的に穿刺するか、ドレーンを挿入して水を抜かないとまた痛みと呼吸困難が起こります。それだけではありません。早い段階で緩和ケアに移行しなければ、副作用以上の痛みがあります」

現実を告げられ、底なしの恐怖で全身が震えた。同時に息苦しさが増した。

「死ぬのが怖いですか」

思わず佐藤を見た。佐藤はわずかに口元を緩ませ笑っている。

「何が可笑《おか》しいんだ」

震える声を振り絞って聞いた。

佐藤は机の引き出しから何かを取り出し、目の前に置いた。『安楽死を求めて』というタイトルが見えた。まぎれもなく自分が書いた本だった。

「あなたが望めば安楽死という選択肢もあります。もちろん、日本では違法行為です。だが、海外では認めている国もある。この分野のことなら、あなたのほうがお詳しいでしょう。そのための診断書を書いてもいいですよ。ただし、私はお奨めしません。兄が手ひどい目に遭いましたからね」

「あんたいったい誰なんだ」

「私は結婚して苗字《みようじ》を妻の姓に変えました。変えざるを得なかったんです。あなたが書いた本のせいでね」

ようやく思い出した。佐藤を見た時に見覚えがあると思ったのはこのことだったのだ。『安楽死を求めて』を書いた時、安楽死事件の情報を調べるうちに、まだ公になっていない事件があることに気づいた。そこで、過去に事件があった病院の関係者に他の事例を知らないか、聞いてまわった。そこで行きついたのが、鈴木正人《すずきまさと》の事件だった。

当時多摩《たま》地区の病院に勤務していた鈴木医師は家族に請われる形で、末期患者に筋弛緩《きんしかん》剤を投与したと告白した。世間には公表されることはなく、犯罪行為として表沙汰にならなかった。ほとんどの安楽死事件は内部の密告者からの訴えで司法の場に持ち込まれ、犯罪として公になる。だが、遺族と医師の間で合意形成がなされていれば、発覚せず、刑事事件に発展しない。家族と患者が望んだ末の行為であれば、世論を変えるきっかけになるかもしれないと考えた。そこで病院名と医師名、患者名を匿名にして書いたのだ。それが悲劇を生むことになってしまった。

　出版後、話題となった『安楽死を求めて』は売れた。結果、世間の多くの目に触れることになった。そのため匿名の病院名と医師名を公表しろという声が出版社に殺到したのだ。対処に困った出版社は鈴木医師の名前を、一方的に公表してしまった。

　鈴木医師は警察の捜査を受け、事件が露呈した。起訴された鈴木医師は懲役刑判決に執行猶予が付いたものの、最も重い三年間の業務停止処分を受け、病院を辞めさせられた。その後、鈴木は郷里に戻り、クリニックを開業するために、準備を進めた。だが、世間は鈴木に殺人医師のレッテルを貼り、医師としての再出発を認めなかった。そんな逆境に耐えられず、鈴木は自殺した。

　本は売れ、ライターとして名は売れたが、医師を一人破滅に追い込んでしまった。当時は自分の罪を認めるだけの責任を感じていなかった。鈴木を殺したのは世間だ。そう決めつけ、自分の責任を回避したのだ。

「入院患者にあなたの名前を見つけたのを、私は偶然とは思えませんでした。これは兄が導いたのだと、兄の無念の思いが、こうした巡り合わせを引き寄せたのだとね」

「それで、担当医に――」

佐藤が頷いた。

「……恨むなら、お門違いだ。俺は……鈴木さんを擁護しようと」

「だったら、なぜ兄との約束を破ったのですか。兄は匿名を条件に話をしたはずです。なのに、名前は公表され、兄は世間の批判を浴びた。遺族だって最初は納得していたんだ。なのに世間の批判を怖がって兄の行為を否定する立場に回らざるを得なかった。そこまで追い詰めたのは、あなただ」

「いや、それは――」

出版社が勝手にやったとは言えなかった。刊行した時点でそうなることはある程度予想されていた。そこにあえて目をつぶっていたことは否めない。

「あなたは日本にも安楽死の議論が必要だ。そう兄に説明したそうですね」

確かにあの時、そう言った覚えがある。だが、実際に筆を執ると、著者が安楽死の是非を判断すべきではないと考えた。取材した内容を忠実に書いて読者に問う。世論がまだ不安定なうちはそうしたほうが無難だと予防線を張った。結果著書は評価されたが、出版した後、鈴木から抗議の電話が来た。

――話が違うじゃないか。

そう言われ、思わず逃げ口上を言ってしまった。

──内容の是非は読者に委ねました。それがジャーナリズムです。

「せめてあなたが兄の行為に理解を示し、肯定する立場を取ってくれれば、兄もあれほど世間から批判を受けなかったでしょう」

「あの時は、あれ以上踏み込むべきではないと……」

息が続かなかった。

佐藤はさらに詰め寄る。

「何がジャーナリズムですか。ただ世間の反発が怖かっただけでしょう。あなたに医師を批判する資格はない。兄は患者の希望通りにして批判にさらされた。医者は病気を治して当然とでも思っているのですか。そんな万能な医学はこの世にありません。兄は犯罪者となり、世間から非難されました。兄を殺したのはあなたです。それも直接手を下さず世間の批判に耐えかねた兄が自分で自分を殺すように追い詰めた」

「それで復讐のために私の治療を──」

これは佐藤による復讐なのだ。そう告げられているようだった。

「勘違いしないでください。あなたに間違った治療を奨めるようなことはしていません。私には兄のように法律を無視しても患者に寄り添うような真似《まね》はできません。あくまでもあなたとは医師として私情を抜きに接しました。ただ、あなたがどんな治療を選択し、その結果、どんな末路を辿るのかは見届けたかった」

「今すぐ、担当医を替えてくれ」

言い終わらないうちに、佐藤が遮った。

「誰が診ても結果は同じです。あなたの病気は発見された段階で寛解《かんかい》が難しいステージでした。あとは治療をするか、それとも緩和ケアを選ぶかは患者の意思を尊重して決めます。あなたは治療を選びました。だから、私はあなたの治療に全力を尽くしました。個人的な恨みはあっても、医師として手は抜いていません」

何も言い返せない。言い返せないからこそ、みじめだった。

「俺はもう……だめ、なのか」

「初診を担当した部長からは対症療法で病状が落ち着いた段階でホスピスに移ってもらうようにという指導でした」

最初に診察を受けた医師の言葉は佐藤よりもはるかに冷たく無機質だった。佐藤が治療を奨めてくれたおかげで、なんとか気持ちを持ち直した。あの時は救われた気がした。だが、救われたわけではなかった。

これまでは医師が助けてくれる、だから任せておけばいいと思っていた。だが、それは間違いだった。治療を選択するのは患者だ。なぜなら、死ぬのも、生きるのも患者だからだ。残りの人生をどう過ごすか、それを選択するためには現実を知るしかない。自分に残された時間があとどのくらいなのか、その間に何ができるのか。そのためにはどんなに怖くても、残された時間を聞き出さなければならなかったのだ。

「あと、どのくらい……なんだ」

「はっきりとは言えませんが、もって三か月、早ければ二か月でしょうか」

受け入れたくない現実だった。だが、この男の言葉に疑う余地はない。現に体調は日を追うごとに悪化し、体が限界に近づいていくのがわかるのだ。

「他に……選択肢は」

「ホスピスで緩和ケアを受けるか、それとも――」

他に選択肢があるというのか。

「残りの時間をジャーナリストとして生きるか」

ジャーナリストとして生きる。そんな選択肢が残されているのか。

「どうすれば……」

佐藤はパソコンに何かを打ち込み始めた。しばらく無言のまま、パソコンに向かい、キーボードから手を離すと、プリンターが動く音がした。印刷された紙は紹介状だった。

「私の知人が経営している病院です。ここでの医療行為を書いてみてはどうですか」

紹介状には青海友愛病院《あおみゆうあい》と書かれていた。

「ここは――」

「ホスピスですが、他のホスピスとは違います。あなたのような患者が過去多く訪れ、救われました」

もう一度紹介状を見た。頼れる者はもう誰もいない。佳奈も。親も友人も。紹介状を握りしめた。そして佐藤に聞いた。

「なぜこんなに良くしてくれる」

佐藤は自分を恨んでいるはずだ。なのに治療にも積極的に取り組み、治療がままならない今も、こうして世話を焼いてくれる。

「私は医師です。患者をなんとか助けたい。どんな患者であろうと、治ってほしい。病気の根治が医師の目標です。しかし、中には助けられない患者もいます。そんな患者に退院を奨めると、決まって言われます。見捨てるんですか、もう治らないとわかった患者は病院には置いておけないのですか、と」

佐藤は情感を込めて言った。これまでも末期患者を助けられなかったという悔恨を何度も味わってきたのだろう。佐藤の誠実な態度に沈黙した。そして、佐藤に頭を下げた。

七月十九日
聖恵《せいけい》大学附属病院を退院した。治ったからじゃない。治らなかったからだ。転院する病院がどんな病院かはわからない。だが、そこが自分の死に場所になるのだろう。

タクシーで青海にあるホスピスに向かった。荷物はバッグ一つだった。これから死にに行くのに荷物はそんなにいらない。最低限の着替えとパソコン一台があれば十分だ。

タクシーは高速道路を経由し、一時間ほどで青海の海沿いにある病院に着いた。目の前に海が広がる小さな病院だった。院長の立木《たちき》は温かく迎え入れてくれた。

「ここでは患者さんの希望をなるべく叶えるようにしています。お酒も煙草も構いません。治療は緩和ケアが中心ですが、精神的な苦痛を取り除くためにカウンセラーや臨床宗教師との面会も可能です」

「臨床宗教師というのは」

聞きなれない言葉だった。カウンセラーとは違う特別な仕事なのかもしれない。

「ここにはキリスト教の宣教師で医師免許をお持ちの女性がいらっしゃいます。ご紹介しましょうか」

もしかすると、その女性こそが、佐藤医師が話していた患者の救いなのではないか。

「ぜひお願いします」

院長はやさしく頷いた。その日のうちに、臨床宗教師を紹介された。それが、白川紬《しらかわつむぎ》との最初の出会いだった。

七月二十日
臨床宗教師とは終末期の患者が抱く苦痛、死を前にした恐怖や絶望を和らげるために、患者に寄り添う宗教家だそうだ。白川紬と会って、死への恐怖が和らいだかというとそうではない。彼女が末期患者の救いだということはわかった。だが、それで死を回避できるわけでも、死から逃れられるわけでもない。いずれ、そう遠くない将来、自分は死ぬ。死の受容。そんなものができるはずがない。

体の痛みは大学病院にいた頃よりも和らいでいる。緩和ケアに切り替え、痛みから解放された。

この病院では患者一人一人に小さいながらも個室があてがわれる。治療はなく、緩和ケアのための処置が医師の手でなされる。積極的な治療を中止した時点で既に死は確定している。痛みは取り除かれても、死に対する恐怖は増大する一方だった。抗うつ剤や睡眠薬を処方されたが、さほど効き目はなかった。死とどう向き合うか、何度も考えるが結論は同じだ。死にたくない。それが唯一にして最大の望みだった。

ふと祖母の言葉を思い出した。

——上手《じょうず》に死んでいきんさった。

周囲の誰かが亡くなると口癖のように祖母は言った。

祖母自身も腎臓を患い、透析を受けるため通院していたが、いつ死んでもいいと覚悟を決めていたようだ。

祖母の病状が悪化して入院を余儀なくされた時、自宅で死にたいと入院を拒否した。ただ、家族はそれを認めなかった。介護の負担もあるが、それ以上に病気を放置して自宅で死なせたと思われては近所に悪い噂が立つ。結局、祖母は家族に説得されて入院した。やがて腎機能は落ちていき、心臓も弱まり、担当医からは「もってあと一週間ぐらいだろう」と言われた。医師に余命を宣告された頃、祖母は病床で担当の看護師に言ったという。

「これまで良くしてくれてありがとうね」

余命が短いことなど誰も伝えていない。ただ、祖母は毎日看護師と顔を合わせるたびに感謝の言葉を述べたという。

祖母はそのちょうど一週間後に亡くなった。食事も水も摂らなくなり、家族全員に看取《みと》られながら徐々に血圧が下がり、心臓が止まった。苦しみはなく、安らかな眠りのような死だった。上手に死ぬという口癖の通り、本人が上手に死んだのだ。

人は皆死ぬ。例外はない。上手な死に方など誰にも教えられたことがない。もし、白川という人物が上手な死に方を教えてくれるなら、聞いてみたい。もしその言葉が救いなのだとしたら助けてほしい。


初めて白川紬が部屋に入ってきた時、その白さに驚いた。髪は銀髪に染め、白衣に身を包み、胸にシルバーの十字架のネックレスをかけている。宣教師のようであり、医師のようでもある。白川の年齢は四十に届くかどうか。肌は白く、薄い化粧をしている。何よりもその落ち着きと醸《かも》し出す温和な雰囲気になぜか心が落ち着いた。人の顔とはどれほどの経験を積めば、こうも慈愛に満ちあふれるものなのだろうか。

白川が最初に話したのは、臨床宗教師たる者の役割についてだった。

「どんな方でも、年齢に関係なく死に直面した時には心の支えが必要です。死に対する恐怖心や迷い、悔いは計り知れないもので、決して一人では向き合えない、強い痛みと苦しみを受けます。呼吸困難や疼痛は死の恐怖に直結します。私はこの病院で医師として、疼痛ケアを施すとともに、患者様の心の不安を取り除くための対話をします」

「対話とは具体的に何をするのでしょうか」

「お伝えすることはありません。傾聴が主な役割です。そのうえで、残された時間をどう生きるかを一緒に考えます。あなたが何をしたいのか、何をすべきなのか、それを話すことが不安や迷いを取り除く助けとなります」

それならばここに来る前から決まっている。もう一作書きたい本がある。

「私はライターです。過去安楽死についての書籍を出しましたが、私はまだ『死』がどんなものかわかっていなかった。今こうして自分が死の間際に立ったからこそ書けるものがあるはずです。私は死への不安や恐怖を抱え、絶望の中で苦しんでいます。どうすれば、死の恐怖から逃れられるのか、どうすれば、死を受容できるのか、それを書き残したいのです」

白川が頷きながら、語りかける。

「あなたにぴったりの仕事があります」

「なんでしょうか」

「私は『死を待つ人の家』というＮＰＯを主宰しています。ＮＰＯは設立して間もなく、賛同してくれる方を募っています。活動にはあなたのような方が必要です。どうか、私たちの活動に手を貸していただけませんか」

「そのNPOはどのような活動をされているのでしょうか」

「あなたは死ぬのが怖いですか」

そんな質問をされて、「いいえ」と言える人間がいるのだろうか。いつ死んでもいいと言う人間も実際は「生」の安全地帯で「死」を俯瞰しているだけだ。いざ、死を目の前に突きつけられれば、ほとんどの人間が絶望の淵《ふち》に落とされ、死から逃れようとする。

「怖くてたまりません」

白川は頷いた。

「死の恐怖をどうすれば克服できるのかを探求する。それが私たちの活動の目的です。私はこれまで医師として、宗教家として多くの死に立ち会い、人々の苦しみを受け止めてきました。その中で終末期を迎えた人たちの心の持ちよう、死の恐怖の正体を見つめてきました」

白川が話す『死の恐怖を克服する』ことなど果たして本当にできるのか。

これまで何度か死を受け入れようとしたが、無理だった。一度死を受容しようとしても、すぐに心が拒否する。もっと生きたいという生への願望に引き戻され、生への執着を断ち切ることはできなかった。人間は生きたいのだ。自殺を図る人間であろうと、根源的には生を求めている。不幸な今から逃れたいという気持ちが死に結びつくだけで、死にたいと思っているわけではない。

「死の恐怖を克服するとおっしゃいますが、果たしてそんなことができるのでしょうか」

白川はゆっくりと諭すように語りかける。

「人の恐怖にはいくつかの理由があります。死が未知なるものであり、その正体がわからないからこそ、人は恐れを抱きます。死は永続的です。死は不可逆的であり、不可避です。誰もが最後は死ぬが、誰もその体験を語ることができません」

数多くの死を見届けてきた白川らしい考え方だと思った。だが、それ以外にも死に向かう人間の懊悩《おうのう》はあるのではないか。その疑問を白川に尋ねた。

「自分の価値や尊厳が失われる。自分の人生がむなしいものだったと思い、残りの人生に価値を見出《みいだ》せない。そんな苦しみもあるのではないでしょうか」

白川は深く頷きながら、答えた。

「あなたのおっしゃる通り、死に際して人は内省的になり、自分の人生について深く考えます。人生に後悔を持たない人はいません。どんなに人生が充実し、長く生き、幸せだったとしても、必ず悔いはあります。疼痛は緩和ケアである程度取り除けます。死を宣告された後でも残りの人生を充実して過ごされる方もいます。しかし、根源的な死への恐怖がなくなるわけではありません。あなたがおっしゃる通り、自分の尊厳や価値の喪失には耐えがたい苦痛を伴います。たとえ、薬物の力や宗教の力をもってしてもそれを完全に消すことはできないのです」

白川の言葉は憤りに満ちていた。それは白川自身が死の恐怖を克服できないでいるもどかしさのように聞こえた。それでもあえて聞きたかった。

「死の恐怖から救われる方法はあるのでしょうか」

「私もその方法を探しています。これまで多くの末期患者と出会い、心の痛みを取り除こうとしてきました。その試みは今でも続けています。その方法を私と一緒に探してくださいませんか」

白川の表情は患者に語りかけるというよりも、助けを求めるように見えた。

「私に、何か、できることがあるのでしょうか」

もはや体力も気力もない。残された時間すら少ない。そんな自分に何ができるというのか。

白川は自信を持って答えた。

「あなたにはこれから話す私の仲間たちの物語を書き綴ってもらいます。その方々の選択を知れば、あなたも死を乗り越える『救い』を得られるかもしれません」

書くことは自分に残された唯一の能力だ。他に選択肢がないような気がした。白川は死を不可避と言った。逃れられない以上、死を受容する以外に心の安寧はない。再び祖母の言葉を思い出した。

——上手に死んでいきんさった。

果たして自分は上手に死ねるのだろうか。医者にその答えを求めるのは無理だ。だとすれば、今頼れるのは白川以外にはいない。これまで頑《かたく》なに避けてきた「死の受容」を白川に託そうと思った。

6

――二〇一九年五月十四日　火曜日

午前七時半過ぎ。矢島はいつもより早めに署に入った。昨日の捜査会議で如月啓一の鑑取りを任された。本庁の刑事は他の遺体の身元確認と倉庫関係者への聴取に人員を割かれ、矢島は同じ湾岸署の的場とともに、如月啓一の身元確認と、如月が付き合いのあった『現《げん》代出版《だいしゆつぱん》』に行くことになっている。

如月には近親者がおらず、自宅も引き払われていた。戸籍の確認と仕事関係の出版社への聴取が主な捜査となる。

矢島は出かける前に捜査本部がまとめた現時点で判明している如月啓一のプロフィールに目を通した。如月啓一は一九七七年生まれ、生きていれば四十二歳だ。職業はフリーライター。職業柄、プロフィールや記事など公の情報があり、身元判明が容易で、ブログにも辿り着いた。

矢島はブログにアップロードされた記事をもう一度読み直していた。最初は日記だけだったが、如月が入院する直前、即ち病名がわかった昨年五月八日以降は日記の後に本人の体験が小説風に書かれている。如月がなぜこれを書いて、公表したのかはわからないが、如月が辿った経緯を知るうえで重要な情報だった。

ブログの記事によれば、如月は聖恵大学附属病院から青海友愛病院に転院していた。そこで、医師であり臨床宗教師の白川紬という女性に出会ったところで、ブログは終わっている。捜査本部ではこの白川紬を重要参考人として挙げた。

如月のブログには白川紬は『死を待つ人の家』というNPO法人を主宰しているという情報があった。捜査本部はこの『死を待つ人の家』を東京都に照会している。特定非営利活動法人『死を待つ人の家』の事務所は青海友愛病院内にあり、東京都知事が認証している。捜査本部の調査で、団体の理事が判明した。登録されている理事は三名。矢島はそのメモをもう一度見た。

代表理事　白川紬　（青海友愛病院医師）
理事　後藤《ごとう》譲《ゆずる》　（青海友愛病院院長）
理事　赤城《あかぎ》結《ゆい》　（聖恵大学教授）

いずれも如月の入院先の病院関係者である。捜査本部はそれぞれの人物に対して任意聴取を進めようとしている。NPO法人との実質的関係、遺体への関与の有無について、これから捜査が進められる。早い段階でNPO法人の概要や実態がわかるだろう。

弓成から矢島への指示は如月啓一の足取りがブログの通りか追えというものだった。

矢島が刑事部屋で遺体の写真を見ていると、強行犯係のシマに的場恭子が入ってきた。

「なんだ早いな」

午前八時前。区役所が開く八時半にはまだ早い。

「ヤジさんこそ何時からいるんですか」

的場が矢島のパソコン画面を覗き込んだ。

「遺体の写真ですか」

「ああ、身元はわからず、どういう接点があるのかも不明だ」

遺体は如月以外は、五十代から六十代の男性が二人。それより少し若い、三十代くらいの男性が一人。そして三十前後と思《おぼ》しき女性が一人。

「あの遺体って安楽死した人じゃないですか」

的場がおもむろにつぶやいた。矢島が目を向ける。

「なんでそう思うんだ」

「如月が書いた本に安楽死に関するものがありましたよね」

確かに如月が最初に手がけたノンフィクションは『安楽死を求めて』というタイトルだった。どうやら的場は如月の過去の小さな点と遺体とを線で結んだようだ。

「あの五人が全員安楽死したってことか。安楽死した遺体をなんで冷凍倉庫に隠す」

「いえ、単なる思いつきです。ただ、身元を調べていくとどこかでつながっているかなと」

「その接点が安楽死か。おまえは単純だな。確かにライターの如月は安楽死についての著作を書いた過去があるが、だからって安直だろう。第一安楽死だったら、なぜ冷凍保管する必要がある」

「それもそうですね。だったら死体の収集家っていうのはどうですか」

矢島はあきれた目で的場を見た。

「クイズの解答を考えているわけじゃないんだ。だいたいそんな特殊な性癖を持った連続殺人犯がいるのか」

「医学的な実験やマッドサイエンティストの標本だったらありえませんか」

医学的な実験。的場の思いつきに矢島は何かを感じた。

「そういえば、ブログに出てきた白川紬は医師だったな」

「そのNPO法人の理事には教授もいます」

「ああ、確か――」

矢島が名前を思い出す前に的場が答えた。

「赤城結、聖恵大学の教授です」

「大学教授にそんな趣味でもあるのか」

「さあ、わかりません」

矢島はため息をついた。的場は時折鋭いことを思いつきでしゃべるが、そこには何の根拠も理屈もない。ただの直感だ。こいつは本当に刑事に向いているのかと時々疑ってしまう。

「なんだか、どれもフィクションの世界の話のようで現実味がないな。公開捜査や顔認証ソフトで早晩他の遺体の身元もはっきりするだろう。問題はそれぞれの身元がどうつながっているかだ」

「捜査が進めばそのあたりもわかりますね」

的場の言う通り、遺体の身元が判明すれば、もう少しまともな筋読みができるだろう。今の段階では情報が少なすぎる。

「とにかく如月啓一について調べてみよう。まずは区役所で身元の確認、その後出版社を回るぞ」

的場に車のキーを預け、矢島は刑事部屋を出た。

7

午前八時過ぎ。的場が運転するカムリで蒲田《かまた》に向かった。如月啓一の本籍地が東京都大田区であることまではわかった。なぜ倉庫で遺体が発見されたのか。その糸口を摑むためには情報が足りない。「そろそろ着きますよ」

的場の声で矢島は窓の外を見た。ＪＲの線路沿いに大田区役所の建物が見える。車を駐車場に駐め、的場とともに区役所に入った。

区役所の正面玄関を抜け、住民課の窓口で来意を告げた。的場が事前に連絡を取り、如月啓一の「戸籍」と「住民票」を準備してもらっている。

戸籍謄本と戸籍抄本、住民票は比較的容易《たやす》く入手できた。

矢島は職員から渡された戸籍謄本を見た。如月の戸籍には死亡記載がない。通常戸籍は死亡すると除籍となり、戸籍から外される。

矢島は的場に戸籍を見せた。

「身内が誰もいません。だから失踪しても誰も気づかなかったのでしょうか」

「そうだ。戸籍上は近親者がいない。フリーライターは組織に属していないから、同僚もいない。付き合いのある編集者やライターはいるだろうが、入院、病気療養中ということであれば連絡がなくなったまま放置されても不思議じゃない」

「だから死んだことに誰も気づかなかった」

「それとなく病気だということは知られていたんだろうが、身内がいなけりゃ死亡届を出せるはずもない」

死亡届は死亡から七日以内に故人の本籍地、死亡地、届出人の所在地のいずれかの市区町村役場に提出することになっている。日本では八割の人間が病院で亡くなるため、病院に「死亡診断書」を作成してもらい「死亡届」とともに親族、同居者、家主、地主等が役場に提出する。手続きは葬儀社が代行もできるため、多くのケースで葬儀社が手続きを行う。

死亡届が受理されると「死体火葬許可証」が発行され、死亡時刻から二十四時間以上経過した後、火葬が可能となる。ここまでの手続きの多くは親族その他が葬儀社に依頼して行われる。その後、戸籍の変更や相続の手続きなどに進んでいく。

如月の場合、死亡届すら提出されておらず、戸籍上は「死亡」したことになっていない。殺人や死体遺棄など、事件性が認められた場合、死体検案書が作成され、手続きが可能になるまで故人は戸籍上は生きていることになっている。

「問題は相続人がいないことだ。如月の場合、両親が亡くなっている。配偶者も子も兄弟もいない。つまり、法定相続人にあたる人物が誰もいないということになる」

的場は頷きながら言った。

「このような場合、死亡時に入院していなかったら、亡くなったとしても誰も届け出ず、戸籍上はずっと生きていることになります。身寄りのない高齢者が増えると、こういうことが頻繁に起きそうですね」

「実際住宅街の警察署ではこの手の案件が多いのも事実だ。発見された時の遺体の状態が酷いから嫌がられる案件だな」

一人暮らしの身寄りのない高齢者が自宅で死亡した場合、届出人がいない。仮に身寄りのない遺体が発見された場合、死亡地の自治体の長が火葬などを行うことが「墓地埋葬法」や「行旅病人及行旅死亡人法」という法律に規定されている。その後、役所が親族を調査し、遺骨の引き取りや相続について判断を求める。親族が引き取りを断ると合祀《ごうし》され、財産は放棄される。だが、これはあくまでも遺体が見つかり、死亡が確認されたケースだ。遺体が発見されず、また失踪宣告がなされない場合は身体的には死亡していたとしても、戸籍上は亡くなっていないことになる。

「身寄りがないと、死んだことにならないなんて、なんだか存在自体が抹消されたみたいですね」

「まあ、役所としては書類で死亡を確認するしかないからな。逆に言えば、病院が死亡診断書を発行して、身内が死亡届を出せば、遺体を確認しなくても役所は戸籍上死亡とみなすってことだ。とにかく、戸籍謄本で如月の家族構成はわかった。次は出版社だ」

如月は出版社を退職してフリーのライターになってから自宅を事務所にしていた。だが、その物件は不動産業者の手に渡っており、現状は誰も住んでいない。そうなると関係があったのは付き合いのあった出版社だけだ。その中でも如月が書いた『安楽死を求めて』をはじめ、最も関係が深いのが現代出版だった。

矢島は的場に指示した。

「現代出版に行くぞ。担当の編集者に連絡しろ」

事前に本庁の刑事が出版社の担当を調べていた。的場は担当編集の松田《まつだ》に連絡を入れ、これから向かうと伝えた。

8

午前十一時。新橋《しんばし》駅近くのコインパーキングに車を駐め、現代出版の事務所を訪れた。

駅近の雑居ビルの五階が現代出版だ。受付で松田を呼び出した。

四十代後半の松田は編集部でノンフィクションを担当している。如月の担当だと言われたが、詳しいことはわからない。

打ち合わせスペースに案内された矢島と的場は編集者と名刺を交換した。第二編集部副編集長というのが松田の肩書だった。

的場が手帳を取り出し、基本的な情報を聞き出す。

「松田さんはいつ頃から如月さんとお仕事をされているんですか」

松田はやや視線を外して言った。

「如月君が最初のノンフィクションを出した後ぐらいです。担当を代わった後で、二作目の介護現場のルポが初めての仕事になります。その後は、時々医療もののルポルタージュを書いてもらったくらいかな」

「最後に連絡を取られたのはいつ頃ですか」

「一年半くらい前だったと思いますよ。医療崩壊についての本を上梓《じょうし》したのが最後かな」

「その後、何か連絡を取られるようなことは」

「しばらく病気で休養すると言っていたから、それ以降、連絡は取らなかったですね。お恥ずかしい話、入院しているとは知らず、見舞いにも行きようがなかった。まさか亡くなっていたとは」

「では、病院に問い合わせをすることも」

「入院していた病院も、知りませんでした」

松田はその後何かに気づいたように「そういえば」とつぶやいた。

「何かお気づきになりましたか」

「ちょうど一年前くらいだと思いますが、自費出版の担当を紹介してくれというメールがありました」

「自費出版ですか」

「まあ、最近は自分史なんかを出版したがる方もいるんでね。うちでも自費出版のサポートをする事業部があるんですよ」

「なぜ、プロのライターである如月さんが自費出版を」

「詳しい話は書いてありませんでしたが、自費出版で出したい本があると。それなら企画書をもらえば、商業出版しましょうと返信しましたが、如月さんは少ない部数で身内に配りたいからと自費出版を希望されたんです」

「本の内容は」

「ある団体の会員配付用に原稿を書いていると話していました」

「それで、その本は出されたんですか」

「いや、私も気になっていたんですけど、まだ原稿がすべてまとまっていないとかで、しばらく連絡が取れていなかったようです」

「自費出版の担当者をご紹介していただくことはできますか」

「いいですよ」

松田は受話器を取って内線にかけた。しばらくして、短いやり取りの後で、電話を切った。

「担当者の今村《いまむら》は外出していて不在のようですね」

矢島が名刺を取り出し、松田に渡した。

「お戻りになったら必ず電話かメールをくださるように伝えてください」

松田は名刺を受け取り、「わかりました」と答えた。事務所を出て、車に戻った時、ポケットの中でスマホが震えた。袴田係長からだ。電話に出ると、袴田のだみ声が聞こえた。

「帳場に戻ってこい。新しい死体が見つかった」

「新しい死体？」

「ああ、あの倉庫に他にも死体があった。それも子供だ」

保管庫を探した時、大きさの似た段ボールが五つあった。それ以外は皆、サイズから商品と判断したが、子供の死体であれば、サイズは大人よりも小さい。他の荷物に交じって見逃したのかもしれない。

「わかりました。これから戻ります」

矢島は電話を切ってから、腕時計を見た。正午。会議は午後一番だと言っていた。今から戻れば間に合う。矢島は運転席でエンジンをかけたままアイドリングして待っている的場を見た。

「帳場に戻る。同じ倉庫で別の死体が見つかった。子供の死体だ」

矢島が言い終わるとすぐに的場は車を発進させた。

9

十二時五十分。捜査本部は人いきれでむっとしていた。子供の死体に刑事たちが過敏に反応しているのがよくわかる。講堂はピリピリとした緊張に包まれていた。

矢島と的場は所轄の刑事が座る一角に、袴田の姿を見つけた。

「遺体の身元はどうですか」

「まだ判明していない。夕方の会見でマスコミに発表するようだ。そうなれば少しは情報が集まるだろう」

刑事たちが席に着くと、号令がかかった。管理官の弓成がマイクを使って話し始めた。

「新たな遺体が発見された。発見場所は同じ丸神ロジスティクスだ。保税エリアの片隅に他の遺体と同じように保管されていた。遺体の推定年齢は五歳前後。女の子だ」

プロジェクターで青白い顔の死体が映し出された。まるで眠っているように目を瞑っている。

弓成が本庁の刑事に顔を向けた。刑事が立ち上がり、メモを片手に発表した。

「本件の公開捜査の準備を進めている。夕方の会見で情報を提供、夜のニュースで報道される。事件の概要と遺体の顔写真を公開する。身元判明に有益な情報が集まるはずだ」

続けて倉庫関係者の聴取を担当した刑事を指名した。

「遺体の一つが丸神ロジグループの元会長、神山雄一郎《かみやまゆういちろう》に似ているという情報がありました。神山は一年前に会長職を退任、顧問に就いていましたが、最近は会社にも出社せず、上層部も所在を把握していないそうです。また、神山雄一郎が入院していたという情報もあります」

弓成が刑事に聞いた。

「入院？　病気か」

「はい、なんでも神山は難病だったとか。会長を退任したのもそのためだそうです」

「入院先は？」

「聖恵大学附属病院です」

「病名は？」

「今調べていますが、正式な手続きが必要です」

令状がなければ、カルテは公開できないということだろう。それには神山雄一郎の遺体の確認が必要だ。弓成が指示を出す。

「身元の確認を急げ。判明次第、令状を取る」

続けて湾岸署担当の如月啓一の身元について的場が報告した。

「如月啓一には身寄りも近親者もなく、自宅も引き払われており、住民票でも行方を辿れませんでした。関係のある出版社でもここ最近の仕事上のやり取りはありませんでした」

「ブログの情報では聖恵大学附属病院に入院したとあるが」

「入院の事実についてはまだ確認できていません」

「病院関係者を当たって事実関係を確認しろ。他の遺体の身元の調査も進めるんだ」

その時、本庁の刑事が講堂に入ってきた。刑事はまっすぐ弓成が座る席に向かい、メモを渡した。弓成はメモを見ると、すぐに刑事に顔を向けた。刑事が頷く。弓成はマイクに顔を向ける。

「如月啓一のブログが更新された。遺体の身元と思われる人物についての新たな情報が書き込まれている」

矢島の隣で的場がつぶやいた。

「更新って、如月はもう死んでいるはずでしょ」

矢島はすぐにスマホを取り出し、如月啓一のブログにアクセスした。ブログのトップ画面には更新された記事が並んでいた。日付は過去にさかのぼって書かれてある。最も古い日付は二〇一八年一月、見出しに書かれていたのは水島優子《みずしまゆうこ》という女性の名前だった。

その時、弓成の声が耳に入った。

「すぐに水島優子を調べろ。誰がブログを更新したか、解析するんだ」

如月のブログを更新できる人間。そして遺体となった人物とも接点がある人物。その人物こそが、事件のカギを握っているはずだ。

捜査会議は解散した。矢島は配付されたブログの記事を手に、刑事部屋に引き返した。

第二章　水島優子（32）　職業　看護師

【二〇一八年一月四日】

三が日が過ぎると、救急外来は慌ただしくなる。年末年始に関係なく出勤したスタッフたちは、今この瞬間も瀕死《ひんし》の患者を死から救うため、全力を尽くしている。

救急外来を通り過ぎ、病棟に向かった。なるべくスタッフと会いたくなかった。逃げるようにエレベーターに乗り、五階のボタンを押す。エレベーターが着くまでの間、いつも神に祈る。娘に会う前に望むこと、それは奇跡だった。

個室に入ると人工呼吸器の規則正しい機械音が聞こえる。この機械が娘の命をつないでいる。心拍を示す電子音が一定のリズムを保っている。機械に生かされた体。それが娘、麻里《まり》に与えられた運命だと思うと痛々しい気持ちになる。

麻里の顔を見るたび、救急車に乗った時のことを思い出してしまう。突然のことで、まるで夢の中の出来事だった。

麻里は突然頭痛を訴え、大声で泣きだした。看護師の勘で娘の異変に気づいた。夫は仕事一筋で家庭には無関心だった。この日も仕事中らしく、携帯も通じなかった。すぐに救急車を呼んだ。救急隊員が駆けつけた時、麻里は意識を失っていた。優子は麻里とともに、救急車に乗り込んだ。救急救命士が病院と連絡を取る声が聞こえた。

「意識レベルⅢの３００、心拍血圧弱い」

意識レベルⅢは意識不明、その中でも３００は最も重症の状態だ。左右の瞳孔の大きさも違っている。娘の体に何が起こっているのか想像した。意識を失う前、麻里は頭痛を訴えていた。娘の名前を呼ぶが反応がない。意識障害が起こっている。処置が遅れれば、脳に障害が残る。早く病院に着いて欲しい。麻里の手を握りながらひたすら祈った。

偶然にも搬送先は聖恵大学附属病院だった。担当した医師は同僚で、スタッフたちも一様に驚いていた。安心感はあったが、娘が患者となると冷静ではいられなかった。いてもたってもいられず、スタッフが止めるのを振りほどき、治療に立ち会った。

心拍モニターにつながれた娘はまるで眠っているようだった。医師は脳の異状と判断し、ＣＴ室に運んだ。その結果、脳内が圧迫され脳ヘルニアを起こしているとわかった。脳ヘルニアは脳圧が高くなり、脳の境界から脳組織がはみ出している状態だ。速やかに脳圧を下げないと、脳に障害が出るばかりか、脳幹部の機能が低下し、呼吸や循環器など生命維持に影響が出る。脳外科医を呼び出したが非番ですぐには対応できない。脳圧降下剤を投与するが容態は回復しなかった。

病院に運ばれてから一時間後、脳外科医が駆けつけ、手術が始まった。術後、呼吸障害が出ており、やむなく人工呼吸器を付ける。脳圧は下がり、最悪の事態は免れた。全身に麻痺が残り、意識も混濁した状態が続いた。

担当の医師が告げたのはあまりにも辛い現実だった。麻里は脳の機能が著しく低下、遷《せん》延《えん》性意識障害となった。いわゆる植物状態だ。意識が戻るかどうかはわからない。あまりにも急な出来事に現実を受け入れられなかった。脳の機能は既に失われている。医師からは脳死判定をしたらどうかと奨められたが、決断できなかった。子供の場合、意識が戻り、脳の機能が回復することが稀《まれ》にある。ただ、それは限りなく低い可能性で、大抵は一年以内、早ければ半年たたずに死亡する。

そんな状況にも拘《かか》わらず、夫が病院に顔を出したのは翌朝だった。あろうことか麻里が病院に運ばれた時、夫は不倫をしていた。

夫の不倫に気づかなかったのは、ひとえに仕事が忙しかったからだ。

弁護士の夫は、独立して事務所を構えていた。麻里が入院した後、事務所を訪れた時、夫と事務員の女性は二人きりだった。その時二人が取り返しのつかない関係になっていることを知った。夫を責め、罵倒《ばとう》した。裏切られたという気持ちからだけではない。父親として失格だと烙印を押し、夫に別居を申し出た。

翌日夫は荷物をまとめ、家を出た。後日、夫からやり直そうというメールや電話が入ったが、無視した。夫が何を言おうと、もう元の家族に戻れるとは思わなかった。

夫とはそれ以来一度も会わず、離婚の手続きをした。一方的に離婚届を送ったが、それが役所に出されたかどうかはわからない。周囲からは慰謝料をもらってから再婚すべきだと言われたが、そんな手続きに時間を割く余裕はなかった。麻里の介護と生きていくための仕事で精一杯だった。

一人になってから、心は荒《すさ》んでいった。一人暮らしを始めてから気づいたのは、頼るべき身内がいないという現実だった。両親はともに他界しており、二つ下の妹がいるが、結婚してアメリカに移住している。シングルマザーとなって夫の世話をしなくてよくなった後も麻里の介護は大きな負担だった。

ベッドに横たわる麻里を見ているとまるで眠っているようだ。意識がないとはいえ、娘は呼吸をし、心臓は動いている。それを止める権利が誰にあるというのか。機械に頼って命をつなぐことが神の御業《みわざ》に反するというのなら、医療行為自体が自然に逆らう行為ではないか。尊厳死に賛成だという人は自分の子供の死を前にしても果たしてそう言えるだろうか。

麻里の手を握りしめた。伝わってくる体温とともに麻里が生きているという実感が湧き上がる。救われているのは自分だ。眠っている我が子を見ながら、改めて麻里の存在を感じた。

麻里の手をベッドの中に戻し、頰に触れた。もちっとした柔らかい感触が手に伝わる。

「また来るからね」

言葉が届いているかどうかわからない。でも、別れ際にはいつも、麻里が目を覚まし、愛くるしい顔で「ママ」と呼ぶ姿を想像してしまう。麻里が生きている限り、倒れるわけにはいかない。折れそうになる心を必死で支え、病室を後にした。

【一月五日】

麻里の病室を訪ねた後、病棟から外来に移動した。乳腺科の外来で名前を告げ、待合室の長椅子に座った。冷静でいようとするが、緊張で手が震える。

一週間前、シャワーを浴びながら、胸のしこりに気づいた。右の乳房に触れると硬い結節を感じた。まさかと思った。大きさは一センチくらいだろうか。嫌な予感が頭を掠《かす》めた。

翌日すぐに乳腺科外来を訪ねた。マンモグラフィとエコー検査で見る限り、結節は嫌な形をしていた。すぐに穿刺して組織を生検にかけることになった。その結果が今日出るのだ。

名前を呼ばれ、重い足取りで診察室に入った。担当医の澤村《さわむら》は顔見知りだった。診察室に入ってすぐにマンモグラフィのレントゲンフィルムが目に入った。一瞬、体が強張《こわば》った。ちょうどしこりのある右側の乳房の断面に触手のように手を伸ばすアメーバ状の影がある。顔つきが悪い――専門医は悪性の腫瘍を指してそういう言い方をする。澤村の表情が険しい。

「君なら写真を見てわかるだろうが、生検の結果、悪性の乳腺腫瘍だった。早いうちに手術をしたほうがいい」

「治りますか」

「君に隠しても仕方がない。大きさと広がりからステージⅡからⅢの間だろう」

ステージⅡとⅢでは予後が大きく違う。ステージⅡまでなら五年生存率は九十パーセントを超えると言われている。それがステージⅢになると一気に生存率が下がる。つまり、ステージⅡかⅢかは生と死を分ける境界線なのだ。

「リンパ節への転移も心配だ。すぐに手術をしよう。優先して予約を取ってみる」

何かの間違いであってほしい。そう願っていたが、こうして現実を目の前に突きつけられるとショックが大きい。乳がん患者が辿った経過は何度か見ている。患者たちの苦しみを自分も経験すると思うと、落ち込んだ。

「大丈夫か」

澤村の声で我に返った。入院、手術、通院治療、再発の不安。様々な心配が頭を過った。中でも真っ先に浮かんだのは麻里の介護のことだ。娘を置いて死ぬわけにはいかない。麻里のためにも病気を克服しなければならない。縋るように澤村に訴えた。

「先生、お願いします。治してください」

澤村は頷きながら真剣な眼差しを向けた。

「わかった。全力を尽くそう」

その日のうちに入院の手続きを済ませた。不安はあったが、唯一の救いは麻里と同じ病院にいるということだ。わがままを聞いてもらい、麻里の近くの病室にしてもらった。これならいつでも麻里に会いに行ける、距離が縮まった。そう前向きに考えることにした。

【一月十五日】

ベッドの上で目が覚めた。麻酔から覚め切らず、霞《かすみ》のかかった頭で最初に感じたのは、まだ生きているという感覚だった。手術の結果がどうだったのかはわからない。ともかく手術は終わったようだ。

右胸の感覚がない。胸に厚く包帯が巻かれている。右の乳房を失ったのは感覚的にわかった。まどろみの中に沈んでいくようにもう一度眠った。

次に目が覚めたのは誰かの声でだった。目を開けると主治医の澤村の顔が見えた。

「――先生」

「手術は成功したよ」

「良かった」

涙があふれてきた。右乳房の全摘出。さらに転移した右のセンチネルリンパ節、腋窩《えきか》リンパ節を郭清《かくせい》。三時間に及ぶ手術だった。乳房は失ったが、代わりに命をとりとめた。

「しばらくは抗がん剤治療をして経過を見よう。問題がなければ退院だ」

澤村の言葉に安堵した。一度は死を覚悟したこともあったが、死ぬに死ねない事情があった。この先抗がん剤による治療と再発の不安を考えれば先行きが明るいわけではない。ただ、哀しみにとらわれていつまでも塞ぎ込んでいるわけにはいかない。職場への復帰を目標に治療に励んだ。守るべき娘のためにも一刻も早く回復したかった。

一週間後、無事に退院した。体力の回復を待って職場に復帰したのはさらに一か月後だった。

【三月二日】

生活が落ち着いた頃、麻里の主治医である岡崎《おかざき》に呼ばれた。岡崎は麻里が入院してから診てもらっている脳外科医だ。これまで何度か脳死判定を奨められたこともあったが、今では経過を見ながら、いろいろとアドバイスをくれるようになった。

岡崎は麻里のカルテに目を通した。

「容態は今のところ落ち着いているね。どうだろう、このへんで転院を考えてみたら」

予想はしていたが、やはりそうか。麻里が遷延性意識障害になってもう五か月がたつ。意識は戻ることなく、相変わらず機械に頼って生命を維持している。生命維持機能に異状はないが、意識が戻る見込みはない。急性期病院である聖恵大学病院ではできる治療はなくなっていた。

「これ以上この病院には置いていただけないということですか」

岡崎は困った顔で答えた。

「なるべく配慮はしているが、職員だからといってこれ以上特別扱いはできない。それに、介護を専門にした病院に移ったほうが、何かと良い場合もある」

そう言われても行くあてがない。

「病院に置いていていただけないのであれば、仕方がありません。ただ、私は他に麻里を預ける先を知りません」

岡崎はデスクの棚からリーフレットを取り出した。渡されたリーフレットは病院施設のものだった。

「青海友愛病院」

「そこの院長を紹介するから一度会ってみてはどうだろう」

リーフレットに目を通した。二十四時間態勢の完全介護、緩和ケア。要介護患者が専門の病院だった。確かに岡崎の言う通り、麻里にはもう治療のための手術も投薬もない。介護を専門にしている病院のほうが、適しているかもしれない。

「わかりました。一度病院を訪ねてみます」

岡崎は大きく頷いて、笑った。

「院長には私からも話しておく。環境はいいし、スタッフたちも親切だ。きっと気に入ると思う」

【三月五日】

非番の日に青海友愛病院を訪れた。事前に話が通っているようで、受付で来訪を告げると、すぐに院長室に通された。院長の立木は白髪に白髭《ひげ》。体は痩せているが、体格は良い。やや疲れた顔をしているが、柔和な笑顔で迎えてくれた。

「岡崎君から聞いているよ」

事情は岡崎を通して伝わっているようだ。聞けば立木も聖恵大学出身で、過去に教授をしていたそうだ。

「君も病気を抱えながら大変だろう。澤村先生から病状は聞いている。あまり無理はしないほうがいい」

「澤村先生をご存じなのですね」

「ああ、彼には妻が世話になってね」

「奥様もご病気で――」

「乳がんでね。去年に亡くなった」

「そうでしたか」

自分と同じ病気で立木は妻を亡くしていた。立木への同情と親近感が生まれた。

「こちらで娘を預かっていただけるのでしょうか」

「事前に岡崎君から麻里ちゃんのカルテはもらっている。もちろん受け入れ態勢はありますよ」

安堵で目頭が熱くなった。岡崎からこの病院を紹介された時は、家から追い出されたような気分だったが、それが間違いだったことに気づいた。

「もし君がその気なら、ここで仕事をしてもいい。もちろん、聖恵大学が良ければ掛け持ちでも結構だ」

立木の配慮に素直に感謝した。麻里がいる病院で働ければ、近くにいられる。これほどの条件はない。立木の厚意を快く受けた。

「では、早速病院に許可をもらいます」

立木は入院の手続きを説明した。

「そうだ、うちの担当医を紹介しましょう」

立木は内線をかけた。

「白川先生はいるかな。――院長室に来てくれ」

立木が受話器を置くと、笑いながら言った。

「白川先生は臨床宗教師の資格を持っている。きっと不安や悩みを聞いてくれますよ」

しばらく待っていると、部屋の扉が開いた。入ってきたのは四十前後の小柄な女性だった。銀色に染めた髪を後ろで結っている。白衣に十字架のネックレス。まるで宣教師のようだった。

白川が澄んだ目で見つめている。まるで無垢《むく》な少女のような目だ。

「初めまして、白川紬です」

立木が白川に説明する。

「こちらは聖恵大学附属病院で看護師をしている水島優子さんだ。娘さんが遷延性意識障害で大学病院に入院している。この病院に転院を希望されているんだが、君に担当してもらいたい」

「わかりました」

「もし彼女が希望すれば、こちらの病院で働いてもらいたいと思っている」

「それは良いことですね」

まだ何も決まったわけではないが、思わず、頭を下げた。この病院に不思議なホスピタリティを感じた。まるで家族を受け入れてくれるような温かさがある。殺伐とした大学病院とは違ってこの病院では安心を得られるのではないかと思った。

【三月十七日】

麻里とともに青海友愛病院に転院した。新しい病院には思いの外早く馴染めた。スタッフは皆親身になって対応してくれた。

青海友愛病院の緩和ケア病棟で週三日働くことになった。緩和ケア病棟は末期患者が最後の余生を送る場所だ。どの患者も重い病を抱えていたが、痛みを取り除くケア以外に治療はしない。大学病院のような延命治療もなく、胃ろうや点滴も必要以上に奨めない。患者は酒も煙草も禁止されていない。残された時間をいかに自分らしく過ごすかを最優先にした治療方針をとっていた。

こうした方針は院長の考え方によるものだが、その考え方を支持するスタッフが徹底して患者に寄り添っている。中でも、白川という医師は臨床宗教師として患者の精神的な苦痛を取り除くためのカウンセリングを担当していた。

白川の医師としての姿勢を見ているうちに、これからの医療の在り方を考えるようになった。大学病院では命を救うことに懸命だった。過去、交通事故で運ばれてきた重傷患者を救命したことがある。その男性患者はある会社の社長で、一命をとりとめた時、会社の幹部や社員から感謝された。役員からは、五百名の従業員を助けてくれたとまで言われた。一人の命の重さを知ると同時に、自分の仕事に誇りを持つことができた。患者の死は負けであり、どんなに患者が深刻な状態だとしても、必ず助けるというのが救急医療に携わるスタッフの信念だった。だが、この病院では死を負けと考えていない。人間の自然な営みの一つとして受け入れている。

この病院は病気を治療し、社会復帰させる場所ではなく、最後の時間を過ごす場所だと言える。多くの患者がこの病院で亡くなっていく。スタッフたちもそれがわかっているからこそ、無理な治療はしない。やがて迎える終わりのために、患者に何ができるか。それは治療というよりも死ぬ準備のサポートだと思った。

この病院で働くようになって自分自身の考え方に変化が起きていた。麻里の将来を考えざるを得なくなっていた。これまで頑なに脳死判定を避けてきた。麻里の死は自分の死と考え、それを必死で拒んで毎日を乗り切ってきた。でも先の見えないトンネルを進んでいるようなこの生活はいつまで続くのだろうか。暗闇を走り続けるうちに、迷ってしまっていた。そう考えるようになったのは麻里の容態が次第に不安定になってきたからだ。

【三月二十日】

この日も麻里は熱を出し、体の浮腫みも目立つようになっていた。長期間寝たきりの状態が続き、筋肉も関節も固まり、体液の循環が悪くなっている。このままでは廃用《はいよう》症候群を起こしてしまう。週二回、理学療法士による他動《たどう》運動のリハビリは受けていたが、普段使わない筋肉は次第に細っていき、関節も固まっていく。もしも意識が戻ったとしても、すぐに体は動かないだろう。寝たきりの状態が続くと、起き上がる筋力すら落ちてしまい、体の姿勢を保つことができなくなる。仮に麻里が目を覚ましたとしても、一生寝たきりのまま過ごすことになってしまう。ただ、そうであったとしても、麻里に生きてほしかった。

そんな思いを見抜いたのは白川だった。

麻里の熱を下げるため、この日当直だった白川が病室に来て、抗生物質と解熱剤を投与してくれた。薬が効いたせいか、熱は下がり、血圧も安定した。それでも容態がいつ急変するかわからない。麻里の病室から離れられなかった。

疲れていた。誰かに助けてほしかった。娘が生きがいとは言ったものの、体力がもたない。シングルマザー、看護師、そして娘の介護、その重みに潰されそうだった。そんな気持ちを察したように再び白川が病室を訪ねた。

「水島さん、ちょっとカフェに行かない」

白川に誘われるまま院内のカフェに入った。

窓際の席に座り、ホットコーヒーを頼んだ。疲れた体にコーヒーのほろ苦い味が染みる。ふと窓の外を見ると、東京湾が見えた。穏やかに凪いでいる海を見ると、なぜか涙が出てきた。

「この場所落ち着けるでしょ」

「そうですね」

「私も疲れが溜まるとしばらくここに避難するの」

「そうなんですか」

「この病院はどう？」

「スタッフの皆さんも温かいし、とても良くしてくれます」

「良かった。でも、みんな本音はとても苦しいの。やっぱり患者を看取るのは辛いわ」

白川とゆっくり話すのは初めてだった。臨床宗教師がどんな仕事かよくわからないが、白川から辛いという言葉を聞くのが意外だった。

「白川先生も看取りはお辛いと思っていらっしゃるのですね」

白川は苦笑いを浮かべた。

「そりゃそうよ。人の死に立ち会うのは心が痛いわ」

「先生はなぜ臨床宗教師に？」

最初はあどけないという印象だった白川の表情の奥に、たくさんの感情が潜んでいるように見えた。

「聞きたい？」

「もちろん差し支えなければで結構です」

「子供の頃から死ぬのが怖かったの」

「死ぬのが怖い？」

「ええ、子供の頃は夜眠るのがとても怖かった。このまま暗闇の中で二度と目が覚めないんじゃないかとか、暗闇の中から抜けだせなくて、二度と戻れないいんじゃないかって。それが永遠に続くと思うと、怖くて眠れなかったわ。今でも時々自分の死を考えると怖くなるの。看取りをしていると、どうしても人の死に触れるでしょう。誰かの死は自分の死を連想させる。毎日誰かが死んでいると思うと、怖くてたまらない。今でもそう思っているのよ」

「それで臨床宗教師に――」

「宗教を学べばその怖さをどうにかできると思ったけど、無理だったわ」

こぼれるような笑みの白川も心の内にはいろいろなものを抱えているのだと思った。それ以上深くは聞けなかったが、これまで辛い目にも遭ってきたのだろう。だからこそ内面から滲《にじ》み出るようなやさしさがあるのかもしれない。

「あなたはどうして看護師になったの」

「私ですか」

これまで突き詰めて考えたこともなかった。この仕事が好きだから、白川はそんな上っ面な答えを求めてはいないように思う。

「人の役に立ちたいと思ったからです。自分が少しでも誰かが生きる力になればと。まあ結局は自分の承認欲求なんでしょうけど」

「人に尽くしてばかりだと大切なものを見失うわよ」

白川の言葉が胸を衝いた。娘をこんな風にしたのは自分だ。仕事に追われ、大切な家族から目を背けてしまった。それが家族の崩壊につながったのだ。憂いの表情を浮かべながら白川が声をかけた。

「随分疲れているわね」

黙って頷いた。

「麻里ちゃんのこと、そろそろ現実を受け止める時期じゃないかしら」

白川の一言で全身が強張った。一番触れられたくないところをぐっと摑まれた。そんな感覚だった。

「彼女を休ませてあげたらどうかしら」

「休ませる。それって――」

殺せということなのか。つい口から出そうになったが飲み込んだ。だが、白川はさらに心の奥に入り込んできた。

「あの子は今本当に生きていると言える？」

「いずれ意識が戻ると信じています」

「あなたも少しは自分の体を心配しなさい」

「私は大丈夫です。あの子のためなら何でもします。私の命と交換してもいいと思っています」

「それは違うわ」

「いえ、違いません。本当にそう思っています。あの子には生きていてほしい。もう一度目を覚ましてほしい。元気になって、また一緒に暮らしたい。元の生活を取り戻したい。じゃないと、私どうしていいか――」

胸の奥から感情が込み上げてきて止まらなくなってしまった。涙が頬を伝って落ちる。

「あなたがどうして取り乱しているのか、私にはわかるわ」

俯《うつむ》いたまま何も言えなかった。

「あの子があんな風になったことに罪悪感があるのね」

白川の言葉が胸に突き刺さった。

「カルテにははっきりと書かれていなかったけれど、あの子が脳ヘルニアを発症したのは髄膜炎や脳出血じゃない。あの子に既往症はなかった。病院に運ばれる前に何か強い衝撃を頭部に受けたんじゃない」

「なぜそれを――」

「これでも以前は大学病院で脳外科にいたのよ。麻里ちゃんが転院してくる時、聖恵大学の紹介状を見て、問い合わせをしたの。その時、彼女が潜在的に病変があったというのに疑問を感じたのよ」

そこまで詳しく調べていたとは知らなかった。これ以上疑念を深められないように、事故のことを話すことにした。

「私の不注意です。麻里が椅子から誤って転落して――」

「――本当にそうなの」

下を向いたまま黙った。それ以上触れないでほしい。思い出したくない過去がよみがえってきた。塗り潰したはずの記憶、フタをしたはずの過去が。

救急隊員も救急外来のスタッフも疑わなかった。なのになぜ白川にはわかるのか不思議だった。

あの日、麻里とともに救急車に乗った後、救急隊員に聞かれ、咄嗟《とっさ》に答えた。

「椅子から誤って落ちたんです。頭を強く打って鼻血が出て、それで慌てて救急車を呼びました」

言い終えた後、強い罪悪感で背筋に汗が滲んだ。同じことを救急医にも話した。医師は一瞬怪訝《けげん》な視線を向けたが、すべてを理解したようにカルテに何かを書き込んだ。

実際は麻里が誤って椅子から落ちたのではない。強く叩いたからだ。

わがままを言って泣きわめく麻里に苛立《いらだ》ちを感じ、手を上げた。あの日、夫は裁判の準備があると言って遅くまで事務所にいた。連日、帰宅の遅い夫に対して怒りと苛立ちで気が立っていた。だから、食事を摂らず、泣き叫ぶ麻里を見て、思わず手を上げた。まさか、その時は麻里が椅子から転げ落ちるとは思いもしなかった。打ち所が悪く、麻里は鼻血を出してぐったりした。このまま死んでしまったらと思うと生きた心地がしなかった。麻里が死ねば、自分は娘を殺したことになる。

「罪悪感で彼女を生かそうとしているのならそれは間違いよ」

白川の言葉にじわじわと追い詰められていく。

「どんな事情があったとしても、誰もあなたを責めないわ。あの子をもう楽にしてあげたらどうかしら」

「嫌です。絶対に嫌」

「あなたがそう言っても回復する可能性は低い。遷延性意識障害は長くは生きられない。既に脳は死んでいる。いずれ体も死ぬ運命なのよ」

なぜ白川がそんなことを言うのかわからなかった。ここが緩和ケア病院だからか。患者の死に立ち会うことで、死に対する感覚が鈍っているのか。

「なんでそんなことを言うんですか。私は嫌です。麻里と別れるなんて考えられません」

偽らざる気持ちだった。罪悪感だけではない。罪を隠すためでも贖罪《しょくざい》でもなく、ただ麻里に生きていてほしいと願っていた。それは切なる願いだった。

「勘違いしないで。私はあの子を殺せと言っているわけじゃないの。あなたが望むなら、あの子はずっと死なずに済むのよ」

白川が言った言葉の意味がわからなかった。

「どういうことですか――」

「いずれ別れが来るでしょう。その前にあの子を助ける方法があるの」

「助ける方法、そんなことが――」

「『エンドレス・スリープ』ならあの子を助けられる」

――エンドレス・スリープ。

それが何なのか、わからなかった。ただ、白川の言葉に救いを感じた。

【三月二十九日】

自宅のマンションに帰宅したのは、深夜零時を回ってからだった。荷物を下ろし、そのままベッドに倒れ込んだ。疲労で体が動かない。

今日も麻里は熱を出した。今回も抗生物質は効いたが、ここ数日立て続けに調子を崩している。仕事の合間に様子を見るようにはしているが、麻里の体調が不安定になると神経が昂《たか》ぶり、集中できない。介護を続けながら、いつまで仕事ができるのか。心も体も限界だった。

無理やり体を起こし、服を脱いだ。バスルームに行き、熱めのシャワーで汗を流した。ふと、切り取った右胸が気になった。月に一度は検査を受けている。だが、今月はまだ病院に行けていない。恐る恐る右胸に手を当てた。ゆっくりと触診するように周囲を触る。なんともない。安心した時だった。右わきの下、わずかに違和感がある。小さなしこりができている。

――まさか、再発。

血の気が引いた。そのまま脱力して、座り込んでしまった。頭からシャワーを浴びながら、しばらく俯いたまま動けなかった。

麻里を失いたくない。そのためにも死ねない。なのに、運命は大切なものを奪おうとしている。なぜ自分ばかりがこんな目に遭わなければならないの。なぜ、こうも運命は自分ばかりいじめるの。このまま麻里と一緒に死ぬ運命なの。それが自分に与えられた宿命なの。涙があふれた。涙とシャワーのお湯が混ざり、流れていく。立ち上がれなかった。もうこれ以上動けない。その時白川の言葉を思い出した。

――あなたが望むなら、あの子はずっと死なずに済むのよ。

本当に救いなのか、それとも、単なる気休めなのか。ただ、このまま運命に流されれば、いずれ二人に待っているのは死だ。もしかすると、これは運に見放された親子が最後に掴んだ藁《わら》かもしれない。どうせ死ぬなら、その藁に救いを求めてもいいのではないか。

足に力を込めて立ち上がり、シャワーを止めた。浴室を出て、着替えた。ベッドに横になり、目を瞑る。麻里を抱きしめ、安らかに眠る。そんな淡い想像をしてみた。安らかな眠り。そうだ。今自分たち親子に必要なのは、安らかな眠りだ。麻里と二人でゆっくり休みたい。そんな思いを抱きながら、眠りについた。

10

――二〇一九年五月十四日　火曜日

午後二時過ぎ。矢島は刑事部屋に戻った。女性警察官が矢島に声をかけた。

「さっき矢島さん宛てに電話がありましたよ。現代出版の今村さんって方です」

現代出版と聞いてすぐにピンときた。如月啓一が自費出版を依頼した担当者だ。

矢島はすぐに連絡を取った。今村という担当につないでもらうように言うと、男性が電話に出た。

「湾岸署の矢島と申します。先程お電話をいただいたそうで」

「松田から聞いています。如月さんが亡くなったと聞いて驚きました」

「如月さんとお仕事をされていたのですね」

「最初の原稿をもらったのは去年の七月頃だったと思います。次の原稿を待っていたのですが、それ以来ずっと連絡がなかったものですから」

去年七月の時点で如月は生きていたということか。

「その原稿とは自費出版の原稿ですか」

「そうです。会員向けに出版をしたいと希望されていました」

「会員というのは何かの団体ですか」

「ＮＰＯ法人と聞いています」

「どのような団体か聞いていませんか」

「いえ、詳しいことは――」

「その原稿を見せてもらうことは可能ですか」

「警察の方からそう言われるなら」

「ご協力感謝します。松田さんにお渡しした私の名刺のメールアドレスまで送ってください」

「わかりました。ただ、随分前の話ですので少し時間がかかりますよ」

「構いません。すぐに見つかりそうなものがあれば、一部でも結構です」

「ああ、構成表くらいはすぐに見つかると思います」

「では、なるべく早くお願いします」

十分ほどしてメールが届いた。メールにはＰＤＦの添付データがあった。

《構成表と第一章の原稿が見つかりましたので送ります》

ＰＤＦには目次が書かれていた。各章のタイトルが人名になっており、その下に年齢と職業が書かれている。

『エンドレス・スリープ』目次

第一章　如月啓一　（42）　職業　フリーライター
第二章　水島優子　（32）　職業　看護師
第三章　火野《ひの》秀夫《ひでお》　（37）　職業　弁護士
第四章　立木知之《ともゆき》　（62）　職業　医師
第五章　神山雄一郎　（62）　職業　経営者
第六章　白川紬　（39）　職業　ＮＰＯ法人主宰

　タイトルは『エンドレス・スリープ』。章は一章から六章まで。六人の名前と年齢、職業が並んでいた。六人。即ち倉庫で発見された遺体の数と一致する。ただ、遺体のうち一体は子供だ。該当する年齢がない。

　もう一つの添付ファイルを開いた。「第一章　如月啓一」というタイトルの原稿にざっと目を通した。如月のブログ記事と同じ内容だ。

残りの原稿もあるのだろうか。いや、その前に構成表に書かれている名前が遺体の身元と一致するかどうか調べなければならない。

矢島は顔を上げ、デスクに座っている的場を呼んだ。

的場が素早く席を立ち、矢島のデスクの前に駆けつけた。

「これを見ろ」

矢島はＰＤＦデータを画面に出した。

的場は画面を見て目を丸くした。

「これって遺体の――」

「そうだ。如月啓一が生前に書き残した原稿の目次だ」

「神山雄一郎の名前もあります」

「遺体の身元と一致している可能性がある」

「内容は？」

「見つかったのは目次と第一章だ。他の原稿は今出版社に探してもらっている。どこまで原稿があるかわからないが、恐らく各章の登場人物のエピソードについて書かれているはずだ」

原稿を見ないと何とも言えないが、見つかれば手がかりになる。

「タイトルにはどんな意味があるんでしょう」

『エンドレス・スリープ』というタイトルに何らかの意味があることは間違いない。遺体とスリープという響きに不思議な符合を感じた。

「捜査本部にいる弓成管理官にこの目次を見せて、身元の調査を提案しよう。すぐにコピーを取ってくれ」

時計を見た。まもなく午後三時になる。夕方の捜査会議まではまだ時間がある。矢島は的場がコピーを取り終えるのを待って、捜査本部が置かれた大講堂に向かった。


捜査本部で管理官の弓成を探した。弓成は本庁捜査一課の刑事数人と話していた。矢島は的場を伴って弓成の前に立った。

「重要な手がかりが見つかりました。捜査が大きく進展するかもしれません」

捜査一課の刑事が立ち上がった。

「何かあるなら捜査会議の席で報告しろ」

「三分で終わります」

矢島は弓成の目に訴えた。

「わかった。聞こう」

矢島は弓成に原稿のコピーを渡した。目次の名前を見て、すぐに弓成の表情が変わった。

「これは――」

「如月啓一が出版社に送った原稿の一部です。如月のブログの内容と一致する原稿も見つかっています。如月はその原稿をまとめて、自費出版しようとしていたようです」

「自費出版？　何のためにそんな本を出すんだ」

「編集者の話では、如月からある団体の会員に配付したいと頼まれていたそうです」

「例のブログに書かれていたＮＰＯ法人か」

「『死を待つ人の家』です」

原稿はブログの内容をまとめたものだ。原稿にも『死を待つ人の家』というＮＰＯ法人が登場している。矢島が弓成に聞いた。

「ＮＰＯ法人の実態はわかったのですか」

「今調べている。理事に聴取をかけているところだ。ただ、重要参考人である代表理事の白川紬の所在がまだ掴めていない」

弓成は最後のページをめくり、矢島に目を向けた。

「原稿の続きは？」

「出版社から送られてきたのはこれだけです」

弓成は顎に手を当て、矢島に顔を向けた。

「ブログの内容が更新されたということは、続きがあるんじゃないか」

「恐らくそうでしょう」

弓成はコピーを掲げながら、打ち合わせに参加していた捜査一課の刑事に伝えた。

「重要な手がかりが見つかった。如月が書いたと思われる原稿だ。そこに書かれている名前がさっきのデータと一致している。これで身元はほぼ確定した」

弓成の言葉に矢島が反応した。

「弓さん、さっきのデータって何ですか」

弓成はノートパソコンを手元に寄せ、画面が見えるように角度を変えた。

「遺体発見時に見つかった蝶の形の折り紙にあったQRコードを読み取った」

「IDとパスワードがわかったんですね」

「令状を取ってホームページを管理している団体を調べた。ライフデータ・セキュリティ財団。遺伝子情報を検査し、そのデータを保管している財団だ」

「なぜあのQRコードでそんな財団のホームページにアクセスされるんですか」

「ライフデータ・セキュリティ財団は遺伝子検査で得たDNA情報をもとに、病気のリスクやそのためのケア情報を提供している。QRコードはその財団に保管されているデータへアクセスするための鍵だ」

「つまり、あのQRコードは――」

「遺体それぞれのDNA情報と生存時の個人データにつながっている」

弓成がパソコン画面で呼び出したのは、遺体五体分のデータだった。名前、性別、年齢、顔写真、そしてDNAデータ。矢島は五人の名前を確認した。名前は原稿の目次に並んでいた五人と一致した。ただ一人、白川紬の名前だけがなかった。

弓成が刑事に指示を出す。

「打ち合わせを中断する。遺体の身元の裏を取る」

弓成の号令で捜査員たちは慌ただしく動き出した。

11

午後四時過ぎ。弓成から直接矢島のスマホに電話が入った。

「遺体の身元が割れた。すぐに捜査本部に来い」

あの原稿の目次に書かれてあった名前と遺体の生体データの照合が決め手になったに違いない。矢島は的場を呼び出し、大講堂に向かった。

大講堂の一角で弓成は本庁の刑事たちとテーブルを囲んでいた。矢島が弓成の前に駆け寄ると、弓成は黙って一枚の紙を渡した。

「遺体のうち、五人の身元がわかった。夕方の会議で割り振りをしたうえで、鑑を取る」

矢島は渡された紙を見た。名前と一緒に生前の顔写真が掲載されている。

如月啓一　（42）フリーライター
火野秀夫　（37）弁護士　火野弁護士事務所代表
水島優子　（32）看護師　青海友愛病院勤務
立木知之　（62）青海友愛病院元院長
神山雄一郎（62）丸神ロジグループ元会長

やはり目次に並んでいた名前と一致しているが、白川紬の名前だけはなかった。

弓成がテーブルを囲む刑事に告げた。

「夕方の捜査会議の前に会見を開く。身元を公表し、情報を集める」

マスコミに身元が公開されれば、かなりの情報が集まるはずだ。近親者からも連絡が入るだろう。ただ、矢島には気になることがあった。

「神山雄一郎というのは丸神ロジグループの元会長ですね。経営からは退《しりぞ》いているのでしょうが、社会的な影響はかなり大きいのでは――」

弓成が矢島に顔を向ける。

「五人の中でも重要人物だ。退任しているとはいえ、亡くなったら世間に公表されるはずだ。ということは神山の親族や関係者は、神山の死を知らない可能性が高い。そこにどんな事情があるのか、情報を集めるには、マスコミを利用したほうがいい」

「原稿にあった白川紬という女性の身元は？」

弓成の視線が別の刑事に向けられた。刑事はメモを見ながら、矢島に伝える。

「青海友愛病院の医師であることはわかっているが、未《いま》だに所在がわからない。病院に問い合わせをしたが、休職中と言われている。自宅に人をやったが不在だ。連絡先の携帯もつながらない」

「NPO法人の他の理事への聴取は？」

「聴取は終わった。いずれも団体の運営は白川に一任していたと供述している」

『死を待つ人の家』というNPO法人は実際に存在している。事実上白川が中心となって運営していたようだ。

「如月のブログにも書かれていた白川紬を重要参考人と考えている。青海友愛病院への聴取とともに、引き続き白川の所在を確認する」

白川紬。如月の原稿の中にも登場しており、第六章は白川の章になっている。間違いなくこの事件の鍵を握っている人物だ。弓成が続けて言う。

「もう一つ、ブログの解析もやっている」

「何かわかりましたか」

「ブログの更新は昨日、遺体発見の後だ。つまり、誰かが如月のブログにログインして、更新したということだ」

「パソコンのIPアドレスから辿れませんか」

「今やっているところだ」

弓成が腕時計に目を落とした。

「夕方の会見は午後六時だ。捜査会議はその後、午後七時から行う。各自準備を進めてくれ」

弓成の号令で本庁の刑事たちが慌ただしく動き出した。

12

午後六時半。刑事部屋の一角で湾岸署の刑事数人が夕方のニュース番組を見ていた。緊急速報として大井埠頭で発見された遺体の身元に関するニュースが流れている。

五月十三日午後に大井埠頭で発生した火災現場から発見された遺体の身元が判明、今日午後六時過ぎ、警視庁の会見で遺体五名の名前が公表されました。遺体はいずれも大井埠頭内の冷凍倉庫で発見され、警察が身元を調査していました。警視庁は遺体が冷凍倉庫に保管されていた経緯について、引き続き捜査を進めるということです。

画面には写真付きで名前と年齢が映し出されていた。

「七時のニュースでも大々的に報道されるな。これで情報が入ってくるぞ」

袴田はマスコミや視聴者からの連絡に備え、捜査本部に回線を増設した。刑事課以外の部署にもオペレーターの応援を頼み、会見に間に合わせた。矢島は袴田に尋ねた。

「丸神ロジスティクスは会見を開くのですか」

「まだ詳細は不明だ。正式な会見はしないようだ」

妥当な判断だろう。元会長といえども、退任してから遺体が発見されるまでの消息を会社がどこまで把握していたのか疑問だ。

「この後の捜査会議で改めて捜査を仕切り直す。捜査員を増やして遺体の関係者を調べる。情報が集まれば、詳しい事情がわかるはずだ。単なる死体遺棄ではなさそうだがな」

袴田はそう言うが、簡単に真相がわかるとも思えない。湾岸署の人員は当分この事件に引きずられそうだ。


午後七時半。予定よりも三十分遅れて夕方の捜査会議が始まった。捜査を仕切る弓成がマイクを使って話した。

「死体の身元がわかった。これからそれぞれの鑑取りに着手する。各自チームに分かれて関係者を聴取してほしい」

死体は全部で六体。そのうち、身元が割れたのは五体。子供の遺体だけはまだわかっていない。

弓成の隣に座る捜査一課長が補足する。

「身元の関係者は多数、特に被害者の接点となる青海友愛病院と遺体発見場所を所有管理する丸神ロジスティクスについては重要関係先として捜査員を当てる。本庁一班、二班を投入、大森《おおもり》署にも応援を依頼している」

弓成が割り振りを発表した。

「最重要関係先である丸神ロジスティクスは一班に任せる。神山雄一郎は一年前に会長職から顧問に退いた。一人息子は十三歳で病死。現在の丸神ロジグループの社長は江藤嗣敏《えとうつぐとし》。年齢は五十八歳。神山が社長時代に専務として会社の屋台骨となった右腕だ。今回の火災はきっかけに過ぎないが、丸神ロジスティクスが神山の死に関わっていることは間違いないだろう。上層部から末端まで社員に聴取する。そのうえで事件の全体像を洗い出す」

弓成は先を続けた。

「もう一つの重要な関係先が青海友愛病院と聖恵大学附属病院だ。二班、角田《かくた》が担当しろ。遺体のうち、水島優子は青海友愛病院に勤務していたことがわかっている。さらに、青海友愛病院の経営母体が丸神ロジスティクスだということもわかった。青海友愛病院が事件と深く関わっていると考えるべきだ」

弓成は語気を荒らげて捜査員に指示した。まだ事件の全貌が見えていない。遺体の属性は職業も性別も年齢もバラバラ、遺体をつなげているのは、聖恵大学附属病院と青海友愛病院だ。これがどうつながっているのか、その手がかりは如月が書いた原稿に隠されている。

各捜査員に鑑取りの割り振り表が配られた。表に矢島の名前は書かれていなかった。

会議が終わり、捜査員が散会した。矢島は弓成が座る前列の席に足を向けた。弓成は本庁の刑事たちと立ち話をしている。そこに矢島は割って入った。

「弓さん、ちょっといいですか」

弓成は矢島に顔を向けた。

「どうした」

「捜査の割り振りに名前がありません」

「おまえは本部に残れ。追って指示は出す」

弓成は一方的に告げると、刑事との打ち合わせを続けた。その時、捜査本部に詰めていた本庁の別の刑事が弓成に近づいた。耳元で何かを話す。弓成の顔色が変わった。

「わかった。明日こちらからも連絡を取る」

弓成に聞いた。

「どうしたんですか」

「神山雄一郎の妻から通報があった。すぐに遺体を確認したいと言っているようだ」

「ニュースで夫の死を知ったんですね。つまり妻は夫の死を知らなかったということですか」

「行方不明者届は出ていない」

本来であれば、妻から行方不明者届が出されていてもおかしくない。行方すら気にしていなかったということだ。弓成が矢島の疑問に答えるように言った。

「神山雄一郎は妻と別居していたようだ。病気だったとしても伝えていなかったんだろう」

だとしたら、遺体発見をニュースで知ってすぐに連絡してきたのも当然だ。

「遺体はまだ動かせない。それに、遺族に引き渡す前に、司法解剖が必要だ。明日捜査員に事情を説明させる」

13

午後九時十五分。捜査員は明日の鑑取りのため、捜査本部を引き揚げていった。矢島は一人で刑事部屋に戻り、捜査本部がまとめた現時点での発見された遺体のプロフィールにもう一度目を通した。

午後九時のニュースでも同じ情報が流れていた。これまでに本部には市民からいくつかの情報が入っている。

矢島がニュース番組を眺めていると、突然刑事部屋がざわついた。テレビから目を離し、声のする方を見ると、弓成の姿が目に入った。

管理官が所轄の刑事部屋に来ることは珍しい。袴田は既に帰宅しており、部屋に残っていたのは現場の刑事だけだった。弓成はまっすぐ矢島のデスクの前に歩いてきた。

「弓さんどうしたんですか」

「聞きたいことがある。如月が書いた原稿の続きについてだ。如月のブログを更新したのが誰かだが、如月と関係のある人物だろう。ブログの内容からそれぞれの遺体とも関係のある人物に違いない。そうなると――」

「白川紬、そう言いたいのですね」

弓成は頷いてから矢島に問いかけた。

「仮に更新したのが白川だとして、何のためにそんなことをしたのか」

「警察がブログを読んでいることに気づいたんじゃないでしょうか。警察に新しい情報を提供するためにブログを使ったとは考えられませんか」

「なぜそんなことをする」

「遺体があの場所に保管されていた理由を知らせたかったのではないですか」

「知らせることにどんな意味がある」

矢島はブログの更新者の意図を考えた。

「遺体を守るためです。あれは殺人ではない。重要な遺体だからこそ冷凍庫に保管した。そこに至る経緯を伝えようとした」

推測でしかないが、遺体とともに入っていた折り紙に書かれたＱＲコードは言わば遺体の名札であり、遺体の素性を何らかの形で保存しておこうと考えたのではないか。そして、素性を補完するためにブログを使ったのではないか。

弓成が首を傾《かし》げる。

「遺体を保管した目的がブログからは今一つわからないな」

「恐らくですが、これから第三章以降、更新される可能性があります。そこには冷凍保管した目的が書かれているはずです。如月が本にしようとした目的にも関係があるのでは」

弓成に矢島の意図が伝わったようだ。

「つまり、原稿の続きは存在する。もしくは、続きをまとめている。警察にそれを知らせるために、ブログを更新している。そういうことか」

矢島は頷いた。

「ブログの更新内容によっては、この事件の捜査は大きく進展するな」

「如月が遺した原稿はブログの記事と同じものです。それ以外の遺体についてどこまで原稿を書き上げていたのかはわかりませんが、本にする前に如月は亡くなってしまった。つまり、ブログの更新者は書きかけの原稿の続きを書いている。いずれその内容をまとめ、本にするのではないでしょうか」

弓成が同意するように頷きながら、言い返した。

「書き上がった順番に原稿をブログで公開していると考えれば、細切れに情報が出てくるのもわかる。数は少ないが、ブログのフォロワーから、『死を待つ人の家』について関心があるという内容のコメントが上がっている。つまり、ブログの更新にはＮＰＯ法人を広く知らしめるという目的もあるんじゃないか」

「だとしたら、やはり代表理事の白川紬が更新者という可能性が高いですね」

弓成が頷いたのを確かめて、矢島が質問した。

「白川の身元は？」

「青海友愛病院の捜査チームが直接訪問して事情を聞くことになっているが、まだ行方が摑めていない」

弓成は白川紬がこの事件の全貌を知っていると考えているようだ。矢島もその点は一致している。ただ、矢島は捜査の要員に入っていない。

「弓さん、俺は捜査の割り振りに入ってなかった」

弓成がここに来たのは、恐らく矢島に担当を伝えるためだと思っていた。弓成はそれを承知しているとばかりに返した。

「おまえを鑑取りのチームに入れなかったのは、遊軍として動いてもらうためだ。倉庫の火災で遺体を発見したのはおまえだ。如月の原稿もおまえが見つけた。どうもこの事件でおまえはツイている。やりたいように動いて構わん」

所轄の刑事でありながら、遊軍というのは異例の待遇だ。弓成がこうして矢島に目をかけてくれるのは、過去の事件のせいだろう。もう十年ほど前の話だ。弓成はまだ警視庁捜査一課の主任、矢島は今と変わらず、湾岸署の刑事課の警部補だった。


湾岸署管内で強盗事件が発生した。犯人の男は七十代の男性の家に忍び込み、銃で脅して自宅にあった現金五十万を盗み、逃走した。

被害に遭った男性が通報、現場近くの交番勤務の巡査が駆けつけた。緊配《きんぱい》がかかり、第一方面の機捜が出張った。本庁も湾岸署を本部として指揮を執った。被害者の男性の証言から、男の身元が元暴力団員であることが判明。男には殺人の前科があった。

住宅密集地に銃を持った男が逃走。住民に被害が出る恐れがある。本庁捜査一課が乗り出し、捜査が始まった。矢島も現場の聞き込みに駆り出された。元暴力団員から男の交際相手のマンションがわかった。京浜運河《けいひんうんが》沿いのマンションは現場からも近く、男が潜伏している可能性が高い。

矢島は一係の班長だった弓成に指示を仰いだ。弓成は矢島と部下の角田を伴い、現場に向かった。弓成はマンションの管理人から男の目撃証言を聞き、本部に応援を頼んだ。だが、警察が大勢で駆けつけると、気づかれて男が逃走する可能性がある。

弓成は現場にいながら、犯人を取り逃がし、周辺住民に被害が出るのを恐れた。三人いれば、男を取り押さえられる。マンションの部屋に踏み込み、交際相手の女性を押さえ、男を逮捕する。場所はマンションの五階。入口のドアを固めれば、窓から逃げることなどできない。

「踏み込むぞ」

弓成の決断に、矢島は頷いた。だが、この判断が命取りになった。

相手はこちらの動きを予想していた。角田が女を取り押さえ、矢島が部屋に入った。男はトイレに潜み、矢島に襲い掛かった。男は矢島に突進した。わき腹にわずかに何かが突き刺さる感覚があった。どうやら、ナイフで腹を刺されたようだ。弓成が銃を構え、男を狙う。だが、矢島は弓成を手で制した。ここで銃を撃てば、犯人を刺激する。矢島は刺されたナイフをそのままに、男に言った。

「こんなもんで俺を殺そうなんてアホな奴だな」

この時男は銃を携帯していた。だが、矢島が動じない態度で向き合い、男は慌てた。こいつには、刃物が通じないのか。

男が銃を向けようとした時、矢島は男の腹に拳を打ち込んだ。その一発で男は床に倒れた。角田がすぐに男を押さえ込み、手錠をかけた。

「おまえ、痛くないのか」

角田に言われて気がついた。赤く染まったわき腹にはナイフが突き刺さっている。

矢島の平然とした様子に角田と弓成は驚いていた。

弓成が呼んだ救急車が来る前に、矢島は気を失った。

気が付いた時には病院のベッドに寝ていた。幸いナイフは急所を外していたが、出血が多く、病院に運ばれるのが遅れていたら、危なかったと言われた。全治一か月。矢島はしばらく入院することになった。

一歩間違えば、犯人を取り逃がし、仲間にも被害が出ていた。だが、矢島が体を張って事件を解決した。危険を顧みず、犯人逮捕に貢献した矢島は表彰された。

弓成が病院に見舞いに来た時、こう言った。

「あの判断は間違いだった。やはり応援を待つべきだった」

弓成は後悔しているようだったが、矢島はそうは思わなかった。

「弓さんの判断は間違っちゃいませんよ。俺が油断したんです」

「なあ、ヤジ、なんでおまえは、あの時冷静に対処できたんだ」

普通なら気が動転して犯人のことなど構っていられない。そう弓成は言った。

「俺はちょっと変わっているんですよ。それに俺がドジらなきゃ、こんなことにはなりませんでした」

矢島はそう言ったが、弓成は真剣な目で矢島を見た。

「部下を死なせるところだった。俺の責任だ。これからはもっと自重してくれ」

弓成の厚意に従うように返事をした。以来、弓成は何かと矢島を気にかけるようになった。

そんな経緯から、今回の事件でも弓成は矢島を優遇しようとしているのだろう。

「弓さん、あんまり俺を特別扱いしないでください」

「何も特別扱いをしているわけじゃない。倉庫での遺体発見、如月の原稿、事件の端緒から、手がかりまでおまえが見つけたんだ。言い方は悪いが、犯人を挙げるために、おまえを利用しているだけだ」

弓成がこの捜査を指揮している以上、捜査は弓成の差配で動く。その弓成に指示されれば、その通りに動かざるを得ない。

「遺体を見つけたのはたまたまです。原稿の件もいずれ誰かが見つけたでしょう。所轄の刑事が勝手に動いたら統制が取れません。割り振りは弓さんが決めてください」

弓成は苦笑いを浮かべ、頷いた。

「だったら、聖恵大学附属病院と青海友愛病院をあたってくれ。如月の入院や水島のことだけじゃない。他の遺体とも何らかの接点があるはずだ」

「わかりました。聖恵大学附属病院の担当は誰が――」

「おまえには遊軍を頼んだ。自由に動いて構わん。必要なら誰かつけてもいいぞ」

「でしたら、湾岸署の的場を同行させてもいいですか」

「おまえのところの女性刑事か」

「はい」

「いいだろう。何か気づいたことがあったら、俺に直接連絡してくれて構わん」

弓成はわざと周囲にも聞こえるような声で言った。弓成は矢島の肩を叩き、部屋を出て行った。

矢島は弓成の背中を見送りながら、的場を呼んだ。

的場はパソコン画面を見ながら、矢島に伝えた。

「矢島さん、如月のブログがまた更新されています。今度は弁護士の火野のことが書かれています」

第三章　火野秀夫（37）職業　弁護士

【四月四日】

目が覚めた時、自分がどこにいるのかわからなかった。

随分と眠っていたようだ。体全体が生麩《なまふ》のようにぐったりとしていた。ぼんやりとした視界が徐々に定まっていく。白い天井、白いカーテン、ベッドの上で寝ている。規則正しい電子音が聞こえた。腕から延びた点滴の管がベッドの脇に置かれた薬袋につながっている。アルコールの刺激臭を鼻孔に感じた。どうやらここは病院のようだ。

周囲を見回した。病室のような仕切りがない。ベッドの周りには医療機器が並んでいる。ベッドの先の、ガラスの仕切りの向こう側に看護師の姿が見えた。ここは集中治療室のようだ。

看護師に声をかけようとしたが、うまく口が開かない。手を挙げようとしたが、右手が重い。麻痺しているようだ。左はどうか。わずかに動く。右足は。やはりしびれたような感覚がある。

若い女性の看護師が様子に気づいて、ベッドの脇に近づいてきた。

「気づかれましたか」

首をわずかに縦に動かし、同意の意思を示した。

目がかすんでよく見えなかった。全身が弛緩している。まるで長い眠りから目覚めたようだ。

「先生を呼んできます」

看護師は言い残して、慌ただしく去っていった。

医師を待つ間、記憶を辿ってみる。最後に見たものは何か。記憶の片鱗《へんりん》が残っていないか、丹念に脳内を探した。いつのことかはわからないが、病院にいた。誰かと話している。そうだ、思い出した。妻に会うために病院を訪れたのだ。妻は看護師をしている。何かの理由で妻に会いに病院を訪れたのだ。

もう一度周囲を見回した。カレンダーや時計は見当たらない。ベッドの上にわずかに窓の端が見えた。外が暗い。夜か。そういえば、クライアントのことが気になった。患者弁護士として裁判を抱えていた。その後どうなったのか。和解は成立したのか。

足音とともに声が響いた。看護師が医師を連れて戻ってきた。若い医師がベッドの脇に立ち、顔を近づける。見たことのない顔だ。

「声が聞こえますか」

声ははっきりと聞こえる。ただ、口がうまく開かない。心もとない返事をようやく返した。

「ここがどこかわかりますか」

何度か口を動かし、声を出した。口元の筋肉が麻痺しているだけで、声を失っているわけではない。

「病院、ですか——」

「ご自分のお名前は?」

「火野秀夫」

「ご職業は?」

「弁護士です」

「今がいつかわかりますか」

「わからない」

どうやら医師は記憶の確認をしているようだ。

「——どうしてこんなことに」

「倒れたことを覚えていますか」

「いや、覚えていない。何があった？」

医師は看護師に目配せした。看護師が頷く。何の合図かわからないが、どうやら事情は知っているようだ。

「病院で急に倒れて意識を失くされたんです。幸いすぐに集中治療室に運ばれましたけど」

「それで――」

「しばらくは安静が必要です。緊急で開頭手術をしました」

「右手が麻痺している」

「後遺症だと思います」

「どのくらい、意識がなかった？」

「丸一日です」

だとしたら、その間の記憶がまったくないのも頷ける。まずは自分の体に何が起こったのかを把握する必要があった。

「何の病気なんだ」

医師の表情が曇った。はっきりと言わないところを見ると、それなりに重い病気なのだろう。

「とにかく、しばらくは安静にしてください。鎮痛剤で痛みは治まりますが、発作がぶり返す場合もありますので。何かあればナースコールを押して、呼んでください」

まだ聞きたいことはあったが、最優先事項があった。

「妻に連絡を取りたい」

妻はこの病院で看護師をしている。恐らく呼び出せばすぐに来てくれるはずだ。

「火野優子。ここの病院に勤めている看護師だ。連絡を取ってくれ」

看護師は名前をメモした。

「では連絡が取れましたら、ＩＣＵで治療されていることをお伝えします。他に連絡を取りたい方はいらっしゃいますか」

「いや、妻だけでいい」

「わかりました」

看護師の返事を聞いて安心した。非番でなければ、妻はすぐに来てくれるはずだ。

【四月五日】

朝、担当医がＩＣＵに診察に訪れた。

「脳外科医の石黒《いしぐろ》です。お久しぶりですね」

久しぶりと言われたが、若い男性医師に見覚えがなかった。もしかすると、患者弁護士として面会しているのかもしれない。

「――お忘れですか」

そう聞く石黒に曖昧《あいまい》な返事をした。

弁護士として何度かこの病院を訪問したことがある。それがいつのことだったのかはっきり覚えていない。

医療訴訟には患者弁護士と病院弁護士がいる。医療過誤で患者が死亡、または障害が残った場合、患者側は患者弁護士を通じて、病院に訴訟を起こす。患者弁護士は病院に対してカルテや意見書を要求する。そのために病院を訪れることがあるのだ。

聖恵大学附属病院とは何度か訴訟をしたことがあり、いつしか「病院と闘う弁護士」というレッテルが貼られていた。医師の間に悪評が出回っていてもおかしくない。

「意識が戻って良かったです」

石黒は事情を知ってか知らずか、丁寧に対応してくれた。

「おかげさまで、なんとか会話もできます」

ようやく会話に支障がない程度に口が動くようになった。

「助けてもらって感謝しています。ただ、記憶がはっきりしなくて、倒れた時のことがよく思い出せないのです」

苦い表情で石黒は答えた。

「ちょうど救急外来を訪問されていたようですね」

「どうも記憶が曖昧でして。何度か患者弁護士としてこの病院を訪ねていたはずですが」

石黒の表情が曇った。どうやら、話が通じていないようだ。

「火野さんは以前、弁護士をされていたようですが、もう随分と前のことですよ」

石黒の言葉がにわかには信じられなかった。まるで今はもう弁護士をしていないかのような言い方だ。

「記憶に障害があるようですね。病院で倒れたのは間違いありませんが、診察に来られていたのではないですか」

診察と言われたが、記憶がなかった。恐る恐る石黒に聞いた。

「私は何の病気なんですか」

石黒の表情が急に険しくなった。

「本当にご存じないのですか」

黙って頷いた。

石黒は眉根を寄せて、手元のカルテに目を落とした。

「こちらに来院されたのは、三か月ほど前です。その時撮ったＣＴで脳幹部に腫瘍が見つかっています」

「何かの間違いじゃないですか」

石黒はもう一度カルテを見た。

「火野秀夫さん、三十七歳。住所は東京都大田区大森東《ひがし》×—×—×」

すべて合っている。石黒が見ているカルテは自分のものだ。

「もう一度病気のことを教えてくれませんか」

石黒はためらいなく言った。

「脳幹部神経膠腫《こうしゅ》です。脳腫瘍の一種で手術には大きなリスクが伴うため、放射線治療をお奨めしました」

徐々に記憶が戻ってきた。以前、主治医から腫瘍があるのは脳の深部で手術はできないと言われた。放射線治療を奨められたが、セカンドオピニオンを求めて治療を拒否した。弁護士の仕事を辞め、他の病院をいくつか回った。だが、診断結果は同じだった。最後は入院を拒み、民間療法に頼った。藁にもすがる気持ちで情報を集めた。効果のありそうなものがあればすぐに試した。だが、どの治療法も詐欺まがいのものだった。

最初に診断されてから三か月、症状が悪化しているのは自分でもわかった。頭痛が酷くなり、時折幻覚がある。どうせ手術ができないのなら、好きなことをして、死にたい。そう考え病院に行かず、自宅に引きこもった。だが、こうして病院に戻ってきてしまった。

石黒に訴えた。

「自宅に戻りたいのですが」

「今の病状では、また同じようなことが起こってもおかしくありません。しばらくここで様子を見ましょう。その間にどこか受け入れ先を探してみます」

受け入れ先。つまり、この病院では既に手の施しようがない。治療をしても無駄だということか。ホスピス、緩和ケア病棟のある病院。それが大学病院の医師が突きつけた選択だった。

「どなたか身内の方はいらっしゃいませんか」

石黒に聞かれ、思い出した。妻はどうしているだろうか。

「妻に連絡はつきましたか」

石黒が隣に付き添う看護師に顔を向けた。看護師は首を横に振った。

「火野優子さんという看護師はこの病院にはおりません」

妻との間に離婚は成立していないはずだが、もう火野姓は使っていないのかもしれない。

「では、水島優子はどうでしょう」

看護師が思い出したように告げる。

「水島優子さんなら知っています。ただ、別の病院に移られました」

看護師が冷めた視線を向けた。

「前にも同じようなことを病院に問い合わせになられましたね」

看護師の顔を見上げた。記憶が曖昧でよく覚えていない。

「火野さんのことは覚えています。救急外来に何度もお見えになりましたね」

記憶の切片《かけら》がよみがえった。過去、何度か救急外来に押しかけたことがあった。妻に会うためだ。

「妻はどちらの病院に？」

「残念ですが、水島さんの連絡先はお伝えできません」

「それは本人の意思ですか」

「そうです。もし訪ねてきても、取り合わないでほしいと――」

看護師の言葉で過去の記憶がよみがえってきた。同じようなやり取りを何度かしたことがある。記憶は何度も塗りつぶされてきた。自分の脳はもう壊れかけているのだ。

【四月六日】

ＩＣＵから一般病棟に移った。朝から意識がはっきりしていた。それまで記憶が曖昧だったり、過去と現在の記憶が混在したりしていたのは、せん妄と呼ばれる症状だった。脳の腫瘍が記憶に障害が出るほど広がっているということだ。さらに病状が進めば、記憶は失われ、いずれ自分が誰かもわからなくなってしまう。そうなる前に、どうしても妻に会いたかった。

自分の愚かな行為で裏切ってしまった妻に一度謝りたい。これまでは、自らの非を認めず、妻にも責任があるという考えに固執していたが、先行きの短い自分に意地をはるだけの余裕はなかった。娘をあんな状態にしたのは妻だ。そう思う一方、妻を責められない事情を抱え、別居生活が続いていた。

その日の午後、初めての見舞いがあった。弁護士事務所にいた松原妙子《まつばらたえこ》だ。独立して事務所を設立した時に、事務員として雇ったのが松原だった。

松原は入院したことを知っていた。

「倒れたって聞いて心配しました」

久しぶりに会う松原を見て、心は揺れた。別れたとはいえ、松原は以前と変わらず若くて美しかった。

「誰から聞いたか知らないが、見ての通りだ」

「事務所を閉めた後も、ずっと心配していました。病気のこと教えてくださらなかったのですね」

別れたのは、もう一度妻とやり直すためだった。未練はあったが、連絡を取るのは我慢した。

松原はベッド脇の椅子に座った。

「奥様とは？」

首を振った。よりを戻したと言えばいいのだろうが、そう言えるだけの余裕がなかった。

「時々お見舞いに来てもいいですか」

しおらしい表情で言う松原に心が傾きそうになった。だが、松原の本性はわかっている。

「急な入院だったから、そう長くはない。退院したらまた知らせる」

その場を収めるために言ったが、松原はあきらめなかった。

「でしたら、退院した後、自宅にお見舞いに行きます。お一人だと何かと大変でしょう」

強引に迫る松原に不審を感じた。曖昧な返事でごまかし、その場を逃れようとした。松原も返事を濁して、この日は病室を出て行った。

一人で自宅にいるのは不安だった。誰かに頼りたい。むろん、松原が近づいてくる理由はわかっている。

事務所を整理した時、不動産が高く売れたのだ。それが財産となった。高額な民間療法に金と時間を使ったが、それでもまだ預貯金の残高はかなりあった。恐らく生きているうちには使いきれないだろう。松原はそれを知っているのだ。そう考えると、松原という女の裏にある強《したた》かな本当の顔が見えてくる。


夕方六時。再び見舞いがあった。不思議と今日は見舞いが多い。死が迫ると人を呼び寄せるのだろうか。もっとも、見舞いに来るのが会いたい人物かどうかはまた別の話なのだが。

訪ねてきたのは、弁護士の新井《あらい》だった。新井とは新人時代同じ弁護士事務所でともにイソ弁として働いていた。同業者だが、時々情報交換のために酒を飲む程度に付き合いはあった。

「だいぶ具合が悪そうだな」

新井は顔色を見るなり、病状を察したようだ。

「もう長くないそうだ。死ぬ前に会えてよかったよ」

半ば冗談だが、半分は本気だった。

「それよりなんでここにいることがわかった」

「ここの医者から聞いた」

　患者弁護士の新井はこの病院とも仕事をしている。情報が入ってきてもおかしくはないが、それにしては随分と情報が早い。

「他に誰かに言ったか」

「なんでだ」

「いや、なんでもない」

　松原が見舞いに来たことが喉まで出かかったが、別の質問をした。

「この病院とまだ争っているのか」

　弁護士を辞めた時、何件かの医療訴訟を新井に引き継いでもらった。その中には、聖恵大学附属病院の案件もあった。

「病院との関係はうまくいっている。心配するな」

　新井は患者と病院をうまく橋渡しして示談に持ち込んだようだ。新井のような器用な弁護士は医療訴訟になる前に落としどころを見つけ、双方丸く収める。やり方の違いだが、病院にも感謝され、患者にもそれなりの慰謝料が払われる。それが遺族にとって本当にいいかどうかは意見が分かれるが、廃業した自分が口を出せる立場ではなかった。

「ところで奥さんとはどうしている」

新井の質問にどう答えるべきか迷った。嘘を言う必要もないが、詳しく話すほどの仲でもない。

「まだ連絡が取れない。別居してしばらくたっているが、籍は残っている」

新井は同情の入り交じった目をしていた。

「あまり立ち入ったことを言うつもりはないが、そろそろきちんとしたほうがいいんじゃないか」

立ち入ったことに触れておきながら、よくそんなことが言える。

「一度こじれた関係はなかなか元に戻らない。おまえもそんな体だ。身の回りの世話をしてくれる女性がいたほうが何かといいだろう」

詳しい病状を知らないとはいえ、余計なお世話だった。

「おまえに言われなくてもわかっている。ただ、今はそんなことを考えられる状態じゃない」

「松原妙子が心配していたぞ」

「なんだ急に」

「おまえを探していた」

「連絡を取ったのか」

「そうだ」

「今日見舞いに来たよ」

「そうか」

このタイミングで新井から松原に連絡が入り、見舞いに来たというのが引っかかる。

「どうするつもりだ」

「なんのことだ」

「松原はもう一度おまえとやり直したいと言っている」

松原からもそれを匂わせるような態度を感じた。新井に言われる筋合いはなかった。自分と松原が別れた後、新井と松原が交際していたことを知っていた。

「しらじらしいことを言うな。おまえと松原がどういう関係かは知っている」

「今はただの元従業員だよ」

新井の心の内が透けて見えた。松原に心を奪われ、どっぷりと誘惑に浸っている時にはわからなかった。だが、自分の人生が終わろうとしている今、人の浅ましさを嫌でも感じてしまう。

「悪いがもう帰ってくれないか」

「どうした急に」

「いや、具合が悪いんだ。すまん」

「わかった。何かあったら電話してくれ。できるだけ力になる」

最後はあきれて何も言えなかった。

松原と新井はまだ付き合っている。患者弁護士の懐事情はわかっている。独立して資金的にも厳しい。松原の絶妙なタイミングでの見舞い。その後、見計らったような新井の訪問。偶然のはずはない。二人の狙いは火野の遺産だ。病状を知ったうえで、共謀しているのだ。

新井の姿が部屋から消えると、急に頭痛がしてきた。すぐにナースコールを押した。しばらくして看護師が部屋を訪れた。

「頭痛が酷くて」

「わかりました。鎮痛剤を使いましょう」

看護師が点滴を持って病室に戻ってきた。鎮痛剤が滴下されると、痛みは治まった。出て行こうとする看護師を呼び止めた。

「すみませんが、しばらくは見舞いが来ても断ってください」

看護師は「わかりました」と言って病室を出て行った。

また病室に押しかけてくることもあるだろう。早めにこの病院を出たほうがいい。ただ、どうしても妻の行方だけは知りたかった。

【四月七日】

目覚めた時から気分は最悪だった。昨日の松原と新井の見舞いですっかり気分を悪くした。いずれまたせん妄で記憶が曖昧になることは目に見えている。妻とのこと、裁判のこと、娘の入院や、それにまつわる様々な厄介な記憶も忘れてしまうだろう。それならそれでもいい。ただ、できればそうなる前に妻に一言だけでも詫びを言いたかった。

妻とは病院で知り合った。患者弁護士として病院に出入りしている時、妻は救急外来の看護師として働いていた。

知り合ってから一年で結婚。翌年には娘が生まれた。

娘が小学校にあがった時、ちょうど父親が亡くなり、その遺産が入ってきた。それを契機にこれまで働いていた事務所からの独立を決めた。遺産を設立資金として、事務所を開いた。だが、人生が順調だったのはここまでだった。

失敗の原因は松原妙子を雇ったことだった。独立して仕事が忙しくなると、妻とは会話が減り、次第に関係がぎくしゃくしてきた。家庭崩壊の下地はできていたのだ。そこに松原妙子という女性が隙間を埋めるように入り込んできた。事務所に二人きりという環境に加え、松原は年上に甘えるタイプだった。深みにはまっていくのを自覚していたが、止められなかった。そして、決定的なことが起こる。

「麻里が椅子から落ちて救急車で運ばれたの」

妻から連絡を受けた時、松原と一緒にいた。翌朝病院に駆けつけたが、娘は意識を失い、人工呼吸器につながれていた。妻はひどく混乱していた。後日、医師から伝えられたのは、娘が遷延性意識障害、即ち植物状態になったということだった。

妻が娘の傍にいながら、なぜそんなことに。妻を責めたが、それが後日、大きなしっぺ返しとなった。松原との関係の決定的な証拠をつかまれたのだ。

事務所に松原と二人きりでいるところに、突然妻が訪れてきた。言い訳ができない状況で、追い詰められ、それが決定打となった。

そんな矢先、進行性の脳腫瘍だと診断される。

病気を知ってから、弁護士を続けることができなくなった。セカンドオピニオンのために医療機関を転々としながら、結局入院することを拒み、今に至る。妻との関係もきちんと整理がつけられず、気づけば病状はかなり悪化してしまった。

この入院が最後になるかもしれない。そして、この病院に入院したのは、妻ともう一度きちんと向き合うためのチャンスだと思った。自分の過ちへの禊《みそぎ》。妻の許しを得、和解することこそが、人生の最期《さいご》にあたっての望みだと気づいた。

夕方、主治医の石黒が診察に訪れた。

容態は安定していたが、かといって、いつまた発作を起こし激しい痛みがくるかわからない。石黒は、もう少し様子を見ましょうと伝えた。

「まだ無理はなさらないでください。なるべく安静にして、容態が落ち着いたところで別の病院に移りましょう」

「どこか転院先はありますか」

「一つあります。私の知り合いが勤めている青海友愛病院です」

聞き覚えのない病院だった。

「院長はこの病院の出身です。緩和ケア専門の病院で、何かあった時の対処にも慣れています。ベッドの空きがあるか聞いてみましょう」

妻とのつながりはこの病院しかないと思っていた。それが断ち切られた今、この病院に長くいる意味はなかった。あとは、なるべく静かに死ぬだけだ。

なぜこんなことになってしまったのか。家庭に恵まれ、念願の独立を果たし、順風満帆な人生を歩んでいたはずだった。ほんの少しのボタンの掛け違いが、今の状況をもたらした。病気になったとしても、家族に見守られながらの闘病であれば、心境は違っていたはずだ。すべて自分の選択とはいえ、やはりどこかで道を間違えたのだ。

どうせこの先記憶が失われていくのであれば、できることなら幸せだった時の記憶だけを残してほしい。そう願わずにはいられなかった。

【四月八日】

入院から五日後、容態は安定していた。頭痛は鎮痛剤で緩和され、睡眠薬を処方され、眠れるようになった。もちろん容態が持ち直しただけで、回復したわけではない。だが、痛みと不眠から解放されたことで、自分の置かれた状況を考えることができた。

これから先、さらに病状が悪化していくのはわかっている。記憶の混乱、せん妄によって自分が自分でなくなっていく。どうせ徐々に記憶や意識が失われていくのなら、せめて嫌なこともすべて消え去ってほしい。

午後の検温の時間、看護師が病室に入ってきた。

「退院の許可が出ました。明日にはこの病院から転院できます」

「そうですか。お世話になりました」

看護師が体温を記録した後、耳元で囁くように話しかけた。

「実は、火野さんにお伝えしたいことがあります」

「なんですか」

「以前、弁護士をされていた時に助けてもらいました」

「いつの話ですか」

「救急外来でのことです。担当した患者さんが急に容態が悪くなって、亡くなられました。その後、医療過誤の訴訟をすべきかどうか、火野さんは事情を聞きに病院に来られました。カルテを見て、心拍監視装置のことを聞かれた時に、私のほうから不手際を話したのを覚えていませんか」

壊れかけの脳から無理やり記憶を引っ張りだした。うっすらとだが記憶が残っている。七十代後半の男性が脳梗塞で救急外来に運ばれ、緊急入院した。容態は落ち着いたが、入院中に急変し死亡した。遺族には病状の急変と説明されたが、納得のいかない息子が相談してきた。

そこで病院にカルテを請求し、詳細に読み込むと、不審な点がいくつか見つかった。心停止から処置までの時間が書かれていなかった。患者の容態について聞くと担当医師の歯切れが悪い。過失調査書を作成する過程で本当の過失は別にあるのではないかと考えた。

カルテから抜け落ちた部分から推測すると、看護師が患者の異変に気づいた時、既に心停止状態だったのではなかったのかと思われた。患者は心拍監視装置を使っており、徐脈が出た段階でアラームが鳴るようにモニターされていたはずだ。にもかかわらず、仮に徐脈を見逃したとすれば、アラームに気づかなかったのか、モニターのスイッチが切られていたか。

カルテに心拍監視装置のことは書かれていなかった。疑ったのはカルテの改ざんだった。死因は病状の悪化ではなく、看護義務違反ではないか。

結局真偽ははっきりしなかったが、看護師へのヒアリングで心拍監視装置のスイッチが切れていたことがわかった。

「あの時、火野さんが示談にしてくださって本当に助かりました」

看護義務違反は訴訟にするかどうかの争点にはなり得るが、それが直接の死因だったかどうかはわからない。看護師の医療過誤の案件は示談を前提として病院に掛け合っていた。看護師は患者の回復を願って、日々大変な仕事をこなしている。妻の仕事を知ってから、その思いが強くなった。医療裁判では、原告側である遺族や患者の勝率が低い。裁判が長引き、原告側に負担をかけるよりも、早期に解決したほうが良いという判断だった。

「看護師の仕事にミスは許されません。でも患者の病状を読み誤って、ベストの治療ができきない場合もあります。火野さんは遺族に治療の状況を丁寧に説明され、ご納得いただいたうえで、示談にしてくださいました」

看護師はそう言うと、頭を下げた。患者弁護士が医療関係者に感謝されることは珍しい。

「もう一つ火野さんにお伝えしたいことがあります」

看護師は耳元で囁いた。

「水島優子さんとお嬢さんは青海友愛病院にいます」

思わず看護師の顔を見た。

「本当ですか」

看護師は黙って頷いた。

「水島さんからは口止めされていました。なので、私から聞いたことは内緒にしてください」

看護師は詳しいことは伝えず、そのまま病床を後にした。

なんという巡り合わせか。生きている間に妻と娘に会うことをあきらめたばかりだったが、こうして再び会うチャンスが訪れようとは。

明日の退院を前に、気持ちをどう整理すべきか考えた。

【四月九日】

聖恵大学附属病院を退院した。転院のサポートで派遣された女性ヘルパーは手際よく荷物をまとめ、火野を車椅子に乗せ、ワゴン車まで運んだ。そのままヘルパーの助けを借りて、青海に移動した。

これが最後の入院となるだろう。そう考えると気持ちが重かった。妻や娘のことも心配だ。同じ病院にいることはわかったが、果たして生きているうちに会えるのだろうか。ただ、たとえ拒否されようとも、謝罪だけはしたい。自分を納得させるだけかもしれないが、それでもいい。問題は自分の体がそこまでもつかどうかだ。

車は首都高速湾岸線《しゅとこうそくわんがんせん》を臨海副都心《りんかいふくとしん》で降りた。倉庫が立ち並ぶ湾岸エリアの一角に青海友愛病院はあった。大学病院と比べると建物も小さく、施設も簡素だが、人工的な倉庫やターミナルに囲まれており、人の往来が少なく、周囲は穏やかだった。

ヘルパーの助けを借りて、車椅子に収まり、病院に入った。手続きは事前に終わっているようで、まっすぐ病室に通された。六畳程度の個室は一人には十分な広さだった。ベッドに横になり、一息ついた。ヘルパーが持ってきたわずかな荷物を手の届く範囲に整理していく。

「ここは完全看護ですからご心配なく。すぐに担当の看護師さんがいらっしゃいますからね」

ヘルパーは役目を終えて、部屋を出て行った。

部屋で一人になると、不思議と安息が訪れたような気がした。これまでICUでも一般病棟でも落ち着かない気持ちのままだった。大学病院の雰囲気が自分には合わない。どんな治療にも緊張を感じるし、医師の深刻な表情を見るだけで、気分が重くなる。重篤な病気で入院する患者を見ているだけで、眉間に皺《しわ》が寄ってしまうのだ。そんな気持ちで毎日を過ごすうちに、疲れてしまっていた。こうした穏やかな時間を過ごすには、それなりの場所が必要だということだ。

ベッドで静かに目を閉じる。死の恐怖は不思議となかった。安らかな眠りにいざなわれるまま身を任せたい。延命を是とする医療から離れることで恐怖感が和らいだ。これまで気づかなかったことだ。検査や治療に伴う苦痛、それが死の恐怖を呼び寄せるのではないか。病院に死の恐怖が漂っているのではない。医師や看護師が発している「死＝敗北」という感覚が患者を追い詰めているように思う。この病院にはそんな空気がない。

考え事をしていると、病室の扉がゆっくりと開いた。入ってきたのは女性医師だった。三十代くらいだろうか。銀色に染めた髪。首にはシルバーの十字架を下げている。医師というよりも宣教師のような装いだった。

「この病院の医師をしています白川と申します」

白川は穏やかな笑みを浮かべた。

「あなたのことは石黒医局長から聞いています。病状は深刻ですが、あなたとはまだ意思疎通ができます。この病院にいる患者さんには会話もできず、自らの意思を伝えることができない方も多くいらっしゃいます。その方々は自分がどう生きたいのか、そしてどう死にたいのかを伝えることができないのです」

白川の話を不思議な気持ちで聞いていた。医師でありながら、死に方について語るとは。どうやら白川は大学病院の医師とは違うようだ。

「先生は今死に方についておっしゃいましたが、死ぬ前にどうしてもやりたいことがあります」

白川は頷いた。

「ここは緩和ケア病院です。治療が望めない方の苦痛を取り除くケアを中心にしています。患者さんのＱＯＬにも配慮しています。残りの人生を充実して過ごせるよう、サポートさせていただきます」

クオリティ《Q》オブ《O》ライフ《L》。白川の語った緩和ケアに「生きる」というサポートがあることを意外に感じた。どう死ぬかはどう生きるか。そんなことをこれまで考えたことがなかった。

「先生に一つ教えてほしいことがあります。ここに水島優子という看護師がいるはずです。どうしても会いたいのです」

「水島優子さんをご存じなのですか」

「実は水島優子は私の妻です。事情があって離れて暮らしていますが、私はこんな体になってしまった。死ぬ前に過去のことを詫びたい。そのためにどうしても会いたいのです」

白川は事情を察したように頷いた。

「水島優子さんはここで看護師をしています」

やはりそうか。ならば白川は麻里のことも知っているかもしれない。

「娘は、麻里はどうなったのですか」

白川の表情が歪《ゆが》んだ。

「教えてください。あなたは先ほど患者の残りの人生が充実するようサポートするとおっしゃったではないですか。私にとって生きる望みはもう一度家族に会うことです」

白川は静かに、ゆっくりと伝えた。

「水島麻里さんはこの病院に入院しています。ただ、人工呼吸器につながれているので、会話はできません」

麻里がこの病院にいる。それは大きな希望だった。ただ、その希望はすぐ傍にありながら、はるか遠いようにも感じた。

「水島優子さんの意向を聞いてみます。もし彼女が会いたくないと言ったら、その時はあきらめてください」

同じ病院にいながら、会えないのはあまりにも酷だ。だが、今は白川に従うしかない。

「わかりました。私の病状と、きちんとお詫びがしたいという気持ちを妻に伝えてください」

白川は頷いた。

時間はあまり残されていない。これが最後のチャンスだ。夫婦の間にあるわだかまりを取り除き、家族を取り戻したい。それが最後の願いだった。


【四月十日】

午前九時。まもなく、朝の回診がある。緊張しながら白川を待っていた。

妻との再会を望んでいたが、その答えはまだ聞いていない。同じ病院にいることはわかっている。院内を回り、優子を探すこともできた。だが、そんな風に会ったとして、受け入れてくれるとは思えない。白川の返事を聞くまでは、病室でおとなしくしていたほうがいい。鎮痛剤の作用で、痛みはコントロールできていた。意識の混濁も、記憶の錯綜《さくそう》も、幻覚もない。今なら冷静に話ができる。この機を逃すと、いつまた症状が悪化し、せん妄が起こるかわからない。

九時十分、部屋のドアがノックされた。白川が部屋に入ってきた。

ベッド脇に立ち、白川が聞く。

「お加減はどうですか」

「今日は割と体調がいいです」

白川は微笑を浮かべ、体温計を渡した。体温と血圧、血中酸素濃度を測定し、記録する。

頃合いを見計らって、白川に尋ねた。

「水島優子に伝えていただけましたか」

白川は頷いた。

「火野さんの意向を伝えました」

「それで、彼女は何と――」

白川はやや躊躇《ちゅうちょ》した。もう一度聞いた。

「はっきりおっしゃってください」

白川に真剣な視線を向けた。

「今はお会いしたくないそうです」

今は――。その言葉が胸に刺さった。

「今は、というと――」

「もう少し時間が必要だと――」

そう言われても、自分にあとどのくらい時間が残されているのかわからない。もし、会ってもいいと言われても、その時今と同じ気持ちでいられるのか。いや、自分のままでいられるのかすら怪しい。

「私の状況をお伝えいただいたのですか」

「もちろんです。でも彼女にも事情はあります」

自分の置かれた状況を知って落胆した。会わないと言うなら、これ以上何を言っても無駄だ。

「火野さん、お気持ちは察しますが、他にも方法があります」

思わず顔を上げた。白川はしゃがみ込んで耳元で囁いた。

「水島さんに内緒で娘さんに会わせましょう。そのうえで、もう一度水島さんと向き合おうと思うなら、私が説得してみます」

藁にもすがる思いで、白川に助けを求めた。

「お願いします。娘の顔を見たい。一度でいいから、会いたい」

「水島さんは昨日夜勤でしたので、今日は非番です。娘さんにお会いになるなら、今です。ただし、会ってもお話はできません。顔を見るだけです」

「それで結構です」

白川の助けを借りて、車椅子で病室を出た。

「先生はなぜここまでしてくださるのですか」

背後から白川の言葉が聞こえた。

「終末期の患者を看取る医師として、できる限りのことはしたい。ただそれだけです」

白川がどんな心情で話しているのかはわからない。使命感が強いのか、それとも、白川という人間が持つやさしさなのか。どちらにせよ、白川という医師に出会えたのは幸運だった。

車椅子でエレベーターに乗り、一つ上の階に上がった。これほど近い場所に娘がいながら、会えなかったとは。娘と離れてからの日々に思いを馳《は》せた。自らの過ちで失った家族ともう一度やり直したい。時間はもう残り少ない。娘ともう話すことはできない。それでもいい。とにかく一目娘を見たかった。

白川は個室のドアの前で車椅子を止めた。

「あまり長い時間はいられません。それと、このことは他言無用です」

車椅子を押され、部屋に入った。人工呼吸器の機械音、そして鼓動を伝える心拍モニターが目に入った。ベッドの上に小さな体が横たわっている。首筋に管をつながれ、点滴で栄養剤を輸液されている。その他にもいくつかの管がつながれていた。娘と対面するのは、何か月ぶりか。娘がまだ快活に笑い、楽しそうにしゃべっていた時の記憶を思い出す。それが今、ベッドの上で、まるで人形のように横たわっている。

車椅子がベッドの脇に近づいた。娘は眠っているかのように目を瞑っていた。間違いなく麻里だった。娘は生きている。いや生かされていたのだ。動くことも、笑うことも、話すこともできず、ただベッドの上で眠ったまま息をさせられている。

「ずっとこんな状態なのですか」

白川がつぶやく。

「ご存じだと思いますが、救急車で搬送された時、既に意識はなかったそうです。かろうじて、人工呼吸器で体は生きていますが、脳は機能していません」

表情を変えず、眠っている娘を見ているうちに、涙が出てきた。こんな状態で生かされていることに何の意味があるのか。だが、同時にこうも思った。生きていてくれて良かった。娘ともう一度会えたのは、どんな状態であろうと生きていたからだ。それが親のエゴであろうと、生きているということが救いになることもある。

「水島さんは娘さんの意識が回復することを願って、脳死判定を拒んでいます」

その気持ちは良くわかった。むしろ、今の娘の状態を考えると、様々な葛藤があっただろう。妻は負担を抱えながらも、娘を生かしてくれた。その思いが伝わってきた。

「手を握ってもいいですか」

白川が頷いた。車椅子から立ち上がり、ベッドの脇に膝を突いた。娘の小さな手に触れた。温かかった。もちっとした感触に触れ、娘の命を感じた。たとえ話せなくても、意識がなくても娘は生きている。

「ありがとう」

娘を生かしてくれた妻に感謝した。同時に、心の底からお詫びを言いたかった。すまなかった。その一言をどうすれば伝えられるのか。

「そろそろよろしいですか」

ずっとこうして娘の手を握っていたかった。だが、これは白川の厚意によるものだ。

最後に小さな手をぎゅっと握りしめた。

立ち上がり、白川に礼を言って、車椅子に座った。もう一度娘の顔を見た。これが最後の別れになるのだろうか。もう二度と娘に会うことはできないのだろうか。娘の顔を見ていると、抑えきれない感情が行き場を失い、あふれ出てきた。

「お願いします。娘にまた会わせてください。ほんの少しでもいい、私が生きている限り、娘に会いたい。娘の顔を見て、もっとこの手に触れたい。もう思い残すことはないと思っていたが、生きていると知って、再会して、こうして触れてしまった。娘がいとおしい。どうか、どうか私が生きている間、娘に会わせてください。お願いします」

涙で声が詰まった。白川は黙って火野を見つめたまま、その手を握った。

「もしあなたが望むなら、もう一度家族が一緒に生きるチャンスに懸けてみませんか」

一瞬頭が真っ白になった。白川は生きるチャンスと言った。余命わずかな自分に生きるチャンスなどない。白川の顔を覗き込むように見つめた。

「そんなことが、できるのですか」

白川は静かに頷いた。

「もしも娘さんと奥様ともう一度話せる日が来るとしたら、その可能性に懸けてみたいと思いませんか」

もしそんなことが可能なら、どんなことでもする。

「お願いします。どんなことでもします。どうかもう一度生きるチャンスをください」

「ただし、それはあくまでも可能性です。お約束はできません」

可能性でもないよりはましだ。ただ、どんな方法でそれが可能なのか、知りたかった。

「その可能性というのは、どんな方法によるのですか。私は自分に残された時間がもうほとんどないことは知っています。それに娘と話すなど、現実には無理です。だから、どうしても信じられません。どうしたら、そんなことが——」

白川は真剣な表情で見つめ、ゆっくりと言った。

「『エンドレス・スリープ』、それがあなたに残された最後のチャンスです」

14

――二〇一九年五月十五日　水曜日

午前八時。矢島は湾岸署から新橋に向かった。まずは聖恵大学附属病院での聴取から手をつけようと思った。

聖恵大学附属病院には矢島自身かかったことがある。十年ほど前、弓成との捜査をきっかけに聖恵大学附属病院で診察を受けた。だが、矢島の特異体質は病院の手に負えなかったようだ。以来、矢島は仕事上の怪我以外で病院に行くことはなくなった。

運転を的場に任せ、矢島は外を見ながら、煙草に火を点けようとした。的場がちらりと横を見て、咳払いをした。

「この車、禁煙車なんですけど」

「俺が乗る車はみんな喫煙可だ」

「矢島さん、禁煙したらどうですか」

「俺の機嫌が悪くなってもいいならな」

煙草も酒もやめるつもりはない。もとより健康に気を遣うことなどなかった。

「如月啓一がなぜ入院していたかわかりますか」

捜査会議での報告を思い出した。令状が取れたので、聖恵大学附属病院で如月のカルテを確認してきた捜査員の一人が病名を報告していた。

「たしかブログで書いていた通り肺がんじゃなかったか」

「矢島さん、がんになってもいいんですか」

「喫煙者がみんな肺がんになるわけじゃないだろう」

「あ、それって楽観バイアスですよ」

「なんだそりゃ」

「大学生の時、心理学の講義で習いました。自分だけは大丈夫だ。そう思い込むことで、都合の悪いことを考えない」

「別に大丈夫だとは思っていない。リスクを承知で吸っているだけだ」

「矢島さんって死ぬのが怖くないんですか」

前にも誰かに同じようなことを聞かれた。それも、死にそうな目に遭った後にだ。

「別にいつ死んでもいいと思っている。それに人間死ぬ時は死ぬんだ。結局は運がいいかどうかだ」

「如月は運が悪かったってことですか」

「そうかもしれないな」

「原稿はどこまで書いていたのでしょう」

現代出版の今村が送ってきたのは第一章如月のパートだけだった。今村に届いたのがそこまでだったという。如月は亡くなる前にどの程度まで原稿を書き進めていたのか、ブログに更新された原稿を誰が書いたのかはまだわかっていない。

「如月にはそれほど時間がなかったはずだ。それに他人の人生をどうやって書いたのかもはっきりしない」

矢島は煙草に火を点けた。病院に着くまでの間に頭を整理して筋読みする。

ブログでは遺体に絡んで二つの病院が登場している。一つは聖恵大学附属病院、そしてもう一つは青海友愛病院だ。

聖恵大学附属病院は「特定機能病院」として運営されている。「特定機能病院」は高度医療の提供、医療技術の開発および高度の医療に関する研修を実施する能力を備えた病院として制度化され、全国でも八十施設程度しかない。それ以外の病院は地域医療と救急医療として機能を分化しており、双方が連携して医療全体を担っている。「特定機能病院」はその名前が示す通り、主として難度の高い疾病治療や特定の疾病の研究機関としての役割が多く、ここで治療する必要がなくなった患者は地域医療を担当する病院に引き継がれる。

一方、青海友愛病院は緩和ケアを専門とする病院だ。ホスピス病棟があり、末期患者も受け入れる。その流れに乗せられたのが如月だ。他の遺体にも同様のことが言えるのではないか。

こうした医療機関の役割分担は合理的なのかもしれないが、患者の立場で考えると、抵抗があるようだ。矢島にもがんで亡くなった友人がいたが、治療中にこう話していた。

「辛い治療に耐え、回復を望んだが、最後は医者に見捨てられた。医者は治る患者しか相手にしない。治らない患者や研究対象として価値のない患者は病院から追い出される」

治療を望む患者に、医者は手の施しようがないという最後通牒を非情に突きつける。友人はそう考えていたのだろうが、実際に病院としても治療から緩和ケアに移行した患者を置いておく病床の余裕はない。病院から追い出された如月が辿り着いたのが青海友愛病院だった。だが、そこからの行き先は決まっている。終着点である死だ。そこに救世主のように現れたのが、白川紬という医師だった。水島優子、火野秀夫、どちらも事情や経緯は違うが、最終的には青海友愛病院に辿り着き、白川に出会っている。

「どうしました？」

運転する的場が、ずっと黙っているのが気になったように聞いた。

「いや、なんでもない」

的場の怪訝な表情を見て、聞いてみたくなった。

「もし、あとひと月で死ぬって言われたらどうする」

突然の質問に的場は、「はぁ」とあきれた表情で漏らした。

「いや、いい、忘れてくれ」

顔を逸《そ》らした時、的場の声が聞こえた。

「実感としてはわかりませんが、せめて苦しくないようにしてほしいですね。それと、最後に家族や友人に会っておきたいです」

まっとうな答えと言うべきだろう。だが、如月には家族や友人がいなかった。それに、苦しくないというのも難しい。末期がん患者にとっては肉体的な痛みだけでなく、精神的な痛みもあるはずだ。矢島には感覚的にわからないが、人は大抵死を前にして精神的な苦痛を感じるらしい。

矢島は煙草を灰皿に押しつけて、的場を見た。

「死ぬのは怖くないか？」

的場が運転しながら、眉根を寄せた。唐突な質問が続くのにあきれているようだ。

「なんでそんなこと聞くんですか」

「いや、如月が転院したのは治療が終わったからじゃない。もう治療する術《すべ》がなくなったからだ。そうなったらあとは死を待つだけだ。そんな時、人はどう考えるのかって思っただけだ」

的場はやや間をおいてから答えた。

「私だったら、静かなところで家族に見守られながら死にたいですね」

「如月には家族がいなかった。遠い親戚ぐらいはいるかもしれないが、そんな奴に会いたいか」

「だったら、やっぱり一人で静かに死にたいと思うんじゃないですか」

無難な答えだ。だが、どこか的外れのようにも思う。

「死にたくない。なんとか助かりたいとは思わないか」

死は必然にして自然。それが人間の定めだ。だが、そんな風に人は割り切れるのだろうか。矢島にはわからない。的場の表情が曇る。どう答えていいのかわからない、そんな顔をしている。

「確かに怖いですけど、そうなってみないと実感としてわかりませんね」

矢島は死を目の前にしても感情が変わらない。やはり、自分は人とは違っているのだ。

ちょうど聖恵大学附属病院のビルが見えてきた。的場が駐車場に車を駐めた。

15

事務員と話していた的場が戻ってきた。遺体の身元五人の入院記録を確認するために病院に任意聴取した。事務員は矢島と的場を相談室と書かれた部屋に案内した。

狭い部屋だが、パソコンが置かれたデスクと向かい合うように椅子が二脚並んでいる。事務員はデスクのパソコンを立ち上げ、データベースを検索した。

「立木さん以外は入院記録がありますね」

「それぞれの入院期間と病名を教えていただけませんか」

事務員が嫌な顔をした。

「さすがに病名までは――」

「では、退院か転院かだけでもお願いします」

事務員はパソコンを操作しながら、画面を見て、順に読み上げた。

「如月啓一さんは、昨年の五月九日に入院、六月二十九日に他の病院に転院されています」

その情報は捜査会議でも報告されていた。転院先は青海友愛病院だ。

「火野秀夫さんは昨年四月三日に救急外来に搬送、入院されていますね。退院は四月九日」

如月のブログによると火野はその後青海友愛病院に転院している。

「火野さんの担当医は？」

「脳外科の石黒です」

矢島は的場に視線を向けた。的場は律儀にメモを取っている。

「水島優子さんは昨年一月に一週間入院、最後の神山雄一郎さんですが、検査入院で、昨年二月七日に入院、退院は同じ月の十一日です。それと――」

事務員はマウスを動かしながら、画面を注視した。

「神山さんですが、六年前にも入院記録がありますね」

「期間は？」

「ひと月ほどです。整形外科に入院されています」

矢島が的場に目配せした。的場がメモを取る。

四人の入院期間はばらばらだった。それぞれ重なってはいないが、ちょうどバトンを渡すように一、二か月に一度のペースで入退院している。

「ニュースで事件をご覧になっているかもしれませんが、大井の冷凍倉庫で遺体が発見されました。我々は身元を調べています。この中でご存じの方はいますか」

矢島は捜査資料として配付された身元が書かれた紙を見せた。事務員はしばらく目を凝らして紙を見つめていた。

「実はニュースを見て気になっていたのですが、この立木知之さんは立木教授のことじゃないでしょうか」

「立木教授？」

「以前こちらの病院で消化器内科の部長をしておられました」

立木知之は青海友愛病院の元院長だが、それ以前にこの大学病院に勤務していた。二つの病院を結ぶ線が引かれた。

「ご協力ありがとうございました」

矢島は礼を言うと、的場を連れて部屋を出た。

「次は水島優子が働いていた救急外来だ」

16

矢島と的場は救急外来に向かった。

「まずは責任者にあたろう」

救急外来はこの時間穏やかだった。矢島は救急外来の看護師に警察手帳を見せ、責任者を呼ぶよう頼んだ。男性の救急医が外来に顔を出した。

「ここではなんですので、診察室にどうぞ」

矢島と的場は診察室に通された。

青崎《あおさき》という若手の医師は忙しない様子で聞いた。

「何か事件ですか」

的場が答えた。

「ええ、大井埠頭での死体遺棄事件を調べています」

青崎は頷いた。

「ああ、ニュースで見ました」

「救急外来で働いていた水島優子さんの遺体が見つかりました。当時のお話を伺いたいのです」

「水島さんのことは覚えていますよ。夜専ではベテランでしたから」

青崎の説明では夜専は夜間専門のシフトで、ベテランの水島は頼りにされていたようだ。

矢島は事務員から聞いた入院について話した。

「ご病気でこちらの病院に入院されていたとか」

「そうなんです。水島さんは災難が続きましてね。確か去年の秋だったと思います。娘さんが事故でここに運ばれてきたんです。救急で処置したんですが、結局意識が戻らず、この病院にしばらく入院していました」

「お子さんのお年は？」

的場の質問に青崎は思い出すように答えた。

「六歳くらいじゃなかったですかね」

発見された六体目の遺体と一致する。

「その後、水島さんは？」

「実はその直後に今度は水島さんが体調を崩されて入院したんです」

「乳がんだったとか」

如月のブログに書かれていた水島の病気は乳がんだった。青崎は首を傾けて言い返した。

「いえ、入院したのは精神科病棟だったと思いますよ」

精神科。ブログに書かれていた記事は間違いなのか。

「その後、水島さんはどうされました？」

「去年の二月頃に復帰されました。それからは一次救急で働いていましたが、すぐに病院を移られました」

「どちらの病院に」

「さあ、詳しくは聞いていませんが、やはり娘さんの介護が大変だったんでしょう。ご自身もうつ状態が続いていたから、介護ができる病院に娘さんを転院させて、ご自身もこの病院をお辞めになりました」

「転院先は青海友愛病院ではないですか」

「どうだったかな」

青崎は把握していないのだろうが、如月のブログでは水島優子が青海友愛病院で働いていたことになっている。

もう一つ、確認したいことがあった。水島優子の夫、火野秀夫のことだ。

「水島さんは旦那さんとうまくいっていたのですか？」

矢島の質問に、青崎は怪訝な顔をした。

「水島さんの旦那さんですか。私は存じませんが」

「水島さんの夫である火野秀夫さんがこちらの病院で倒れて、ＩＣＵに運ばれ治療を受けたという情報がありました」

青崎は火野秀夫という名前を聞いて、思い出したようだ。

「ええ、確かに火野さんという方は診ました。若年性認知症の方で、時々運ばれてきましたから」

「若年性認知症？」

ブログに書かれていた火野秀夫の病名は脳腫瘍だったはずだ。

「アルツハイマー型で、こちらの病院でも治療しています。担当は脳外科の石黒さんです。徘徊《はいかい》中に転倒されて、救急車で搬送されてきたことがありました」

「その後の経過は？」

青崎ははっきりと思い出したようだ。

「しばらく病棟で様子を見ましたが、問題なかったのでお帰りいただきました」

的場が質問しようとした時、青崎のポケットで振動音がした。どうやら呼び出しを受けたようだ。青崎は「すみませんが、これで」と頭を下げて、診察室を出て行った。

矢島は診察室を出るなり、的場に言った。

「あのブログに書かれていることは真実じゃない。作られた部分がある」

的場が青崎の話とブログの内容の矛盾点を整理した。

「火野と水島の病名ですね。火野は脳腫瘍ではなく認知症。水島は乳がんではなく、精神疾患」

「水島がこの病院を辞めたというのは一致しているが、理由が違う。水島は介護ができる状態じゃなかった。娘を預けるために病院を移った」

「なぜブログの更新者はそんな嘘を――」

「水島も火野もブログに書かれていたような病気でなかったとしたら――」

的場が矢島の意図を読み取った。

「病死かどうか疑わしい」

矢島は頷いた。

「次はどうします」

「脳外科医の石黒に話を聞こう。火野がこの病院で診察を受けていたことは間違いない」

的場は院内の案内で脳外科の外来を探した。

17

脳外科の外来は病院本館の二階にあった。午前十時五十分。外来はまだ混雑していた。

的場が看護師に石黒の所在を聞いた。

「石黒先生でしたら、まだ外来で診察中です」

「少しお話を聞きたいのですが」

「あと三十分もすれば、診察時間が終わりますので、それまでお待ちください」

矢島と的場は場所を移動し、院内のカフェに落ち着いた。席に着くと矢島は青崎医師から聞いた話を弓成に報告するため連絡した。

「水島優子が聖恵大学附属病院の救急外来で働いていたことは裏がとれました。ただ、ブログには乳がんで入院したと書かれていますが、実際はがんではなく精神疾患でした。それに火野もブログでは病名が脳腫瘍となっておりましたが、実際は若年性認知症です」

「ブログに書かれていた内容と違っていたということだな」

「そうです」

「こっちは火野と水島の戸籍を調べた。婚姻記録はあったが、一年半前に離婚している」

ブログでは火野は離婚はしていない、と書かれていた。やはりブログに書かれた情報は創作されている。

「いずれにしても、二人の死因をもう一度調べる必要があります」

二人とも実際には切迫した命の危険がある病気ではなかった。ブログに書かれている内容の真偽を確かめるためにも、もっと手がかりが必要だ。

「これから火野の入院時に担当していた医師に話を聞きます。転院、その後の行方についても調べてみます」

「わかった。青海友愛病院のチームにも伝えておく」

矢島は電話を切ってから、的場に言った。

「手分けしよう。発見された子どもの遺体写真を取り寄せて、病棟を回ってくれ。俺は外来で石黒から話を聞く」

的場は頷いてから、病棟に向かった。矢島は的場がいなくなった頃合いで喫煙所に向かった。

石黒から話を聞けたのは、約束の時刻から、三十分遅れの正午前だった。

診察室に通された矢島は丸椅子に座った。

石黒は三十代後半くらいで、やや神経質そうな細面だった。

「すみませんが、この後手術が控えていまして、手短にお願いします」

「では手短に聞きます。火野秀夫さんという患者を担当されましたね」

「ええ、随分前のことですが、なんとなく覚えています。徘徊中に転倒して救急車で搬送されてきたそうで、救急外来から頼まれました」

「火野さんの病状は？」

「若年性認知症です。病状が進行していて記憶障害が出ておりました。こちらでは怪我の処置をした程度で治療は特にしておりません」

「入院はされたのですね」

「検査入院です。数日後に、ご自宅にお帰りになりました」

「その後どちらかの医療機関には」

「さあ、私どもでは把握しておりません」

やはりブログの情報は作られたものだった。

「そろそろよろしいでしょうか」

矢島は石黒を引き留めた。

「もう一つだけ教えてください。こちらでリハビリ施設やホスピスとして青海友愛病院を紹介することは」

石黒は怪訝な目で矢島を見た。

「ご紹介することもありますが、それが何か」

「いえ、結構です」

石黒に礼を言って、矢島は診察室を出た。

外来からまっすぐ喫煙室に向かうと、携帯が鳴った。的場からだった。

「ちょうど今終わったところだ。そっちはどうだ？」

「病棟で看護師に聞いて回りました。担当していた看護師の一人に子供の写真を見てもらいました。水島麻里だ、と証言がとれました。やはりこの病院に入院していたそうです」

「転院先はわかったのか」

「青海友愛病院だそうです」

やはりそうだったか。

「矢島さんのほうはどうですか」

「やはり火野は脳腫瘍なんかじゃなかった。若年性認知症だ」

的場は納得したような声で言った。

「これからどうしますか」

「青海友愛病院のチームと合流しよう。車で待っていてくれ」

矢島は電話を切ってから、喫煙室に入り、一服した。

18

午後一時半。ファミレスで昼食を済ませ、青海友愛病院に向かった。青海友愛病院で聴取をしているチームと合流するため本庁捜査一課の角田に連絡を取った。

「主だった関係者への聴取は終わったが、あと一人重要な人物の聴取が残っている」

「これからそちらに向かいます」

「わかった。待っている」

汐留《しおどめ》から首都高を経由し青海に移動した。病院は海岸沿いにあった。中規模病院ではあるが、建物は新しく、外観も病院とは思えない瀟洒《しょうしゃ》な造りだった。車を駐車場に駐めると、矢島は再び角田に連絡した。

「中にカフェがある。そこにいる」

院内の案内で確認してカフェに入ると、角田がいた。矢島は的場を隣に座らせ、角田と向かい合った。

「カクさん、お久しぶりです」

「ヤジ、おまえ随分と偉くなったみたいだな。管理官から特別扱いされてるって聞いたぞ」

「こき使われているだけですよ。別に手当てを増やしてもらえるわけじゃありませんから」

苦笑いを浮かべながら、矢島は冗談を返す。

「腹の傷はどうだ」

「刺されたのも忘れていましたよ」

「おまえはやっぱり不死身だな」

角田が苦笑した。

「ところで、青海友愛病院の聴取はどうでしたか」

「遺体で見つかった入院患者のカルテを閲覧するために、令状を取り寄せている」

如月が青海友愛病院に転院したのが本当なら、足取りはこの病院で途絶えている。

「そっちは聖恵大学附属病院を調べていたんだろう。何か出たのか」

矢島は的場に目配せした。手帳を取り出した的場は、わかったことを手際よく説明した。

「弁護士の火野は昨年四月に聖恵大学附属病院に搬送されて入院、ただし、病名はブログで書かれていた脳腫瘍ではなく、若年性認知症でした。それと、水島優子は以前、聖恵大学附属病院に勤務しており、娘の事故と自身の病気の際、母娘とも入院しています。水島は乳がんを患ったとブログにありましたが、実際は精神疾患でした」

「ブログの情報には偽りがあるようだな」

「ええ、ただ水島優子の娘、麻里が聖恵大学附属病院に入院当時から、遷延性意識障害だったことは間違いないようです。転院先は確認できていませんが、水島優子はメンタルの不調が原因で、聖恵大学附属病院を辞めて、娘の介護を任せられるこの病院に転院させ、自身も入院したのではないかと考えられます」

問題はその先だ。転院したという推測が正しければ、その後、この病院で何があったのか。水島優子のカルテが見つかればわかるはずだ。

角田はこれまで病院内で聴取をした内容をかいつまんで話した。

「この病院の関係者から聞いた限り、水島優子と娘の麻里がここに入院したのはほぼ間違いない。ただ、カルテを含めた記録がまだ見つかっていない」

「そんなことがあるでしょうか」

「だからカルテの閲覧のための令状を取っているんだ。ただ、カルテが紛失していたり、改ざんされていたら、真相はわからない。それに、もう一つ気になることがある」

「気になること？」

角田は奥歯にものが挟まったような言い方をした。

「この病院にある閉鎖病棟が気になる」

「閉鎖病棟ですか」

「精神科の病棟で出入りが制限されている。恐らく水島優子も閉鎖病棟にいたんだと思う。中に入ろうとしたが、断られた。入室は許可されたスタッフに限られている」

「院長はこの事件について何と？」

院長の後藤はＮＰＯ法人『死を待つ人の家』の理事でもある。当然白川の行方についても知っているはずだ。

「前の院長の立木が特殊な状況で遺体で発見されているんだ。何か事情があるに決まっている。ところが、現院長の後藤は立木が退任後、何をしていたのか、まったく知らなかった。連絡すら取っていなかったそうだ」

「白川のことは？」

「体調を崩して休職中とのことで、どこで何をしているのかわからないそうだ」

「『死を待つ人の家』については？」

「入会している患者が何人かいた。NPO法人の事務局は病院内にあり、白川が臨床宗教師として活動する母体となっている。ただ、『エンドレス・スリープ』についてはどの患者も知らなかった。後藤もスタッフも白川からそのことは聞いていないようだ」

『エンドレス・スリープ』が何なのかはまだはっきりとはわからないが、白川紬はこの事件の重要参考人だ。この病院に勤務していることはわかったが休職中で、今どこで何をしているのかがわからない。

「入院患者の死亡の手続きをしないということはあるのでしょうか」

「普通は病院で死亡した場合、病院が死亡診断書を発行し、親族が死亡届を出す。親族や近親者がいない場合は病院が行政に報告し、行旅死亡人の手続きを取る。その手続きがされていないということは――」

的場が推測を交えて、答えた。

「病院が死亡を隠しているか、それとも生きている間に病院から運び出したか。どうもさっきの閉鎖病棟あたりに患者を隠しているような気がしてなりません。外から目につかない場所に集めて、NPO法人の活動にむりやり参加させているとしたら――」

病院ぐるみで患者を隠している。その証拠に、遺体で発見された如月、水島もこの病院に入院してから足取りが途絶えている。的場が言う通り、病院側が外部から隠すために、閉鎖病棟を利用している可能性は考えられる。

矢島は事件のキーパーソンである白川がやはり気になった。

「白川紬がこの病院に勤務していることは間違いないのですね」

「入院患者や看護師にも聞いた。白川という医師に診察を受けていた患者の証言で、白川のイメージはブログの内容と一致した。患者からの信頼も厚く、カウンセリングを受けていた患者が何人もいる」

ところで、と前置きして角田が矢島に聞いた。

「おまえ、この事件どう思ってるんだ？」

矢島は捜査の進捗をふまえて推測を話した。

「最初は殺人ではなく、別の目的で遺体を保管していたと思っていました。ですが、ブログで公開された情報がフェイクだとすると、殺人を隠すための工作という可能性も否定できません」

「それにしては手が込んでいる。殺人が目的だったら、わざわざ冷凍倉庫に保管はしない。それに、殺人を隠すためになぜわざわざすぐにわかる嘘をブログで公表するんだ」

角田の言う通りだった。矢島はこれまで感じてきた疑問を伝えた。

「遺体は冷凍倉庫で大切に保管されていました。火災がなければ半永久的に倉庫の中で眠っていたはずです」

角田がさらに突っ込んで聞く。

「なんのためにそんなことをしたと思う」

「死体を保存する必要があった。そういう趣味の奴もたまにいます」

角田はため息をついてから、言い返した。

「犯人の目的がはっきりしないな」

「カクさんはどう思ってるんですか」

角田はコーヒーを一口飲んでから、周囲を見回した。

「俺はこの病院に来てから、ずっと患者を見ていた。ここに入院しているのはほとんどが末期患者だ。つまり、もう助からない、治療もできない、死を待っている患者だ」

「何が言いたいんですか」

矢島は角田の言葉の意図がわからない。

「なあ、おまえキリスト教を信じているか」

「なんですか突然」

「宗教を信じているかって聞いてんだ」

「カクさん、知ってるでしょう。俺は無神論者ですよ」

「俺だってそうだ。だが、それなりに知識はある。これはな、ラザロの復活だよ」

「ラザロ、なんですかそりゃ」

「『ヨハネによる福音書』によるとイエスは死んで葬り去られたラザロを蘇生させた。イエス自身も死んで三日後に復活した。キリスト教における復活はすべての人間に訪れる。最後の審判の日にすべての人間が復活すると『ヨハネの黙示録』に書かれてある。蘇生のためには遺体が必要だ。だから、西欧では遺体は土葬する。神への祈りは復活への希望。即ち未来に希望を託すための手段だ」

「まさか、未来の復活を信じて冷凍保管された。そう言いたいんですか」

「遺体と一緒に入っていた折り紙を見ただろう」

捜査会議で報告された内容を思い出した。蝶の形に折られた紙には、聖書の言葉とＱＲ

コードが記されていた。QRコードは遺体の遺伝子情報を保管するデータベースの認証コードとなっており、そのデータとは人体の設計図たるDNA情報だった。

「あの紙がなぜ蝶の形に折られていたのかわかるか」

「なぜですか」

「蝶は魂、不死、再生と復活の象徴だ。それに偉大な女神のシンボルとされている」

隣にいた的場が口を挟んだ。

「聞いたことがあります。キリスト教でも蝶は生命、死、そして復活を象徴していると。キリストの像の上に舞う蝶は、キリストの復活の象徴として描かれています」

角田が頷いた。

「あの折り紙に書かれていた言葉は不死を意味している。つまり、遺体は復活のために保管されていた。一緒に記されていたQRコードは恐らく復活の呪文ってところだろうな」

的場が何かに気づいたようにスマホで調べ始めた。目当てのサイトを見つけたようで、説明を始めた。

「あの紙に書かれていたヨハネの第一の手紙五章十二節の次、十三節にはこうあります。『これらのことをあなたがたに書き送ったのは、神の子の御名《みな》を信じるあなたがたに、永遠の命を持っていることを、悟らせるためである』」

矢島は角田の説明や的場が調べた聖書の言葉に半ばあきれていた。

「そんな話、どうやって信じろと」

角田は折りたたまれたリーフレットを渡した。

「これを患者が持っていた」

矢島はリーフレットを開いた。そこに書かれていたのは『死を待つ人の家』という団体の案内だった。


私たちは死を前に苦しむ患者のために、活動しています。死は受け入れ難いもの。しかし、死は復活の前兆です。人類は永い眠りの末、審判の日に復活を約束されているのです。選ばれし者は御名を信ずるもの。主はすべての徒に門戸を開いています。


まるでキリスト教の勧誘の文句のようだ。リーフレットには団体の概要や活動内容が書かれている。そして、最後に主宰白川紬の名前が記されていた。さらに、リーフレットの表には団体の象徴らしきマークがあった。それは蝶を模した幾何学模様だった。

「ここの入院患者で『死を待つ人の家』に入会している患者に話を聞いた。いずれも、不治の病を宣告された末期患者だ。白川は死は永遠ではなく、いずれよみがえるための通過点だと教えていたそうだ。これでわかっただろう。あの遺体は『死を待つ人の家』に関係している。だったら、白川に事情を聞くのが一番早い。白川の所在を掴んで、事情を聴取する。それが事件解決の近道だ」

矢島はコーヒーカップに手をかけた。その時スマホが震えた。

着信は鑑識の瀬田からだった。

「今どこにいる？」

「外だ。どうした？」

「署に戻れないか。面白いもんが見つかった」

矢島は時計を見た。まもなく、午後三時になろうとしている。

「わかった。今から戻る」

電話を切ってから、角田に伝えた。

「すみませんが、一度署に戻ります」

「何かわかったのか」

「鑑識が何か見つけたそうです」

「わかった。こっちは任せろ。何かいいネタだったら俺にも教えてくれ」

矢島は角田に礼を言ってから的場を連れて、カフェを出た。

矢島が病院を出ようとした時、ふと掲示板を見た。そこには角田が持っていたリーフレットが貼られていた。矢島はそのリーフレットを外して、ポケットに入れた。

19

湾岸署に着いたのは午後三時二十分。矢島は車を降りると、捜査本部に向かう的場と別れ、まっすぐに湾岸署の地下にある鑑識を訪ねた。デスクに座っている瀬田を見つけて声をかけた。

「せーさん、何か新しい証拠が見つかったのか」

瀬田はパソコン画面から視線を移し、矢島を見た。

「いや、遺体が動かせないんじゃあ手のつけようがない。それに本店が出張ってきている。こっちは開店休業中だ」

部長指揮となった事件は本庁の鑑識が担当するため、所轄の鑑識は出る幕がない。遺体の処置についてもまだ警視庁と東京税関の間で折り合いがついていない。遺体は倉庫の別の場所に移され、警察の手には渡っていなかった。

「ところで何が見つかったんだ」

瀬田は電話で何かが見つかったと言った。それが早く知りたい。

「これだよ」

瀬田が渡した書類に目を通した。雑誌のコピーだった。記事の見出しに「不凍活性物質とは」と書かれてあった。

「――不凍活性物質。なんだこれは？」

「遺体が入れられていた容器から採取した液体をもう一度調べてみた。微量だが、硫化水素以外にもある物質が見つかった。キシロマンナン脂質だ」

「なんだそりゃ」

瀬田は矢島が持っているコピーを指さした。

「その資料に書かれている通り、アラスカに生息している甲虫から非タンパク質性の不凍活性物質が発見されている。それがキシロマンナン脂質、キシロースとマンノースが結合した多糖が基本骨格だ。これに脂肪酸が結合することで、高い熱ヒステレシス活性を示す」

専門用語をやたら使った瀬田の説明に矢島は苛立った。

「難しい講釈はいいから、要点だけ教えてくれ」

瀬田はむっとして鼻を鳴らした。

「要するに氷点下でも凍らない物質だってことだ」

矢島はもう一度資料を見た。そこには昆虫の写真が載っていた。専門用語の羅列の中に、瀬田が話した「キシロマンナン多糖骨格」という単語を見つけた。

「で、そのキシロマンナンなんとかっていう物質は合成できるのか」

「多くの企業が研究している。実際に冷凍食品や耐冷性の食品へ利用されている」

「だとしたら、人体にも同じような効果が期待できるということか」

「人体は冷凍食品とは違う。そう簡単にはいかねえさ。ただ、冷凍状態でも凍らないということは細胞を保護した状態で保管できるってことだ」

瀬田の言いたいことがなんとなくわかってきた。

「どうやらそのあたりにこの事件の答えがありそうだな」

瀬田は矢島の反応に口角を上げげた。

「もう一つ面白いことがわかった」

瀬田はパソコン画面を見ながら話した。

「液体から検出された微量の硫化水素についてだが、興味深い記事を見つけた。硫化水素が再灌流障害の治療に使えることがわかっている」

また専門用語が出てきた。

「もっとわかりやすく説明してもらえねえか」

「これだから文系の刑事はダメなんだ。いいか、細胞は一度血流が止まると、組織がだめになっちまう。急に血流が再開すると組織がびっくりして障害を起こすんだ。硫化水素には組織を保護する効果があるって書いてある」

「つまり、硫化水素は細胞を保護する物質だったってことか。でも、せーさん、前は硫化水素が毒物だって言ってなかったか」

「毒には間違いないが、薬だって毒だ。要は塩梅よ」

これまで硫化水素は殺人に使われていたと思っていた。だが、こうなると見方が百八十度変わってくる。

「他にもあるぞ」

瀬田はパソコンを操作しながら興奮気味に説明した。

「硫化水素には寿命延長効果があるかもしれないっていう論文だ。硫化水素を含む空気の中で育った線虫は熱に強く、通常よりも六十時間以上長生きしたようだ。難しいこと抜きに言うと、硫化水素は寿命を制御する酵素に働きかけて加齢を遅らせる効果があるってことだ」

瀬田の説明で角田が言っていた仮説が成立した気がした。

「――ラザロの復活」

角田の言った言葉をそのままつぶやいた。

「なんだ、そりゃ」

矢島は口元を緩ませ、瀬田を見た。

「これだから理系の鑑識はダメなんだ」

「なんだと、てめえ」

「ヨハネの福音書に出てくる逸話だ。イエスが復活させたラザロだよ。復活はキリスト教にとって重要な意味を持つ。蘇生を前提にしたからこそ、細胞を保護する必要があった」

「まあ、そういうことだ」

「しかし、そんなこと本当にできるのか」

「さあな、知らんよ。どうだ役に立ったか」

「ああ、助かった」

「じゃあ、魚秀いつ行く？」

瀬田がグラスを傾ける仕草をした。どうやらまだあの約束を覚えていたようだ。

「事件が落ち着いたらな」

「約束だぞ」

瀬田に笑みを浮かべ、部屋を出ようとした時だった。ポケットのスマホが震えた。着信は弓成からだった。矢島はすぐに電話に出た。

「またブログが更新された。今度は立木知之のことが書かれている」

「すぐに読ませてください」

「そう思ってコピーしておいた。捜査本部に来い」

「わかりました」

矢島が電話を切ろうとすると、弓成が付け加えるように言った。

「それと、ブログを更新したパソコンを突き止めた。青海友愛病院のパソコンだ」

咄嗟に白川紬の名前が浮かんだ。

「白川紬のパソコンではないでしょうか」

「そう思ってすぐに角田に指示を出した。だが、白川の所在も、パソコンのありかも不明だった」

「ブログの更新はいつですか」

「昨日の深夜だ。白川が更新したとすると、昨晩病院にいたということだ。白川紬の確保を急げ」

矢島は電話を切ると、鑑識を出て、足早に捜査本部に向かった。

第四章　立木知之（62）職業　医師

【二〇一八年三月一日】

呼ばれたのは、緩和ケア病棟だった。患者に騒がれて困った看護師から連絡があった。患者は七十五歳の男性。末期のがん患者でこの病院に来て二か月になる。既にメタ状態、つまり体中にがんが転移しており、モルヒネを使って疼痛ケアをしている。

病室に行くと患者は起き上がり、立木の手を握った。悲痛な表情で縋るように訴える。

「もう、死なせてくれ」

緩和ケア病棟では珍しくないやり取りだが、対処法が決まっているわけではない。

「何をおっしゃっているんですか。そんなことできるわけないじゃないですか」

「なるべく楽に、死ねるように、してもらえないか」

「ご家族が悲しみますよ」

「家族のことは、もういい。自分の生き死にくらい、自分で決めさせてくれ」

「そういうわけにはいきません。私を困らせないでください」

「頼むよ、先生。苦しいのは、もう嫌なんだ」

七十五歳になる老人の悲痛な願いに胸が痛んだ。

原発《げんぱつ》の肝臓がんが全身に転移し、打つ手はない。大学病院から紹介され、転院してきてから、脳への転移も見られ、時折せん妄が出ている。もってあとひと月。早ければ、三週間といったところだろう。延命措置はしないという消極的な安楽死、いわゆる尊厳死であれば法に抵触しない。だが、患者が求めているのは医師の手による処置。即ち積極的な安楽死だ。

日本では積極的安楽死は認められていない。もし医師が措置を施せば、刑法第一九九条の「殺人」で死刑か無期、もしくは五年以上の懲役となる。さらに安楽死の協力者や仲介者も、刑法第二〇二条の「自殺関与及び同意殺人」に該当する。

たとえ本人の希望だとしても、今の日本では安楽死は殺人だ。仮に医師が極秘に手を下したとして、死後遺族に訴えられれば、医師は犯罪者として起訴されてしまう。患者には家族もいるが、介護は病院に丸投げでたまに見舞いに来る程度だ。とはいえ、安楽死になど到底同意するはずがない。

「本当に死にたいのですか」

ついそんな質問が口を出た。老人の眉根が動いた。

「もしまだ生きられるなら、生きたいと思いませんか」

老人の顔がみるみる赤く染まった。

「当たり前じゃねえか。もう助からないなら、せめて楽に死にたいだけだ。助かる見込みが、あるんなら、なんでもやるよ」

当然の理屈だった。老人は悲痛な面持ちで聞いた。

「なあ、先生、俺は、もうだめなんだろう」

何も言い返せなかった。自分の体に何が起きているのか、本人にはわかっているはずだ。それでも患者はわずかな望みに縋ろうとする。医師がそれを否定すれば、その望みを絶ってしまう。

「緩和ケアは十分にやります。ですから残された時間を大切に過ごしましょう」

それが医師として言える限界だった。

「なあ、先生。俺はもう、覚悟を決めたんだ。楽に死ねれば、なんも文句はない」

本心では死にたくない。だが、体が訴える苦痛に耐え切れず、死の恐怖に折り合いをつけてでも、死を求めているのだ。返す言葉を失った。

黙ったままの立木にこの老人は言った。

「もういいよ、先生。困らせて、悪かったな」

「申し訳ありません」

なぜ謝っているのかわからなかった。ただ、こうした場に立った時、自分の無力さを思い知らされる。

「いいんだよ。忘れてくれ。悪かったな」

納得したのかどうかわからないが、一応の決着はついたと考え、ベッドを離れた。

それから三日後、患者は病室を抜け出した。病院内を捜したが見つからず、仕方なく警察に届けを出した。翌日、患者は死体で発見された。自宅に向かう道端で血を吐いて倒れていた。近所の主婦が、通りがかりに見つけて、通報したのだと聞いた。遺族は病院を保護責任で責めたが、あえて裁判をするような真似はしなかった。遺族としても面倒を避け、病院に介護を丸投げにしていた負い目があったのだろう。結局老人の死は、警察が事故として処理することになった。だが、老人は事故でも病気でもなく、死の不安と痛みに殺された。そう思った。


【三月二日】

午後三時。午後の回診を終え、白衣を脱いで上着を着た。病院を出るとエントランスにタクシーが一台停まっていた。運転手に行き先を伝える。

「聖恵大学附属病院まで」

以前働いていた病院に患者として行くのも何かの縁かもしれない。

かつて聖恵大学附属病院で消化器内科部長と医学部教授という二つの肩書を持っていた。定年を迎え、病院を辞めた後は、妻とゆっくり余生を過ごすつもりだった。ところが、退職してから半年後、妻に乳がんが見つかった。すぐに聖恵大学附属病院に入院したが、病状は思った以上に悪かった。半年間の闘病の末、妻は亡くなった。ゆっくりと余生をという約束は果たせず、妻は先に逝ってしまった。そんな妻が死ぬ前にこんなことを言った。

「この半年はとてもゆっくりしていましたよ」

思えば仕事ばかりで家にいる時間がほとんどなかった。子供のいない夫婦にとっては寂しい時間だっただろう。それでも妻は不満も言わず、夫を支えてきた。やっと二人の時間が持てると思ったが、それは病床での時間となってしまった。それなのに妻は献身的に看護をする夫に感謝してくれた。

病床で妻とよく話した。結婚してから三十年、こんなに妻と会話したことはなかった。時折、妻は病気への不安を漏らした。そんなときは、妻が安心するような医学の知識や病理について話した。

「医者にとって病気は先生だ。学ぶところが多い。でも、もっといろいろと教えてくれるのは人間の体だ。医者は体のことをわかっているように話すが、実はほんの少ししかわかっていないことを、さも知っているように話しているだけだ。患者が安心してくれればそれでいいが、そうでなければ、医者も生命力をもう少し信じて、患者に希望を与えるべきだ。人間の体は複雑だ。とてもよくできている。まるで精密な機械のようだ。病気を治すのは医者じゃない。医者は体が病気を治す手伝いをするに過ぎない。医者もそのことにもっと気づくべきだ」

なぜそんな話を妻にしたのかわからない。ただ、病気に怯《おび》えて悲観しているよりも、医学に純粋に興味を持ったほうがいいと思った。生きていることを実感してほしい。体が持つ生命力に目を向ければ、もしかすると生きる力が湧いてくるかもしれない。そんな思いがあった。

「あなたがお医者さんでよかったわ」

妻がそう言ってくれたのが救いだった。だが乳腺のがんは肺にも転移しており、手術ができる状態ではなかった。抗がん剤治療はさほどの効果が出なかった。放射線治療や免疫療法など考えられる治療はすべてやった。治療の効果がなかなか出ないことを知った妻はある時つぶやいた。

「きっとこれが運命なのよ」

その言葉の重みを感じずにはいられなかった。どんなに最高の医療を施しても助からない患者はいる。聖恵大学には優れた医師が大勢いる。その英知を結集しても克服できない病はあるのだ。

「どうせみんないつかは死ぬんでしょ」

妻の言葉を弱音と受け取り、つい口にしてはならないことを言ってしまった。

「頼むから死なないでくれ」

妻は涙をこぼしながら囁いた。

「ごめんなさいね」

医学でできることはやった。それでも何かに縋りたい。医師という肩書を捨てて、人間の生命力に懸けた。時に医学では説明できない事例が人間の体には起きる。余命三か月と診断した末期のがん患者が何の治療もせず、がんが消えたという奇跡を実際に目の当たりにすると、人間の体の神秘を感じずにはいられなかった。本来人間に備わっている免疫機能は時に常識を超えた働きをすることがある。人間の体にはまだわかっていないことがたくさんあるのだ。

免疫力を高める食材を集め、漢方も試した。妻と接する時はなるべく笑うようにした。

笑いは免疫力を高めるという。これまで医師としてあまり気にしてこなかった免疫力に対して目を向けた。また、疼痛を抑えるよう緩和ケアもした。痛みは時に患者に恐怖を与える。精神的な痛みを緩和するためにも疼痛のコントロールは大切だ。

だが、大抵の痛みは取り除けても、肺に転移したがんは息苦しさを伴い患者を苦しめる。こればかりは緩和の手段がない。酸素チューブをつけて、呼吸を楽にするようケアするが、日に日に酸素流量は増え、やがて食事が摂れないほど咳が出るようになった。

本人の希望もあって、延命治療はなるべくしなかった。自然に任せたいという妻の希望で胃ろうはせず、中心静脈への栄養剤輸液も控えた。点滴も最低限にとどめ、なるべく痛みや苦しみがないようモルヒネを使った。酸素流量が増えてからは、吸痰を行い、苦しまないようケアした。食事が摂れなくなってからは、衰弱が激しく、意識もはっきりしない。モルヒネの作用もあり、昼夜眠るようになった。体はゆっくりと死への準備を始めている。立木は最後まで奇跡を祈ったが、その思いは届かなかった。最後は苦しまずに穏やかな顔で息を引き取ったことが、せめてもの救いだった。

妻の意識がまだある時に、息苦しい中、必死でつぶやいた言葉が、今でも忘れられない。

「あなたといて、楽しかったわ」

入院して間もない頃、妻は病気を怖がり、死に怯えていた。そんな妻が誰よりも自分を頼りにしてくれた。

――あなたといて、楽しかったわ。

その言葉は医者をしていた時にはかけられなかった言葉だった。医者としては妻を助けられなかったが、夫として妻を助けることができた。そう思うことで無理やり自分を納得させた。


妻の死を経験してから、もう一度医師としてやるべき使命があるのではないかと考えた。青海友愛病院の院長をやってみないかという誘いは渡りに船だった。

青海友愛病院は聖恵大学の関連病院で大学から医師が派遣されていた。病院の経営母体は総合物流会社の丸神ロジスティクスで、理事長も丸神グループからの出向者が就いていた。

依頼を受けたのは、大学時代の旧友、神山雄一郎からだった。学部は違うが、同じ野球部に所属し、グラウンドでともに白球を追った仲間だ。神山は丸神ロジグループの会長で病院の実質的なオーナーでもあった。神山はそれまでの地域病院から終末期のケアをするホスピスへの転換を考えているようで、何度か相談を受けたことがあった。ちょうど、聖恵大学を退職しており、神山の誘いに興味を持った。

「これからは患者の死を看取る病院が必要だ」

超高齢社会は多死社会とも言える。神山が熱く語ったのは、これから日本が迎える多死社会に向けた新しい医療の在り方だった。神山の考えに共感し、院長を引き受けた。

院長に就任して一年、神山の意向に沿って、病院の運営に努めてきた。その試みはまもなく最後の仕上げを迎えようとしている。


タクシーが高速を降りると、やがて聖恵大学の構内に入った。運転手に大学棟を通過し、病院棟の前で停めるよう伝えた。

病院内に入ると、消化器内科の外来を訪ねた。内科医の宮本《みやもと》准教授の診察を予約していた旨を伝えると、すぐに診察室に呼ばれた。

「わざわざ来ていただいてすみません」

「信頼できる医師のアドバイスが欲しくてね」

宮本は首を横に振る。

「先生の診察をするとは夢にも思いませんでした」

「悪いが頼むよ。自分の診断に問題はないと思うが、君の意見も聞きたい」

自分に残された時間があとどのくらいなのかを正確に知りたかったため、宮本を訪ねていた。

「体調はいかがですか」

「食事も睡眠もまだなんとかなっている。ただ、最近傍目《はため》にも気になるくらい腹水が溜まってきた」

「治療はなさらないんですか」

「治る見込みがあるならやりたい。その判断を君にお願いしたいと思って来たんだ」

宮本の表情が厳しい。無言が答えだった。自分でもわかっている。膵臓《すいぞう》がんはサイレントキラーと呼ばれており、早期の発見が難しい。症状が出た時には既にステージⅣかそれより進行していて、手の打ちようがない場合も多い。予後も悪く、切除手術を受けても患者の七割が再発する。五年生存率は九パーセント程度ですべてのがんの中でも最下位だった。

なまじ医者などという仕事をしていると、これから自分がどうなるかがわかる。なるべく苦痛がないように残りの時間を過ごしたい。

「まずはＣＴと血液検査をしましょう」

「そうしてくれ」

治療法はいくつか考えられるが、確実なものなどない。わかっているのは遅かれ早かれ死ぬということだ。ただ、どうしてもその前にやりたいことがあった。

ＣＴと血液検査を受けてすぐに診察室に呼ばれた。普通なら一時間以上は待つところだが、宮本が配慮してくれたのだろう。時間を節約できてありがたい。宮本の厚意に甘えた。

ＣＴの画像を見て自分の体がどうなっているのかはおおよそわかったが、せっかくだから専門医の意見も聞いてみたい。

「君はどう思う？」

「原発の膵臓の病巣は変わりありませんが、肝臓に転移巣があります。まだ抗がん剤で退治できるかもしれません」

化学療法でどこまで抑え込めるか。肝臓のがんは抑えられるかもしれない。だが、原発の膵臓は厄介だ。いや、医学的な見解よりも、その治療がどれほどの延命になるのかだ。よくて半年、いやそこまで体力がもつかどうかわからない。

「病状はわかった。少し考えさせてくれ」

宮本は頷くと、「いつでもお待ちしております」と返した。

診察は十分で終わった。診察室を出ようとした時、宮本に言われた。

「岡崎部長が先生にお会いしたいとおっしゃっています」

「脳外科の岡崎君か」

「はい」

「わかった。今から行こう」

「では連絡を入れておきます」

消化器内科の外来を出て、脳外科外来を訪ねた。

窓口で岡崎部長を、と声をかけると、すぐに診察室に通された。

岡崎はデスクに向かって書類を見ていた。

「診察中なら出直すよ」

岡崎が顔を上げた。

「立木教授、すみません。時間なら大丈夫です」

「私はもう教授じゃない」

「いえ、私にとっては今でも教授です。まあ、お座りください」

丸椅子に座り、一息ついた。

「お元気ですか」

「まあ、ぼちぼちだ」

病気を知っているのは院内では主治医の宮本だけだった。

「ところで用件とは何かね」

岡崎はデスクの上から書類を探し、差し出した。

「実はそちらの病院に頼みたい看護師がいまして」

渡されたのは履歴書だった。名前は水島優子。年は三十二歳。聖恵大学附属病院の救急外来で勤務経験があった。

「うちは慢性的に人手不足だから願ってもないことだが、何か事情があるのかね」

「寛解していますが、乳がんを患っていました。それに――」

岡崎はもう一枚のファイルを差し出した。

「娘さんがこの病院に入院しています」

受け取ったのはカルテだった。水島麻里。六歳。遷延性意識障害で入院中。カルテにさっと目を通した。

「この五か月間意識が戻っていないのか」

「事故で救急に運ばれて以来、意識障害が続いています」

患者は人工呼吸器と中心静脈への高カロリー輸液で生かされている。この状態では既に脳の機能が失われており、回復の可能性は低いだろう。

「この子をお願いしたいのです」

岡崎の頼みとは青海友愛病院に患者である娘と看護師の母親の両方を受け入れてほしい

というものだった。断る理由はないが、問題は本人の意思だ。

「私は構わないが、母親は私の病院に転院するという意味がわかっているのか」

娘を看取ってほしいという希望が水島本人のものかを聞いた。

「転院には同意しています。ですが、子供のことはあきらめていません」

「だったら辛い結果になるだろう」

今の病状では、いずれ娘と別れる時が来る。

「看取りについて知ってもらう機会かと」

岡崎の真意を理解した。看取りの現場を看護師として経験して、娘の死を受け入れる準備をする。わからない話ではないが、こと自分の娘となるとそう簡単ではないだろう。だが、岡崎が考えていたのは意外な思惑だった。

「赤城教授から例の計画について聞きました」

思わず岡崎の顔を凝視した。岡崎は声のトーンを落とした。

「被験者を探しておいでだと伺いました」

岡崎があの計画を知っているとなると、この親子を受け入れる意味合いはまるで違ってくる。すぐに決断できなかった。

「まだ公にできない計画だ。少し考えさせてくれ」

「わかりました」

「それと、この件はくれぐれも他言無用に頼む」

「承知しました」

岡崎に「また来る」と伝え、診察室を後にした。


大学棟にある生理学研究室を訪れた。若い医師で変わり者の赤城結という教授がいる。赤城に会うのが大学に来たもう一つの目的だった。

研究室の扉を叩いた。赤城が顔を出した。赤茶色に染めた髪にフチなし眼鏡《めがね》。濃い化粧で色気が際立っている。一見すると医師には見えないが、四十を前に教授となった赤城は、研究者として優秀だった。赤城はかつて脳外科で臨床医をしていたが、臨床には向かなかったのか、研究職に転身した。その後、研究室を一つ任されていた。

赤城に誘われ研究室に入った。手前の実験室に置かれた水槽が目に留まった。特殊な水槽の中で魚が数匹泳いでいる。南極海に生息するコオリウオ科のコオリカマスだ。水槽の横に設置されたデジタル温度計を見た。表示はマイナス5℃。つまりこの魚は氷点下の海水の中を泳いでいる。さらにその隣の水槽には甲虫が数匹飼育されている。この水槽の温度はマイナス25℃、甲虫は凍ることなく活動している。

これを見るまでは「コールド・スリープ」など信用できなかった。医学的常識で考えれば、凍結時の氷結晶化で細胞はダメージを受け、破壊される。また繊細な脳を長期間損傷なく、保存するなど不可能だ。だが、赤城は氷点下での人体保存の技術を研究していた。

「どうだね、研究の進み具合は」

赤城は飄々《ひょうひょう》と答えた。

「順調ですよ。ようやく臓器保存の実験段階に入りました。まだマウスでの実証実験ですが結果は良好です」

やはりこの女性医学者の能力は無視できない。そこまで研究が進んでいるとは思わなかった。

「ところで今日ここに来たのは他でもない。人体での実験を進めたい」

赤城の表情が一瞬で変わった。

「時期尚早です。せめて実験動物での蘇生まで検証しないことには――」

赤城の言葉を遮った。

「すぐに準備に入ってくれ。時間はあまりない」

「なぜそんなに急がれるのですか」

赤城が訝《いぶか》しげに見つめた。隠す必要はない。

「さっき消化器内科の診察を受けてきた。もうあまり長くはないようだ」

赤城は真意に気づいたようだ。

「そんなにご病気が――」

黙って頷いた。

「やってくれないか」

「しかし――」

「――頼む」

赤城は逡巡していた。無理もない。だが、今回ばかりは無理を聞いてもらうしかない。

「まだ技術的に確立していないばかりか、現段階では公にできる研究ではありません」

「わかっている。ただ、待っている時間がないのだ」

強い視線を赤城に向けた。残された制限時間内でやるべきことを逆算すると、まだ体が動くうちにスイッチを押さなければならない。赤城にとっては難しい判断、いや医師としても研究者としても断るべき話だろう。だが、なんとか赤城を説得したかった。

「せめて論文を学会に発表してからにしませんか。これではかつてロバート・コーニッシュがやった犬の蘇生と変わりがありません」

ロバート・コーニッシュはカリフォルニア大学の医学博士で一九三四年に世界で初めて

動物の蘇生実験に成功した科学者だった。

イエスにより復活した男にちなんで名づけられた実験動物――犬の「ラザロ四世」は窒息死した後、コーニッシュの蘇生術により再び心臓が動き出した。この実験の成果にコーニッシュは手応えを感じ、マスコミに喧伝したが、世間からはマッドサイエンティストとして批判された。残酷な動物実験を手がけただけでなく、学会への論文発表もなく、倫理的な問題への配慮もない研究が反発を招いたのだ。

「コーニッシュの実験には倫理が欠如していた。だが、彼が心肺蘇生の際に血液凝固を防止するため採用したヘパリンの使用は今では救急医療において確立された技術となっている。君の研究は人体保存だけでなく、臓器保存や低温療法への応用という点において有効性が大きい」

出発点は臓器の保存だった。現在でも脳死ドナーから得られる臓器提供には時間という壁がある。

臓器は提供者（ドナー）から摘出されると、氷温の臓器保存液に浸けられ、患者（レシピエント）の待つ病院に運ばれる。臓器はドナーの体から切り離された瞬間から、酸素や血液の供給が途絶した状態となり、数分以内に細胞が死に始める。そのプロセスを遅らせるため、冷却保存し、代謝を落とす。心臓では四〜六時間、腎臓は二十四時間と臓器ごとに異なる必要な酸素量や代謝率によって保存できる時間が決まっている。これを冷蔵ではなく、冷凍することによって長期間保存できないかという研究が人体保存の発想のヒントだった。

赤城は再生医療の傍ら、臓器バンクの実現のため、この分野の技術を研究していた。既に精子や卵子、血液では実用化され、精子バンク、血液バンクが実現している。臓器バンクが実現すれば、本物の臓器だけでなく、再生医療で作り出した臓器を長期間保管し、必要な時に移植することができる。それをさらに進めたのが、臓器や器官の集合体である人体の長期保存だった。

現在主流となっているクライオニクス、即ち人体冷凍保存技術は「超急速ガラス化」と「急速冷凍」を組み合わせた方法を採用している。超急速ガラス化とは、溶融状態にある液体を冷却した時に、一定の凝固点を示さずに結晶化しないままで凝固した状態のことである。なぜこのガラス化が重要かと言うと、冷却時に細胞内の水分を結晶化させずにガラス化して固化させることで、細胞の長期保存が可能となるからである。その際使用するのが血液置換剤であり、有機溶媒が使われる。問題はこの有機溶媒だった。

重要なのは、記憶を蓄積する脳をいかに長期保存するかだ。人間の脳は無数の神経細胞が神経回路を構築している。神経細胞は軸索とそれを被膜する髄鞘で構成されており、髄鞘の主成分は脂質である。有機溶媒には脂質を溶解する作用があり、神経細胞に損傷を与える。神経細胞の脂質は不可逆であり、一度壊れた細胞は元に戻らない。

生物学者や医学者がクライオニクスに否定的なのは、有機溶媒を使ったガラス化技術に問題があるからだ。

もう一つの問題は凍結方法である。超急速ガラス化するには対象物を急速冷却する必要がある。ところが、対象物が大きいと短時間で中心まで均等に凍結するには限界がある。しかも、物体が大きい場合、体積変化の不均一による「ひび割れ」が発生する。これが細胞に損傷を与えることになり、修復は不可能だ。

他にも問題はあった。冷凍保存の障害となるのが、虚血再灌流障害である。血流が途絶えた臓器の細胞は一時的に代謝停止状態になる。血流が再開した時、大量の酸素が持ち込まれ、毒性の高い活性酸素が発生する。この活性酸素は反応性の高い酸素分子であり、細胞やタンパク質を攻撃して破壊する。

これらの理由で現在実施されているクライオニクスの方法では卵子のような大きさの細胞を試験管内で処置、保存するのが限界だった。

赤城の解決方法は、硫化水素を使った代謝の抑制による人工冬眠法。そして独自の凍結保護剤を使った血液置換法だ。

赤城は氷点下で生息する生物が持つ不凍活性物質に着目した。不凍活性物質は細胞内の氷結晶の成長を抑制する働きを持つ。凍結状態で細胞を保護できれば、細胞の損傷を防ぐことができる。赤城は耐凍性の生物の体内で越冬時に蓄積されるいくつかの糖と脂質の結合化による不凍活性物質の合成に成功していた。

この方法により、コールド・スリープにとっての課題解決の糸口を見つけたのだ。

理論を完成させた赤城は実験での検証に手をつけた。だが、細胞工学の世界は一筋縄ではいかない。試験管ではうまくいっても、実際の生体では容易に成果が挙がらない。

「臓器バンクでもまだ課題が多いのが現状です。まして人体保存となると、研究者の間でも理解を得るのは難しいでしょう」

赤城の反論はもっともだった。それは承知のうえだ。

「そんなことはわかっている。だが、この研究には様々な意味がある。どうか後世のためにも協力してくれ」

赤城の目は懐疑と好奇心の間で揺れていた。

「準備を整えるには時間が必要です」

「だから今すぐ始めるんだ」

将来の医学の進歩により、難病の治療法が確立した時に、蘇生して治療を受ける。それがコールド・スリープの目的だ。

　末期患者が再生に希望を持ち、自らの身体を未来に委ねるためには半永久的な保存技術の確立が必要なのだ。実現可能な理論と技術が患者にとっての救いとなる。臨床試験を実施し、その効果を実用化するための道筋をつけたい。

「仮に人体で実験するとして、誰がそのドナーとなるのですか」

「どうせ長くはない命だ。医学の進歩のために体を差し出すことに躊躇はない」

「準備はどこまで進んでいるのですか」

「資金と設備も準備した。法的な問題もクリアできる」

「ではあの方が――」

「協力を約束してくれた」

「ハードは揃ったわけですね」

「そうだ。あとは技術的な問題だ」

　赤城がため息をついた。表情から躊躇していることはわかる。当然だろう。まだ動物実験すらしていない技術には課題が山ほどある。人体でテストする段階ではない。だが、それを待っている時間はなかった。

「一つ聞いてもよろしいでしょうか」

「なんだ」

「先生は安楽死を認める社会を望まれますか」

目を閉じて考えた。

青海友愛病院に入院している患者にも安楽死を望む声はある。つい先日も安楽死を懇願され、断った患者が病院を抜け出し、死亡した。末期患者が安楽死を望むのは、他に選択肢がないからだ。死を前に苦しみたくないという苦渋の選択の中で安楽死を望んでいるに過ぎない。

「私は医師として安楽死を認めたくない。積極的な安楽死は医師としては殺人だと思う」

「それを聞いて安心しました」

「君の考えは」

「私も同じです。医師である以上患者を助けたい。現在の医療に限界があったとしても、医学の進歩には限界はないと信じています。だから私は研究者を目指しました」

赤城の考えに同意した。これまで医師として忸怩《じくじ》たる思いがあった。最愛の妻を助けられなかった。自分は何のために医学を志したのか。たとえ現代の医学では助けられなくとも、医学の進歩は日進月歩だ。それまでの時間を何とかして稼げなかったのか。

「先ほどの件、少し考えさせてください」

「わかった。だが、私にはそれほど時間が残ってない。早めに返事をくれ」

頭を下げる赤城の肩に手を置き、力を込めた。

「頼む、私の最後のわがままだ」

赤城の肩をもう一度叩き、研究室を後にした。


【三月十七日】

赤城から連絡が来たのは二週間後だった。赤城は依頼を引き受けてくれた。技術的な問題がすべて解決したわけではないが、将来の医学の進歩に頼らざるを得ない点は仕方がない。

課題は他にもあった。コールド・スリープは冷凍状態で完全に細胞の代謝を止めるため、より長期間の保存が可能だ。即ちコールド・スリープ中は心臓が停止する。現在の医学的な定義ではこれは「死」に相当してしまう。長期間人体を冷凍状態で保存するという医療行為は認められていない。そのため処置にあたっては、死亡を認めたうえで、冷凍保存するという順序にならざるを得ない。

ここで問題になるのが、死亡を確認した後、いかに早く処置できるかということだ。心停止後、酸素の供給が途絶えると細胞は死に向かう。臓器が死ぬ前に保存しなければ再生しても臓器は働かない。そこでコールド・スリープへの移行は生きている状態からの処置が望ましい。この時法律の壁が立ちはだかる。死と認定される前提で処置をした場合、その行為は積極的な安楽死とみなされ、関わった医師は殺人犯になってしまう。徐々に体温を下げ、代謝を抑制し、血液を保護液に置換するという処置の過程で被験者の心肺は停止する。その処置は日本では違法なのだ。

そこで思いついたのは、安楽死が認められた海外で処置することで、法の網を潜り抜けようというものだった。選んだのはスイスだった。スイスは外国人の安楽死が法律で認められた唯一の国で、受け皿になる団体もある。以前から安楽死を推進する団体と交流を重ね、コールド・スリープに対する理解を求めていた。現地の医療機関の協力を得て、赤城が直接処置をするという約束も取りつけていた。そして最後に最も重要なのは、処置をした後の保管場所だ。そのための準備も進めていた。

その日の夕方、携帯からある男の番号にかけた。まだ彼がしゃべれるうちに実行段階に移す必要があった。

三度目のコールで電話がつながった。相手はしっかりした声で電話に出た。

神山雄一郎は丸神ロジググループの創業者の息子でグループの会長である。神山がこの計画のスポンサーとして参加してくれたおかげで、資金面だけではなく、施設の問題が解決した。

神山が電話に出ると、単刀直入に本題に入った。

「ようやく準備が整った」

「そうか、良かった。それで最初の被験者は誰なんだ」

「まだ六歳の子供だ。もちろん私も被験者となる」

「子供、それに院長自らか」

「もう時間がない。信頼できる後輩に処置を頼んだ。あとは現地の保管施設だけだ」

「それなら問題はない。言われた通りスイスの関連会社に頼んでスペースを確保した。私個人の名義で他の誰にも触れられない場所だ」

「ではすぐに関係者を集めて話そう」

「わかった。連絡を待っている」

電話を切って、一息ついた。これでほぼ準備は整った。あとはこの病院を誰に任せるかだ。

再び携帯から番号を呼び出した。

「白川君か。今から私の部屋に来てくれないか。大事な話がある」

やはり任せるに足る人物は彼女しかいない。

午後七時。白川が部屋を訪ねてきた。夕方の回診を終えたばかりなのか、アイボリーのワンピースの上に白衣をまとっていた。銀髪を後ろで結び、いつも通り首にシルバーの十字架を下げている。臨床宗教師の資格を持つ白川がこの病院に来てくれてとても助かっていた。患者からの信頼は厚く、臨床宗教師としてカウンセリングも積極的に受け持ってもらっている。

「かけてくれ」

院長室のソファーに白川と向き合うように座った。

「例の計画を実行する」

ある程度予想はしていたはずだ。白川は黙って頷いた。

「この病院を君に任せたい。引き受けてくれないか」

「私にはこの病院でまだやることがあります。できれば他の方にお願いしていただき、私は計画を院長から引き継ぎます」

やはり白川は院長のポストよりも計画を選んだか。できれば両方引き継いでほしかったが、院長という仕事は雑務が多い。表に立つこともあり、計画を進めるには不向きかもしれない。ただ――。

「そう言ってくれるのはありがたいが、病院を母体として計画を進めるにはある程度の立場が必要だ」

「院長の立場が逆に計画にとってマイナスになるリスクがあります。計画に万が一のことがあった場合、病院経営に影響を及ぼします。院長の仕事と計画の推進は切り離すべきです」

白川の言うことにも一理ある。万が一計画が世間に露呈した時、院長が率先して推進していたということになれば病院全体の責任は免れない。

「では、誰が適任だと思う」

「後藤副院長を推薦します」

確かに彼なら院長という仕事をそつなくこなしてくれるだろう。

「君はどうするつもりだ」

「私はここで医師を続けながら、計画の受け皿としてNPO法人の運営に携わります。できれば非常勤にしていただき、これからはなるべくNPO法人の仕事を増やしたいのです。そのほうが立木先生のお役に立てると思います」

白川は『死を待つ人の家』というNPO法人を設立していた。マザー・テレサの活動に倣ってつけた名前の通り、末期患者の心のケアを支援するグループだった。そしてその団体はクライオニクスの受け皿としても重要だった。

「わかった。では院長は後藤君に頼もう。君には引き続き臨床宗教師として病院運営をサポートしてほしい」

この計画の発案者は白川だった。大学院で博士号を取得した白川は聖恵大学附属病院の脳外科で臨床医を経験した。その後、白川は青海友愛病院に転籍した。

白川は青海友愛病院で勤務を始めて二年後、休職して、臨床宗教師の資格を取得した。病院に復帰してからは、資格を生かしてホスピス病棟の入院患者にカウンセリングを施している。

白川がこれまでやってきたことは一貫している。彼女は末期患者が死の恐怖を克服できるようあらゆる可能性を探ってきた。この計画を発案した原点もそこにある。

死を克服するための手段としてコールド・スリープを提唱した白川に当初は戸惑った。白川の考えはあまりにも現実離れしている。

だが、自らも病気になり、死を意識した時、初めて白川のやろうとしてきたことを真に理解した。死の恐怖はそれを目の前に見せられ、実感した者でないとわからない。他人の死はあくまでも他人事であり、死を実感したことにはならないのだ。それ故、人はいつか必ず死ぬということを忘れながら日常を生きている。「死」に対して実感を持つのは、自らが余命宣告された時である。

この計画を支持したもう一つの理由が寿命を全うできない幼い子供の存在だった。医師の仕事はいわば寿命を全うするための手助けだ。齢を重ねれば人は死ぬ。死を免れる医術はない。即ち、医者の仕事は寿命を延ばすことではなく、相応の寿命を生きるために病を治すことだ。だが、現代の医学には限界がある。寿命を全うできない末期患者のため、特にまだ若い子供にとってこの技術は希望になるのではないかと考えた。

実用性はいったん置いても、死に取りつかれた人間には希望が必要だ。それは奇跡ともいう。そのために自ら献体となり、この技術に寄与したいと思ったのだ。

「では後は任せた」

白川の手を握り、頭を下げた。

「院長はいつ出発されるのですか」

「引き継ぎが終わればすぐにでも出発したい」

「寂しくなりますね」

いつになくしんみりとした気持ちになった。

「君に頼みたいことがもう一つある」

デスクから水島優子のファイルを取って白川に渡した。

「この病院で働くことになった看護師だ」

白川がファイルをめくるのを見計らって、麻里のカルテを渡した。

「彼女の娘も一緒に入院している」

白川がカルテを手に取り、目を通した。

「――遷延性意識障害」

「そうだ。もう半年近く意識が戻っていない」

「ここで看取りをされるつもりですか」

「最初はそう思っていた。だが、できれば一緒にスイスに連れていきたい。本来ならばコールド・スリープは幼い末期患者こそ対象とすべきだ。将来ある子供が、医学の力が及ばず命を落としてしまう。医学の進歩に子供の未来を託すためにこの技術が生かされるべきだ」

「母親は納得するでしょうか」

まだ確立されていない技術だ。娘をドナーにするには抵抗があるだろう。だが、他に方法はない。このまま人工呼吸器につながれ、延命したところでいずれ死が待っている。ならば可能性は低くとも、未来に希望を託すべきではないか。

「母親を説得してくれないか」

「私がですか」

「臨床宗教師の君に頼みたい。この先も多くの末期患者にこの技術を奨めることになる。君はその水先案内人になってほしい」

「私にできるでしょうか」

「君にしかできないことだ。水島優子は乳がんを患っている。もし将来彼女のがんが再発して根治が難しい状態になったら、娘と同じように処置してほしい。娘だけを未来に託したとしてもまだ六歳の子供に生きていく力はない。母親も一緒に未来に希望を託してほしい」

白川が頷くのを確認して、ソファーに背中を預けた。

「これで思い残すことはない。あとはゆっくりと眠るだけだ」

「院長、この計画にふさわしい名前を考えました」

「なんだね」

「『エンドレス・スリープ』です」

「『果てなき眠り』か、悪くない。『死』ではなく『眠り』だと思えば幾分怖さも和らぐ。いつか目覚める日を期待して私も眠ることにするよ」

口元を緩ませ、まだ見ぬアルプスの麓に意識を向けた。

20

——二〇一九年五月十五日　水曜日

午後三時五十分。矢島は捜査本部にいた。弓成から渡されたブログの記事を読み終えると、瀬田の話を思い出した。

「遺体の保管の目的はクライオニクスですか。まさにラザロの復活ですね」

弓成が矢島の言ったラザロに反応した。

「新約聖書か。イエスの奇跡を書いた『ヨハネによる福音書十一章』だな。角田も同じことを言っていた」

あの遺体がクライオニクスのために保管されていたとすれば、発見された蝶の形の折り紙に書かれていた聖書の言葉やＱＲコードともつながる。

矢島はブログに登場した赤城という人物が重要な鍵を握っているとふんだ。

「もう一度聖恵大学附属病院を調べたいんですが」

矢島の意図を弓成も察したようだ。

「赤城教授だな。角田にも指示した。すぐに大学に行って角田と合流しろ。赤城から立木と白川が進めていた『エンドレス・スリープ』の計画について聴取しろ。遺体となった六人についても必ず知っているはずだ」

弓成の許可を得た矢島はすぐに的場を呼び出し、車を準備させた。

矢島が車に乗ると、的場はすぐに車を発進させた。

「聖恵大学ですね。渋滞にはまらなければ三十分以内で行けます」

カーナビには到着時刻が午後五時と出ていた。矢島は角田の携帯に連絡した。

「おう、ヤジか。こっちも今聖恵大学に向かっている。あと十分くらいで着く」

「こっちはまだ署を出たばかりです。先に赤城教授を押さえてください」

「わかった。着いたら電話しろ」

矢島は電話を切ると、運転している的場に話しかけた。

「立木について書かれたブログを読んだか」

「ええ、目を通しました。まさか将来の復活のために遺体を冷凍保管していたとは。本当にそんなことが可能なんでしょうか」

「ブログに書かれていたことが本当なら、技術的な部分は赤城が担当していた。それをこれから確認する」

「ブログの更新者はなんのためにこんなことをしているんでしょうか」

的場の疑問は矢島も気になっていた。ブログは情報を切り売りするように、段階的に更新されている。しかも、その内容には事実と齟齬《そご》がある。

「もしかすると、事実と異なる内容を公表したかったのかもな」

「気になるのは水島と火野の病名です。そんなことを偽って何になるんでしょう」

警察があのブログを見ていることは更新者も気づいている。だとしたら——。

「実際の死因を隠すためじゃないだろうか。白川が更新者だとしたら、『エンドレス・スリープ』つまり、クライオニクスを実行するために、末期患者を選んだはずだ。だが、実際は病死ではなく、ただの実験のためだとしたら」

「水島と火野は病死ではなく、実験に利用された——」

的場の表情が変わった。

「本当の死因はわからないが、病気で死んだということにしたかった」

「でも、それならなんでブログなんて手段を使うんでしょう。誰かに見せるにしても、あまり目立たないですよ」

それは矢島も疑問に思っていた。矢島はある仮説を考えていた。

「警察は如月の身元がわかった後、ブログを閲覧した。警察に読ませるために、更新したんじゃないのか」

的場は疑問が晴れないようで、聞き返した。

「それにしては杜撰《ずさん》じゃないですか。警察だったらブログの記事の真偽を調べることなんて簡単にできますから。すぐにばれる嘘のためにわざわざ足がつくようなことをするのはあまり頭の良い相手じゃないですね」

的場の言うのにも頷ける。だとしたら他に何か理由が考えられるのか。答えが出ないうちに、車が新橋に着いた。


午後五時五分。矢島と的場が聖恵大学の正門をくぐったあたりで角田から連絡が入った。

「もうすぐ講義が終わる。研究室の前で赤城を待っている」

「今向かっています。あと五分で着きます」

研究室の前に着くと、角田が一人で待っていた。

「赤城教授は？」

「中にいる。これから聴取する」

角田に続いて、矢島、的場が研究室に入った。

研究室は実験室と教授の部屋の二間。顕微鏡や分析機器、その他実験機器が並ぶ実験室に入ると、二人の学生がパソコンに向かって座っていた。水槽があり、中で魚が泳いでいる。やはりブログの通り、設置されているデジタル温度計がマイナス5℃を示している。その隣には甲虫が入っている水槽があった。

角田は実験室を通り、教授の部屋のドアをノックした。中から女性の声が聞こえた。

角田が中に入る。矢島も後に続いた。

「赤城教授ですね。少し聞きたいことがあります」

角田が掲げる警察手帳を見て、赤城の表情が変わった。

「昨日別の刑事さんが訪ねてこられて、その時にお話ししました」

角田が温和な口調で話す。

「何度もすみません。新しい情報がわかったんですよ。改めてお願いします」

デスクでパソコンを見ていた赤城は席を立ち、手前に置かれた会議用のテーブルに着いた。

「どうぞ。この後打ち合わせがあるので、二十分くらいしか時間がありませんが」

「それだけあれば十分です」

角田が答え、席に着いた。矢島、的場も角田に並んで座った。

赤城は赤茶色に染めた肩までの髪に、オレンジのシャツ、黒いパンツ、その上に白衣をまとっている。化粧はやや濃いめで赤い口紅、口元にほくろがあった。若くして教授という肩書を持つ赤城は、全体的にあか抜けた感じで、医師というよりは、風変わりな研究者といった佇《たたず》まいだった。ただ、矢島にはどこかで見覚えがあった。いや、会ったことがある。それもこの大学病院で。赤城は矢島の視線に気づいたように顔を向けた。

「刑事さん、どこかでお会いしましたか」

矢島は咄嗟にごまかした。

「いえ、以前この大学病院にかかった時の先生と似ていらしたものですから」

赤城は微笑を浮かべて言い返した。

「もしかすると、お会いしているかもしれませんね。臨床医をしていたことがありますから」

「どちらの科ですか」

「脳外科です」

やはりそうか。間違いない。

角田が矢島を見た。

「時間がない。昔話があるなら後にしてくれ」

矢島が頷くと、角田が事件について切り出した。

「単刀直入に聞きますが、ニュースでも報道されている大井埠頭の冷凍倉庫で見つかった遺体に関して知っていることを教えてください」

　赤城は表情を変えず、落ち着いた声で答えた。

「前に刑事さんが来られた時は遺体の身元がわかりませんでしたから、何もお話しできませんでしたが、ニュースを見て正直驚いています。立木元教授はもちろん知ってますし、神山さんはお会いしたことがあります。ただ、一年近く前のことで、亡くなったことはニュースで初めて知りました」

　どこまでが本当なのかはわからないが、角田はブログの内容に触れた。

「そうですか。ただ、あなたと立木元教授がある計画に関わっていたという情報がありましてね」

「どんな計画ですか」

「人体の冷凍保管です。あなたの研究とも関係していますね」

　赤城は苦笑しながら答えた。

「どこでそんな情報を調べたのかわかりませんが、人体の冷凍保管など研究対象にしたことはありません」

「しかし、実験室では氷点下の水槽で泳ぐ魚を見ました。それに昆虫も――」

「確かに不凍活性物質については研究しております。臓器移植のための臓器バンクに必要な臓器保存の技術です。ただ、それも実現はかなり先の話です。まして、人体の保存など、残念ながら現時点では技術的に困難ですし、そもそも医学的な目的もありません」

そこに矢島が口を挟んだ。

「クライオニクスです。冷凍保管した人体を将来的に蘇生させるという目的のために、あなたが技術的な理論を構築した。違いますか」

赤城が視線を矢島に向けた。

「お言葉を返すようですが、私はクライオニクスには懐疑的です。医学的に意義のある研究とは言えません」

「遺体で見つかった如月啓一さんのブログが更新されました」

「それが何か」

赤城はそれだけ言うと黙ったまま反応しなかった。矢島は赤城の表情を注意深く見た。

角田が続ける。

「更新されたブログには立木知之さんについて書かれてあり、あなたも登場しています」

赤城の表情がそこでようやく変わった。

「そのブログを見せてもらっていいですか」

矢島はブログを印刷したコピーを赤城に渡した。赤城がページをめくる。矢島は再び赤城の表情を観察した。時折ため息をつきながら、コピーをめくっている。五分程度ですべてを読み終え、赤城は顔を上げた。

「誰がこんな記事を書いたのかはわかりませんが、ここに書かれているのは嘘です」

「嘘？」

矢島が赤城に言い返した。

「ええ、ただ、まったくのでたらめとも言えません。立木元教授から頼まれ、臓器保存の研究内容について話したことがあります。その時クライオニクスについて意見を求められました」

どうやら赤城には立木との接点があったようだ。矢島は先を促した。

「それで？」

「臓器保存の技術を応用すれば、遠い将来できるかもしれないとお答えはしました。ただ、あまりにも飛躍した発想なので、相当な時間がかかるでしょう。それに技術以外の問題もあります。クライオニクスは現時点では倫理的にも法的にも認められるものではない。そうお答えしました」

「臓器保存のノウハウを立木元教授に教えたことはありますか」

「実験結果や研究の趣旨については雑談程度でお話ししたことはあるかもしれません」

赤城はあくまでもブログの内容を否定した。赤城の話が本当ならば、ここでもブログの内容には改ざんがある。

「ではこのブログに書かれたような計画はそもそもなかったと」

「ありません」

赤城は断言した。赤城が時計に目を落とす。そろそろ約束した二十分が過ぎようとしている。角田が切り上げようとするのを見て、矢島はもう一度赤城に質問した。

「もう一つ教えてください。白川紬という女性をご存じですか」

赤城の表情が変わった。白川はブログにも出てきた。面識があるはずだ。

「白川さんとは以前大学病院で一緒に働いていました。それに立木元教授が青海友愛病院の院長をされている時にも何度か会っています。ただ、白川さんが臨床宗教師になってからは付き合いを控えていました」

「というと？」

「彼女、以前は優秀な臨床医でしたけど、今は医師というよりも宗教家という印象が強いと感じています」

矢島は質問を続けた。

「白川さんはＮＰＯ法人を主宰しており、あなたもそのＮＰＯ法人の理事をしていますね」

「『死を待つ人の家』ですね。実は白川さんと私は大学の同期生なんです。それもあって彼女から頼まれたんです。立木元教授も後押ししていると聞いて、名前だけってことで理事になりました。時々理事会という名目で集まることはありましたが、実質的には白川さんが一人でやっているようなものです。あの団体が事件に何か関係しているんですか」

「まだはっきりとはわかりませんが、コールド・スリープの受け皿になっていたのではないかと思っています」

赤城はもう一度ブログ記事をまとめたファイルを見た。

「この記事にも出てきますね。ただ、正直に言うと、私はあまり白川さんに良い印象がないんです。いえ、印象が変わったと言うべきかしら。あのＮＰＯ法人も宗教団体のようなイメージがあって、理事も辞退したいと話したことがあったんです。いろいろと悪い噂もありましたし」

「悪い噂？」

赤城はやや躊躇したように言葉を濁した。

「いえ、聞いた話ですので、あまり信憑《しんぴょう》性はありませんが」

「教えてくださいませんか」

赤城は声のトーンを落とした。

「あの団体は末期患者を対象に会員を募っておりますが、丸神ロジグループの神山さんも参加されて、私財を投じて支援していたようです」

「つまり、宗教団体のような組織のスポンサーになっていたと」

「ええ、立木元教授から聞いた話ですが、神山さんは難病に罹患されてから、熱心に白川さんの団体に協力なさっていたようです。そのためにご家族とも疎遠になり、家族は神山さんが亡くなったことすら知らなかったと」

神山雄一郎の妻からは警察に連絡が入っており、遺体の引き渡しを要請されている。ただ、捜査班の鑑取りでは、神山雄一郎と妻は長年別居状態で夫婦関係は破綻しているという報告があがっていた。

「そろそろ、よろしいでしょうか」

時計を見ると、約束の時間を五分ほど過ぎていた。角田は矢島に目配せした。

「わかりました。お忙しいところありがとうございました。また、何かあればお時間をいただくかもしれません」

赤城は軽く頭を下げ、席を立つと慌ただしく、準備を始めた。角田が立ち上がった。矢島は退室する前に、もう一度赤城の部屋を見回した。大きな本棚が目に入った。医学書や学術書が並んでいる。しばらく眺めていると、医学書とは関係のない本が目についた。

その時的場が矢島の袖を引っ張った。

「何しているんですか、もう行きますよ」

矢島はもう一度目を凝らして本棚を見た。やはり違和感がある。なぜあの本がここに。

そう思いながら、研究室を後にした。

「まだ夕方の捜査会議に間に合う。署に戻ろう。俺は病院に車を駐めている。本部で会おう」

角田と別れ、矢島は的場とともに駐車場に急いだ。

的場が矢島に言った。

「やはり、あのブログに書かれてあった内容はフィクションですね」

「ああ、ただ、なぜフィクションにしたのか目的が今一つわからない。赤城を巻き込もうとして書いたとしても、すぐにばれる嘘だ」

「警察に読ませるために書いたのではないということですか」

矢島にもその真意はわからなかった。ただ、わかったことは、白川と立木が赤城の研究をクライオニクスに利用しようとしていたということだ。赤城が計画に参加していないとすると、やはり首謀者は白川と立木。既に立木が死んでいるので、ブログを更新したのは、やはり白川なのか。いずれにせよ、白川がキーパーソンであることは確かだ。にも拘わらず、肝心の白川が出てこない。白川はどこで何をしているのか。なぜ姿を消したのか。

大学の構内は閑散としていた。大学棟から出ようとした時だった。突然、的場が足を止めた。立ち止まって掲示板を見ている。

「どうした」

「矢島さん、これ」

的場が指さす先に掲示板があった。学内の連絡やセミナーの案内に交じり、講演会の案内が貼られている。

特別講演　テーマ『スピリチュアルペイン　～死について考える～』
講演内容　第一部「終末期医療の現場から」青海友愛病院院長　後藤譲
　　　　　第二部「臨床宗教師の役割と活動について」臨床宗教師　谷口良信《たにぐちよしのぶ》
　　　　　第三部「スピリチュアルペインへの処方箋」ＮＰＯ法人主宰　白川紬
開催日時　五月十七日（金）午前十時から
場所　　　聖恵大学第三講堂
　　　　　参加無料　＊一般の方もご自由に参加いただけます。

「白川紬とようやく会えるな」

矢島が言うと、的場が頷いた。

「矢島さん、ここ」

的場が指さした場所にはこう書かれている。

『参加者には当日白川紬氏の著書を贈呈します』

「著書？　白川の著書ってなんだ」

的場がスマホを取り出して、ネットで検索している。

「検索しましたが見つかりません」

矢島はしばらく考えて、スマホからある番号を呼び出した。

「どこにかけるんですか」

「現代出版だ」

現代出版の今村を呼び出した。原稿の続きが送られているかもしれない。矢島は名前を名乗った。

「ああ、昨日の刑事さんですか、どうされました」

今村が電話に出ると、

「その後、例の原稿は送られてきませんでしたか」

やや間をおいて、今村が答える。

「よくわかりましたね。実は今朝、送られてきました」

「原稿はどの部分が――」

「第二章から第四章までです」

これまで第一章如月本人のことが書かれた原稿はもらっていた。だが、それより後の章は如月のブログで更新されていた。

「それが、明後日《あさって》の朝九時までに百冊製本納品してほしいというのです。まだ原稿の段階なのにですよ」

矢島は目の前の講演会のチラシに目が向いた。やはりそうか。原稿を本にして、十七日の講演会で配付するつもりだ。

「支払いは前金でいただきました。さらに追加で原稿を送ると――」

今村が言い終わる前に矢島が聞いた。

「原稿を送ってきた人物は？」

「白川さんという方です。なんでも如月さんから原稿を引き継いだと。なんとか明後日までに間に合わせろと、かなり強引でした」

「その白川の連絡先と原稿をすぐに送っていただけませんか」

「わかりました。刑事さんの名刺のアドレスに送ります。ところで、この原稿は本にしてもよいのでしょうか」

警察からの連絡に今村は戸惑っている。

「結構です。現段階では原稿自体に違法性はありませんから、我々にどうこうする権利はありません」

「そうですか」

今村は安心したように電話を切った。矢島はスマホをしまうと、的場に告げた。

「白川は原稿を本にするために出版社に連絡していた。講演会で配るためだ」

「原稿は？」

「すぐに送るように頼んだ。署に戻るぞ」

矢島と的場は駐車場に向かって歩みを速めた。

21

午後六時四十五分。矢島のメールボックスに現代出版の今村からメールが届いていた。

添付ファイルが一緒についている。

《第二章から第四章の原稿を送ります。白川さんの連絡先もあわせてお伝えします。第五章と第六章については追って送ると書かれてありました》

これで第一章から第四章までは揃った。如月啓一、水島優子、火野秀夫、立木知之、遺体で発見された六人のうち四人分だ。

矢島はメールに書かれていた白川の連絡先に電話をかけてみた。すぐにメッセージに切り替わり、不通だというアナウンスが流れた。電話を切ってから、的場を呼び出した。

的場が席の前に来ると、添付ファイルを開いた。

「原稿が届いている」

矢島はファイルを印刷した。プリンターが動き出す音が聞こえる。

「捜査本部に原稿を持ち込む。その前に目を通しておけ」

的場はプリンターから印刷された原稿を取り、一部を矢島に渡した。内容を斜め読みしながら、ページをめくった。

「やはり予想通りだ。如月啓一のブログと一致している。ただ、どの原稿にもどうやって死んだかが書かれていない」

的場がページをめくりながら、素早く原稿を読み込んでいた。

「まだ届いていない白川紬の章にすべてが書かれているのでしょうか」

白川紬は目次の中で第六章の登場人物となっている。この事件に深く関係しており、唯一生存している人物だ。遺体となった六人の顚末も知っているはずだ。

「いったん原稿を管理官に見せる」

矢島は弓成の携帯に電話した。

「水島、火野、立木の原稿が届きました。これからお持ちします」

弓成が即答した。

「すぐに本部に来い」


午後七時十五分。講堂では捜査会議を前に、本庁と所轄の刑事が集まっていた。弓成は本庁の捜査一課の刑事数人と話していた。弓成は矢島を見つけると打ち合わせを中断した。

「原稿は？」

「これです」

矢島は持っていた原稿のコピーを弓成に手渡した。読み始めて数ページで弓成の表情が変わった。

「内容はブログと同じだな」

「ええ、白川はこれを製本して明後日の講演会で配付するつもりです」

矢島は大学で見つけた講演会のチラシを弓成に渡した。

「白川紬の講演会か」

「そこで白川の聴取ができます」

弓成が捜査一課の刑事に指示を出した。

「この原稿とチラシをコピーしろ。十七日の講演会に白川紬が現れたら、任意同行を求める」

弓成の号令で捜査員たちは慌ただしく動き出した。

「第五章と第六章がないぞ。続きの原稿が来たらすぐに教えてくれ」

「わかりました。それと、白川は編集者に連絡先を伝えています」

矢島は編集者から聞き出した携帯番号を弓成に伝えた。

「すぐに契約者を調べる」

弓成が出て行くと、矢島は捜査本部に残り、原稿をもう一度読んだ。

原稿を書いた目的はわかった。この原稿は講演会の参加者に配付するため、また恐らくＮＰＯ法人の会員を集めるためにも使うのだろう。ブログで公開したのもそれが目的だ。

だが、この原稿に書かれていることは真実ではない。事実を織り交ぜたフィクションだ。

もちろん読者には嘘か本当かわからない。いや、わかる必要はない。白川がこの原稿を書いた目的は『エンドレス・スリープ』を広めるためだ。だとしたら、書かれてある内容は真偽に関係なく、『救い』があればいいのだ。

22

午後八時。矢島は捜査会議に出席した。

冒頭、弓成から『エンドレス・スリープ』についての報告があった。

「この事件の重要な手がかりが見つかった。捜査員は全員この原稿のコピーに目を通してくれ」

テーブルにはＡ４判を二つ折にしたサイズの冊子が置かれていた。『エンドレス・スリープ』の原稿を縮小してコピーしたものだ。

弓成が補足する。

「原稿の内容は如月のブログに掲載されているものと同じだ。ただし、原稿には続きがある。残る第五章と第六章、つまり神山雄一郎と白川紬の章が揃えば、『エンドレス・スリープ』の全貌はわかる。原稿にはそれぞれの登場人物が末期患者であることが書かれている。そして、末期患者を将来蘇生させるため、冷凍保管すると書かれている。ただし、実際にそのための処置が行われたかどうかはわからない」

遺体を冷凍保管した目的はわかった。問題はその方法だ。

弓成は先を続けた。

「この原稿を出版社に送ったのは、白川紬で間違いないだろう。出版社に伝えた連絡先の携帯番号を調べたところ、契約者は白川だった。電話は不通、電源が切られたままだ」

弓成が説明を続ける。

「遺体は日本で冷凍されてから保管されたのではない。原稿では処置を施された後、冷凍されている。しかし、この方法では殺人となる。そのため、スイスで安楽死を施し、冷凍保管するという方法が提案されている。ところが、遺体が見つかったのは日本だ。なぜ日本に運んだのか。それについての記述はない。疑問はいろいろとあるが、この原稿に書かれていることを検証し、事実関係を調べるのが我々の仕事だ」

講堂全体にページをめくる音が響き、捜査員がざわついた。

「ここまでわかったことを報告してくれ。この原稿の内容との整合性を検証したい」

最初の報告は青海友愛病院の捜査チームだった。本庁の刑事が手帳を持って立ち上がった。

「まず遺体で発見された立木知之について報告をします。立木は聖恵大学医学部卒業。六十歳まで大学病院の消化器内科部長をしていました。聖恵大学病院を定年退職後、青海友愛病院の院長に就任。病院は緩和ケア病院に移行しており、一年間院長をした後、退任しています。現在の青海友愛病院院長は後藤譲、五十八歳。立木が院長時代に副院長をしていました。後藤は白川紬が主宰するＮＰＯ法人の理事でもあります」

刑事が座ると、今度は角田が報告した。

「もう一人、聖恵大学の赤城に如月のブログの内容について聞きました。赤城は立木の依頼を受けて、研究や技術的な情報については話したが、『エンドレス・スリープ』などという計画はなかったと話しています」

赤城が嘘をついているのか、それとも、赤城の言う通り、原稿が嘘なのかははっきりしない。これまでの経緯を考えると、原稿がフィクションである可能性が高い。

「白川の所在はまだわからないが、重要な情報を見つけた。白川紬は十七日、聖恵大学で開かれる講演会に参加する。その場で参加者に『エンドレス・スリープ』というタイトルの本を配るため、現代出版に自費出版を依頼している。その内容がさっき配った原稿だ」

弓成は本庁の刑事を指名した。

「次に見つかった遺体の処理について本庁から報告がある」

本庁の鑑識チームが遺体の保管に関して報告をした。

「保税庫で発見された遺体ですが、保管に関するデータが消失していることがわかりました。原因はわかりませんが、入庫履歴や通関書類も紛失している可能性があります」

間髪を容れずに弓成が指示した。

「だったら異状死体であることは確定だ。すぐに司法解剖に回せ」

歯切れの悪い声で鑑識チームの担当が説明する。

「それが、遺体を海外から搬送する際に、冷凍コンテナを使うための実験的な取り組みをしていたそうなのです」

「どういうことだ」

「通常海外で死亡した日本人は現地の警察や病院から在外公館に連絡が入り、死亡診断書と埋葬許可証が発行され、遺体が日本に搬送されます。現地で火葬が認められる場合もありますが、宗教上の理由で火葬ができない場合、エンバーミングを施して、防腐証明書を発行、空輸します。ところが、搬送期間が長い場合などに航空会社が積載を拒否するケースがあるそうなのです。そのため腐敗しない搬送方法として冷凍コンテナを使うという新たな試みを丸神ロジスティクスで試行していたようなのです」

管理官の一人から質問があがった。

「しかし、遺族がいない遺体を誰が運ぶんだ」

弓成が気づいたように答える。

「白川か？　あのＮＰＯ法人が現地から遺体を運び、日本で研究しようとした」

弓成が質問した。

「身元はわかったんだ。血縁者からの連絡はないのか」

「六つの遺体の血縁者を探していますが、今のところ連絡があったのは神山の妻からだけです」

警察がこれだけ大掛かりな捜査をしても一人も血縁者が見つかっていないというのが遺体に共通する特徴と言える。

その時幹部席に刑事が一人駆け寄り、弓成に耳打ちした。弓成は報告を聞き、顔色を変えて、マイクを手に取った。

「神山雄一郎の妻から再び連絡が入った。捜査会議を中断する」

捜査員たちがざわついた。解散という発声とともに弓成は幹部たちと一緒に講堂を後にした。

23

捜査会議が解散されたのは、午後九時前だった。刑事部屋に引き返した矢島に弓成から連絡が入った。

「悪いがすぐに講堂に来てくれ」

「どうしたんですか」

「後で話す」

事情が呑み込めないまま、矢島は捜査本部のある講堂に向かった。

講堂の一角で本庁の刑事たちがテーブルに集まっていた。その中に弓成を見つけた。

矢島が姿を見せると、弓成は打ち合わせを中断した。

「すまんな、例の原稿のことを話したかった。第五章はまだ届いていないのか」

「十七日朝までに本にするには、時間がありません。原稿はすぐに来ると思います」

矢島はスマホを取り出し今村に連絡したが、つながらなかった。

「事件として帳場を立ち上げたが、もし人体保管が目的だったとすると、殺人罪になるのかどうか」

「第四章立木知之」の原稿を読む限り、遺体を冷凍保管した目的は蘇生であることがわかる。ただ、死に至る過程が書かれていない。矢島はそこに事件性があると思っていた。

「問題はどうやって死に至ったかです。もし、安楽死のような処置が取られていたとしたら、殺人の疑いがあります」

「あるいは嘱託殺人もしくは自殺ほう助か」

弓成は頷きながらも、別の疑問を呈した。

「わからないのは、なぜ遺体がスイスではなく、日本で見つかったかだ」

「スイスで安楽死を施し、その後日本に遺体を戻す。やや、現実性は欠けますが、理屈は通ります」

「渡航記録はどうなっている？」

弓成が本庁の刑事に聞いた。刑事が手帳を片手に答える。

「六人の出国記録は確認されていません」

弓成の持っているスマホが震えた。弓成は電話に出ると、何度かやり取りした後、愚痴をこぼすように言った。

「神山美佐子《みさこ》からまた催促だ。早く遺体を引き渡せと言っている」

「遺族としては当然でしょうね」

「神山雄一郎は妻と長年別居状態だったそうだ。それと、過去に一人息子を病気で亡くしている」

矢島が弓成に聞いた。

「長年別居というと、何か離婚できない理由でもあったんですか」

「美佐子の実家・都築《つづき》家は大手流通企業のミヤコヤグループの創業家だ。丸神ロジグループが倉庫業から総合物流会社に成長した背景にはミヤコヤグループから受託した仕事が大きかった。美佐子との結婚は会社の事業拡大のためだ。ただ、事情はもう少し複雑だ。美佐子の口から白川紬の名前も出ている」

「白川紬がどう神山美佐子と関わっているのですか」

「神山雄一郎は難病になってから、経営から手を引き、私財を抛《なげう》って医療技術をサポートする財団を立ち上げたそうだ。ただ、美佐子はその財団の資金が白川紬の主宰するNPO法人にも流れていると疑っているようだ。神山美佐子は、神山の遺体の引き渡しと共に、白川紬を詐欺と殺人の容疑で捜査するように言ってきた」

どうやら、神山の妻は白川のNPO法人を怪しい宗教団体と見ているようだ。難病を患った夫が新興宗教に入れ込み、私財を投じている。同じようなことを赤城も話していた。そこからは相続人として財産の確保に余念がない強かな妻という印象を受けた。

「事情はどうあれ、白川紬は重要参考人だ。所在を調べて、聴取する。その前に原稿だ」

弓成は事件解決の手がかりとして原稿を求めている。

「もう一度、編集者と連絡を取ります」

矢島は現代出版の今村に連絡した。

今村は電話にすぐに出た。

「ああ、矢島さんですか。さっきはすみません。原稿の続きが送られてきました。今メールを送ったところです」

絶妙のタイミングだ。矢島は刑事部屋に向かって歩みを速めた。電話口で今村と話を続けた。

「送り主は？」

「同じです。白川紬さんです」

「第六章の原稿は？」

「まだ来ていません」

「届いたらすぐに教えてください」

矢島は電話を切ると、パソコンの前に座った。まずは第五章の内容を確認しなければならない。今村のメールの添付ファイルを開いて、「第五章神山雄一郎」から始まる原稿を印刷した。

第五章　神山雄一郎（62）　職業　経営者

【二〇一八年三月十七日】

「ようやく準備が整った」

「そうか、良かった。それで最初の被験者は誰なんだ」

「まだ六歳の子供だ。もちろん私も被験者となる」

「子供、それに院長自らか」

「もう時間がない。信頼できる後輩に処置を頼んだ。あとは現地の保管施設だけだ」

「それなら問題はない。言われた通りスイスの関連会社に頼んでスペースを確保した。私個人の名義で他の誰にも触れられない場所だ」

「ではすぐに関係者を集めて話そう」

「わかった。連絡を待っている」

電話が切れても、しばらくスマホを手から離せなかった。手が震えている。

まだかろうじて動くが、この手はやがて動かなくなる。車椅子の背もたれに背中を預けた。既に足は歩けないほど弱っている。やがて全身の筋肉に麻痺が広がっていく。一か月前に医師から難病の診断を受けた。病名を告げられた時、この世に神が存在しないとはっきりわかった。

これまで数々の苦難を乗り越え、会社を成長させてきた。文字通り人生を切り開いてきたのだ。だが、それもここまでだ。まさか病気が壁となって立ちふさがるとは。この時ばかりは運命を呪った。だが、運とは本来そういうものだ。運は誰にも平等に与えられる。生まれた環境が違っても、いずれそれは相殺される。人生の中での配分が違うだけだ。配られたカードをどう使うか、どこで悪いカードを切るか、いつ良いカードが入ってくるか。どう手を進めて有利な手を作るか。それがその人間の人生を左右する。

思い起こしてみればこれまで運が良過ぎた。最初に配られたカードが良かったに過ぎない。良家に生まれ、経済的にも恵まれていた。もちろん、環境に甘んじることなく、努力もした。だから今の地位を築けたのだ。これまで強運を生かし、さらに強い運を引き寄せてきた。困難もあったが、それを乗り越え、人生は概《おおむ》ねうまくいっていたはずだ。だが、その振れ幅が大きい分差し引かれるマイナスも大きかったのだ。

残された時間があまりないことだけはわかる。病名を知った時からいつか来る終わりを想像した。それはあまりにも残酷な仕打ちだった。病気の名はＡＬＳ、筋萎縮性側索硬《きんいしゅくせいそくさくこう》化症《かしょう》だった。その兆候は一か月前にあった。

【二月六日】

それは本当に小さな兆候だった。最初はただの痙攣《けいれん》だけだった。この日の朝、目が覚め、起き上がろうとした時、手が引きつり、小刻みに震えた。過去に交通事故で手足を損傷したことがある。その時の後遺症に違いないと、あまり気に留めなかった。普段通り着替えて迎えの車に乗った。その間に口や足にも同じような痙攣があった。後でわかったことだが、筋肉がつるのはクランプという症状で、神経が障害を受け、筋肉に痛みが伴うことによるものだった。

記憶を辿ればここ一週間ぐらい同じような症状があった。いずれも一過性のもので気にしなかったが、これだけ続くと心配になる。

会社に着くと、会長室に直行し、秘書にこの日の予定を確認した。

「本日は午後から経営会議、夕方はミナト運輸の社長と会食です」

「わかった。午前中は特に予定はないな」

「はい」

「悪いが、午前中は病院に行く。聖恵大学附属病院の神経内科に予約を取ってくれ」

「わかりました」

「車の手配を頼む。午後の会議までには戻る」

秘書に伝えると、出かける準備をした。

不安は早い段階で取り除く。それがいつものルールだった。放置して良いことはない。万が一病気だとしたら、早期発見に越したことはない。会社経営も同じだ。悪い兆候があれば、すぐに調べて改善する。放置すれば問題は大きくなり、やがて経営に影響を与えるような重症になることもある。

聖恵大学は出身大学でもあり、診察は聖恵大学附属病院に行くことにしていた。聖恵大学は私大の医学部ではトップクラスの偏差値で優秀な医師が多かった。

会社のある大井町から聖恵大学附属病院のある新橋までは高速を使えば三十分かからない。車の中で業界紙を読みながら、時間を潰した。

聖恵大学附属病院に着くと、予約していた神経内科の外来に向かった。三十分ほど待って診察室に呼ばれた。消化器内科で以前部長をしていた立木の紹介で普段から優先して診察を受けられるよう頼んである。医師は問診で症状を尋ねた。

「手が痙攣するというか、つったような感じになります」

「いつ頃からですか」

「この一週間、頻繁にあるので気になりまして」

医師は腕の筋肉を触診した。病院に来てから異常な痙攣は一度もない。

「念のためにＭＲＩと針筋電図《はりきんでんず》検査をしてみましょう」

聞きなれない名前に戸惑ったが、検査自体はさほど難しいものではないという。

看護師に案内され、ＭＲＩ、採血の後、針筋電図検査を受けた。腕に細い針を刺し、筋肉の電気的な活動を調べる検査だという。細いとはいえ、筋肉に直接針を刺すので痛い。そのうえ、筋肉から出る電気信号を記録するため、針を刺したまま力を入れるように言われた。拳を握りしめるたびに強い痛みが腕に走った。

検査を終えると、再び外来の待合室で診察を待った。既に病院に来てから二時間近くたっている。結果を聞いて、急いで帰社すればぎりぎり午後の会議には間に合う。昼食は車の中か。そんなことを考えていると、名前を呼ばれた。

診察室に入ると、医師はＭＲＩの画像を見ていた。

「どうでしょう」

「わずかですが、脊髄の周辺の側索が白く見えます」

医師はパソコンを操作しながら、別の検査データを見た。筋電図の結果のようだ。

「不随意反応がありますね。筋繊維束性攣縮《そくせいけいしゅく》と呼ばれる症状です」

医師の説明を理解できなかった。

「先生、どういうことでしょうか」

「食べ物が飲み込みにくいとか、口が開けづらいなどの症状はありますか」

「いえ、ありません」

「舌を出してもらってもいいですか」

口を開けると、わずかに舌が動いた。これまで気づかなかったが、どうやら痙攣は舌にもあるようだ。

「結構です」

医師はやや考えてから、歯切れの悪い口調で病名を口にした。

「あくまでも可能性ですが、ＡＬＳの症状が見られます」

「ＡＬＳ？」

「いえ、あくまでも疑いです。運動を司《つかさど》る神経が障害を受ける病気です。かなり稀な病気ですので、診断にはもう少し検査が必要です。一度入院して検査されることをお奨めします」

足元から地面が崩れるような感覚があった。検査入院。つまり、検査をしなければならないほどの疑いがあるということだ。入院についての説明を受け、診察室を出た。何かの間違いではないのか。そう思えるほど現実感がなかった。

午後の経営会議には遅れて参加した。議題は進めている海外の拠点拡大と海外法人の運営についてだった。

丸神ロジスティクスは海外に保管物流ネットワークを広げていた。その一環として、海外の大手物流会社との提携が懸案事項となっていた。

北米の大手物流企業「パシフィック・ロジスティクス」そしてヨーロッパの大手運輸会社「マクロ・ロジシステム」との提携。これらは海外での拠点を確保することで荷主へのサービス拡大を狙った戦略だ。

丸神ロジスティクスは物流網を持つ港湾倉庫業として父である初代社長の神山宗吉《そうきち》が築き上げた物流会社だった。二代目社長として会社の業容を拡大、当時から伸長していたコンビニの物流網に目を付け、物流委託契約を結び、保管物流ネットワークを全国に広げた。さらに商社、メーカーの荷物を受託するコールドチェーン構築のため、全国に物流網を作り上げた。こうした努力で丸神ロジスティクスをグループ連結売上高二千五百億円の低温保管物流企業に育て上げた。

六十を前に社長を退いていたが、代表権を持った会長として指揮を執り、海外のネットワークを強化するため、アメリカ、ヨーロッパの物流大手と提携、海外拠点を広げている矢先だった。

会議の報告はほとんど耳に入らなかった。医師に言われた病名が気になって会議に集中できず、この日はほとんど発言しなかった。

会議の終了間際、発言を求められ、幹部を見渡し告げた。

「実は明日から検査入院することになった」

急な話に幹部たちは驚きの表情を見せた。

「どのくらいの期間になるかはわからないが、不在中は江藤社長に業務を一任する。江藤君、後を頼む」

江藤も初めて聞く話で戸惑っている様子だ。会議が終わった直後、江藤に呼び止められた。

「急なことで驚いています。どうされたのですか」

「実は午前中に病院で検査を受けた。ここのところ筋肉に痛みがあってね。そうしたら、難病の疑いありと脅されたよ。まあ、どうなるかわからんが、後のことは任せた」

笑いながら江藤の肩を叩いたが、江藤は厳しい表情で聞いた。

「難病と言われましても、いったい何の病気ですか」

江藤が不安になるのも当然だ。自分自身もこの先どうなるかわからない。もちろん間違いということもある。だが、もしものことも考えるのが経営者だ。隠すことなく江藤に病名を告げた。

「ＡＬＳだ。まだはっきりとはわからないが、万が一の時は治療に専念することになるだろう」

正直に病名を明かすと、江藤は全身を強張らせながら言った。

「間違いであることを願っています。この会社には会長が必要です」

江藤の口調には嘘がない。この男は真面目だが、野心がない。それが後継者に指名した理由でもある。今年五十七とまだ若いが、これまで一緒に会社を支えて、ともに苦労してきた戦友だ。会社にはまだ若手が育っていない。社長に就任した時、古参の役員を退任させたからだ。幹部の平均年齢は低い。江藤はその筆頭だった。自分の後継者と思っていた一人息子が他界してから、次は江藤にと決めていた。

「このことはまだ他の役員たちには言うな。結果がわかってからでいい」

あらぬ憶測で下手に派閥工作など起こされたくなかった。

「わかりました」

「もう一つ頼みがある。妻には絶対にこのことは言わないでくれ」

江藤はすべてを察したらしく、黙って頷いた。それ以上何も言わず、江藤の肩をもう一度叩き、会長室に戻った。


【二月九日】

すべての仕事をキャンセルして、聖恵大学附属病院に検査入院していた。二日間検査を受け、これから結果が告げられる。医師は厳しい眼差しを向けた。

「検査の結果が出ました。残念ながらＡＬＳの可能性が高いです」

医師の言葉を聞いた瞬間、しばらく動けなかった。

「間違いないのですね」

「検査結果に病気の特徴的な症状が出ています」

「治療法は？」

「今のところ有効なものはありませんが、症状を軽減するような処置はできます」

医師が言う処置とは人工呼吸器や胃ろうなどの対症療法だった。根治療法で有効なものはない。今後の研究次第では新たな治療法の開発への期待はあるものの、いつになるかはわからないと言われた。

落胆しながら診察室を出た。だが、ここで嘆いていても仕方がない。死を待つよりも何か行動すべきだ。その前に敵を知る必要がある。スマホでALSについて調べた。

ALS——筋萎縮性側索硬化症——は運動神経系に障害が起こる進行性の神経疾患だ。この病気に罹患すると脳から脊髄につながる上位運動ニューロンと、脊髄から末梢《まっしょう》神経へつながる下位運動ニューロンの両方に障害が出る。

病気が進行するとあらゆる運動ニューロンに障害が出て、自力歩行ができなくなり、車椅子が必要になる。さらに病気が進むと、食物を飲み込みにくくなり、会話も困難になる。最後は自発呼吸が困難になり、人工呼吸器が必要となる。同時に言語、嚥下《えんげ》にも障害が出る。

これまでいくつもの困難を乗り越えてきたが、さすがに今回はなす術がなかった。自力ではどうにもならない病という壁を前に、落ち込んだまま病室に戻った。

【二月十日】

翌日、退院した。治療法がない限り入院に意味はないと考えた。病気を知り、生き残る方法を模索するため情報を集めた。だが、医療技術の進歩よりも病気の進行のほうが速いとわかった時点で死を意識せずにはいられなかった。

一瞬頭を過ったのは安楽死だった。その時立木知之の顔が思い浮かんだ。立木には、丸神ロジグループが経営している病院の院長職を頼んでいた。父が当時知り合いだった理事長から引き受けた病院だったが、それを緩和ケア専門の病院へと刷新していた。

立木の携帯に連絡した。一通りの事情を話すと立木は励ましの言葉をかけた。

「確かに深刻な病気だ。だが医学の進歩は日進月歩だ。治療法は見つかるはずだ」

立木の言う通り、いくつかの有効な治療法や医薬は研究されているようだが、いずれも臨床にはかなりの時間がかかる。

「その治療法が実用化される頃には、俺は死んでいるだろう。せめて病気の進行を止める方法でもあれば別だが」

藁にも縋る思いで言ったが、立木はその言葉に反応した。

「ある。もし死ぬ覚悟ができているなら、試してみる価値はある」

「まだ公表されていない研究でもあるのか」

「現代の医学では治療法はない。だが、未来への希望はある」

「未来への希望だと。気休めはやめてくれ」

「一度会って話そう。近々病院に来てくれ」

「わかった。近いうちに行くよ」

半信半疑のまま電話を切った。

【二月十三日】

夕方六時。青海友愛病院を訪ねた。立木が言う未来への希望という言葉が気になっていた。仮にその情報があてにならなくても、立木には安楽死について聞くつもりだった。

日本では安楽死は認められていないが、海外で実例があることはニュースで知っていた。ただ、安楽死についての知識がない。院長の立木ならば何らかの情報は持っているはず。そう思い立木を頼ることにした。

社用車を降りると、エントランスを通り抜け、まっすぐ院長室に向かった。

青海友愛病院は病床数五十に満たない中規模施設だが、環境は悪くない。院内は白を基調としていて間接照明の淡い光がやさしい印象を与える。どこか避暑地のホテルを思わせるような雰囲気がある。

院長室で立木が出迎えてくれた。

「急にすまない」

「いや、こんなに早く来てくれてうれしいよ」

ソファーに腰を落とした時、足が痙攣した。以前よりも痛みが強い。

「具合はどうだ」

立木に聞かれたが、痙攣のことは話せなかった。まだ自分が難病になったという実感を持てなかった。

「四日前に診断を受けたばかりだ。まだ実感がない。ただ、漠然とした不安がある」

「精神的な痛みのケアはこの病院でも大きな治療の課題となっている。痛みは緩和できるが、精神的な痛みは薬だけではケアできない」

「そうだろうな。さすがに病名を聞いて落ち込んだ。調べれば調べるほど絶望しかないことがわかったよ」

「落ち込む気持ちはよくわかる。いやよくわかったと言ったほうがいいか」

立木の言い方が気になった。

「どういうことだ」

「どうやら悪性のようだ」

「なんだと、まさかおまえ――」

「膵臓がんだ」

「治療は――」

「治療をするつもりはない。私は医者だ。治るかどうかは自分でもわかる」

突然の深刻な告白だった。さらっと自分の病気が言える立木に驚いた。

「まさか、そんな状況とは――」

「気にしないでくれ。これでもかつては消化器内科の医師だった。嫌というほど症例を見てきた。今更驚くこともない」

「仕事は続けていけるのか」

「できる限り続けたい」

緩和ケア病院の院長として思うところがあるのかもしれない。それ以上詳しくは聞かず、本題に入った。

「電話で話していた未来への希望について聞きたい」

立木は手を机の上で組んだ。

「クライオニクスを知っているか」

――クライオニクス。聞いたことのない単語だった。

「なんだそれは」

「人体の冷凍保存だよ」

あまりに突飛な発想に言葉が出なかった。立木もそれは予想していたのだろう。「まあ、聞いてくれ」と先を続けた。

「現実離れしていることは百も承知だ。だが、私はいたって真面目だ。アメリカで実例がある。それに低温治療法は既に臨床で実用化されている」

そうはいっても冷凍保存となると話は別だ。素人目にも医療技術とは呼べない代物に思えた。

「本気で言っているのか。そんな技術が実用化できるとは思えん」

「冷凍状態での人体保存についてはまだ技術的に確立していない。だが、アメリカでは既にクライオニクスを実施している団体がある。ドナーは百人を超え、液体窒素の中で保管されている」

「そのドナーとやらは実際に蘇生したのか。成功事例はあるのか」

「まだない。あくまでも将来への信託だ」

「そんなものに命を預けられるか」

「だったら、病気を受け入れて、その先にある死を待つしかない。この病院では緩和ケアを専門にしているが、ALSについてはできることがほとんどない」

立木の言葉で冷や水を浴びせられた。確かに立木の言う通りだ。今現在希望はないに等しい。

「わかった。話を聞こう」

立木は頷いて先を続けた。

「クライオニクスはあくまでも未来の医学への信託だ。死んで肉体を失えば人間はこの世から完全に消えてなくなる。だが、人体保存ができれば、ＡＬＳの治療法が確立した将来に蘇生するという選択肢が残る。もちろん、まだ技術は確立していない。だから、無理強いすることもできない。興味がないなら、このまま帰ってくれて構わない。だが、少しでも希望が欲しいのなら研究者を紹介する。できればこの技術についてもっと知ってほしい。そして協力してほしい」

立木の意図はわかる。資金面だけではない。企業のトップとして協力できることがある。そう言いたいのだろう。

「その研究はどのくらい進んでいる」

立木は真剣な眼差しを向けた。

「技術面では聖恵大学の赤城教授が検証を進めている。彼女ならやってくれるだろう。君の協力があれば具体的な実験段階に移ることができる。どうだ、この計画に参加してみないか」

立木の話を聞いて思わず身を乗り出した。立木は曲がりなりにも大学病院で臨床を経験した医師だ。医学的な知識はもちろん、現場の医療にも精通している。その専門家が真剣に取り組もうとする姿勢は一考すべきだろう。だが、事は命に関わることだ。簡単に返事はできなかった。

「少し考えさせてくれ」

「良い返事を待っているよ」

その場では黙って頷くことしかできなかった。

【二月二十六日】

立木に会ってから二週間、会社に出社せず、自宅で過ごしていた。この日の朝、体に異変が起きた。

ベッドから起き上がり、いつものように立ち上がろうとしたが、足に力が入らない。そのまま前かがみに倒れてしまい、起き上がれなくなった。右足が動かない。筋力が極端に弱くなっていた。病気は確実に進行している。また一歩死に近づいていることを意識せずにはいられなかった。

身の回りの世話を頼んでいるヘルパーを呼んだ。病気の宣告を受けてからまだひと月にも満たない。想像以上に症状の進行が速かった。このまま症状が進めば車椅子の生活を余儀なくされる。結局この日は足を引きずり、移動するのがやっとだった。それ以降、歩行が困難となり、杖《つえ》を手放せなくなった。これから起こるであろう様々な障害を想像した。車椅子での移動、介護士による介助、そして人工呼吸器。やがて会話もできなくなり、意思疎通の手段も制限される。機械に頼って生きていく。そんな生き方に果たして意味はあるのか。何より意識がはっきりしながら、体が動かなくなる。まるで自分自身の体に閉じ込められるようなものだ。

この日から悪夢にうなされるようになった。眠ろうとすると金縛りにあって、体が動かなくなる。意識はあるが身動きが取れず、やがて暗闇の中で深い谷間の奥底に落ちていく。そんな夢だった。

翌日、心療内科で入眠剤を処方してもらった。日中も寝たきりで薬を飲んでは、眠り、起きている間はうつ状態が続いた。食欲がなくなり、体重は五キロ落ちた。

目の前に死を突きつけられて初めてわかった。自分は生きたい。死にたくない。この世から自分の存在が消えてなくなるのが怖かった。自分のいなくなった世界を想像したくなかった。安楽死を考えたこともあったが、今はどんな状態であろうとも、死を回避したいと思うようになっていた。

もはや頼れるのは立木だけだった。藁にも縋る思いで立木の携帯に電話した。立木は連絡を待っていたように聞いた。

「どうだ、気持ちは固まったか」

「ああ、協力させてくれ。俺を被験者にしてくれ」

「わかった。すぐに関係者を集める。少し時間をくれ」


【三月二十八日】


この日、最初の打ち合わせが都内のホテルの一室で行われた。かろうじて杖を突きながら自力で歩けたが、秘書の加賀《かが》を同席させ、万が一のため車椅子を用意させた。

この日、初めて白川紬と会った。白川を見た時、医師とは思えない佇まいに驚いた。銀色の髪に白いワンピース姿。胸にはシルバーの十字架のネックレスをつけている。肌が白く、細い体でまるでガラスのような透明感がある。それでいて、表情は深い慈愛に満ちており、全身に神々しさをまとっていた。何がそうさせるのかはわからないが、白川から滲み出る雰囲気に神山は引きつけられた。

テーブルに全員が座ると、立木がメンバーを紹介した。集まったメンバーは五人。立木と白川医師、そして聖恵大学医学部の赤城教授、秘書の加賀。赤城は聖恵大学で生理学の研究をしていると紹介された。白川とは対照的に赤茶色に染めた髪、フチなし眼鏡、快活そうな表情。医師というよりは風変わりな研究者といった印象だった。

紹介が終わると赤城がパソコンを操作し、技術的な説明を始めた。

「最初にお断りしておきますが、この技術は末期患者の病気を根治するものではありません。あくまでも人体の代謝を抑制するために開発したものです。細胞を保護する処置をしたうえで、氷点下で半永久的に人体を保存するための技術と考えてください」

全員を見回してから赤城は続けた。

「このコールド・スリープでは、二つの物質を利用して冷凍状態で人体保存を可能にしています。一つは細胞を保護する不凍活性物質。もう一つは虚血再灌流障害を防ぐための硫化水素です。それぞれの技術的な背景と動物実験の結果について説明します」

赤城はノートパソコン画面が全員に見えるように向きを変えた。

具体的な研究成果としてラットを使った実験データがグラフにまとめられていた。専門的なことはわからなかったが、研究の焦点が冷凍状態で細胞をどう保護するかに絞られており、そのための保護液の配合や保存条件についての検証結果が示されていた。

説明を聞いて、この研究の理論部分は完成していると感じた。ラボレベルだが、様々な検証試験を重ねて構築された理論には説得力があった。

赤城の説明が一通り終わると、立木が後を引き継ぐように続けた。

「様々な課題はあるが、今後データを積み上げていけば、より蘇生の可能性は上がっていくはずだ」

赤城が口を挟んだ。

「理論は完成していますが、まだラボレベルの実験段階でしかありません。技術的な検証テストが必要です。そのうえで学会への論文発表、そして厚労省への認可申請も必要だと考えています」

赤城の話を聞いていた立木の表情が曇った。

「それを待っていると人体を使った試験が実現するまでに、五年以上かかる。我々にはそんな時間は残されていない」

立木の発言で場の空気が張り詰めた。五年という数字は生存率を表す時に使われる。立木の病気の重さが暗に伝わってきた。自分にも同じ命のタイマーが作動している。ALSに罹患してからの生存年数も五年程度と考えられているからだ。

「被験者には献体と説明しよう。法的な条件を確認して準備を進めよう」

赤城は納得のいかない表情で言った。

「本来ならば順番が逆ですが、移植のための臓器保存方法の学術的な研究として検証結果をもとに論文を書きます。いずれは、きちんとした形で学会に発表します」

赤城は研究者としての姿勢を崩さなかった。

立木が頷きながら、新たな問題を提起した。

「最初の被験者は確保したが、今後被験者となって協力してくれる人間がどれだけいるか」

その時初めて白川紬が発言した。

「私が主宰するNPO法人で被験者を募ります。青海友愛病院の患者に会員が多数います。趣旨を説明して賛同者を募ります」

興味本位で白川に聞いた。

「そのNPO法人とはどういった団体ですか」

白川が顔を向けた。

「『死を待つ人の家』という団体です。末期患者が死の恐怖を克服するためのサポートが主な活動です」

「具体的には」

「精神的なケアの基本は傾聴と対話です。恐怖を克服するためには心の安定が重要です。人それぞれ抱えている不安や恐怖が違います。傾聴と対話を通して不安に共感し、どうやって死を受け入れるのかを時間をかけて話し合います」

立木が白川の説明を補足した。

「白川先生は臨床宗教師として末期患者の精神的なケアをされている」

白川は改めて自己紹介をした。

「カトリックの教会で洗礼を受けた後、臨床宗教師の資格を取りました。末期患者には緩和ケア以上に心のケアが必要です。宗教は精神的な支えになります」

「私もそのNPOに入りたいのだが」

「会員は末期患者が対象です」

「私はALSと診断された。難病を患っている」

白川はすべてを察したように頷いた。

「ぜひご参加ください」

自分がなぜこの場にいるのかを強く意識した。自ら背負った切迫した状況がこの計画を推し進める原動力になっている。

立木が別の問題点に触れた。

「法的な問題をクリアするため、処置は海外で行わなくてはならない」

「どこか候補地はあるのか」

その問いに立木は答えを用意していた。

「安楽死が認められている国はいくつかあるが、外国人の安楽死を認めているのはスイスだけだ。スイスには受け皿になる団体もある。問題はコールド・スリープの処置をする施設と保管場所だ」

立木の問題提起に赤城が答えた。

「受け入れ先なら問題ありません。必要な機材や保護液は輸出できます。特別な施設は必要ありません。聖恵大学のネットワークで地元の病院をあたってみます」

立木に疑問を投げかけた。

「現地の団体との交渉はどうするつもりだ」

「『ライフケア・アソシエイツ』という団体がある。安楽死の受け入れ実績があり、代表とは何度か会って趣旨を説明している。一定の理解を示し、日本人の受け入れにも承諾を得ている。あとは保管施設の問題だ」

彼らが求める解決策があった。

「つい最近ヨーロッパの大手物流会社と業務提携した。スイスにも拠点がある。低温倉庫が使えるかどうかあたってみよう」

「君は会社の経営から退いたのではないか」

「社長は退いたが、まだ代表権のある会長だ。社内に信頼できるスタッフもいる」

「コールド・スリープの件は社内の誰かに話したのか」

「彼にしか話していない」

秘書の加賀に視線を向けた。加賀は黙って頷いた。

「彼を中心に極秘のプロジェクトチームを立ち上げる。情報はチームメンバーだけに限定する」

立木が頷いたのを見て、さらなる提案を投げかけた。

「他にもサポートが必要だ。協力者のネットワークを作ろう。研究者、経営者、政治家に賛同を募り、水面下でサポート体制を作りたい。実用化には法的な整備や資金が必要になる。当面は俺が資金提供するが、保険を使った信託や管理のための団体が必要になるだろう。まだ体が動くうちになるべく賛同者を集めよう」

立木が同意した。

「私も有識者や研究者へ理解を求めてみる。世論に訴えかける前に協力態勢を作りたい」

それぞれが役割を認識し、この日の打ち合わせは終わった。

「この後少し残ってもらえないか。二人で話がしたい」

立木に言われ、加賀を待たせ、部屋に残った。

部屋に二人きりになった。立木がコーヒーを淹《い》れてくれた。コーヒーを飲み込もうとしてむせてしまった。

「大丈夫か」

何度か咳をして答えた。

「心配ない。ゆっくり飲めば大丈夫だ」

もはや嚥下にも支障が出るほど病状が進行している。医師である立木にはこれがＡＬＳの症状であることはわかったはずだ。最近では食事の時にも何度かむせる。嚥下が徐々に困難になっていくとは聞いていたが、これほど早いとは思わなかった。自分があとどのくらい食べたり飲んだりできるのかを考えると、気が滅入《めい》ってしまう。当たり前にできていたことができなくなっていく。これまでの人生がいかに恵まれていたのかを実感した。

「お互いタイマーのスイッチが入ってしまった。切れる前にこの計画を完成させたいものだ」

苦笑いを浮かべながら言ったが、立木の顔は真剣だった。

「礼を言う。この計画に協力してくれることに感謝している」

「勘違いするな。これは自分のためでもある。赤城教授の話を聞いて、この計画がただの夢物語じゃないとわかった」

赤城から技術的な説明を受けてから、この技術が、治療法がない難病に対抗するための唯一の手段だと考え直した。もちろん、すぐに実用化できるとは考えていない。ただ、いずれ実現する日が来ると信じている。

「課題は多いが、後進が研究を進めてくれる。将来の医学の進歩に期待しよう」

立木の言葉から医学者としての姿勢を感じた。

「俺は信託だと思うことにした。自らの体を将来に信託する。そのために信用できるシステムを作りたい。それが協力する理由だ」

協力を約束したのはひとえにそのためだった。死を前にして意識が変わった。自分が死んだ後、肉体は灰になり、永遠にこの世から消え去ってしまう。五十年後、百年後、さらにその先の未来を見ることはできない。自分の死は言い換えれば世界の終わりだ。永遠の終わりを前に、自分が存在しない世界にある種の恐怖を覚えた。その恐怖感をわずかでも拭い去ってくれるのがコールド・スリープだと思った。

「君のような合理的思考をする人間でもやはり死は怖いのか」

立木の問いに深く深く頷いた。

「さっき白川医師が言ったことが心に響いた。死の恐怖は当事者にしかわからない。死神に肩を叩かれ、近いうちに迎えに来ると言われた時、人は初めて死について本気で考える。最近眠れないんだ。抑うつも酷い。自分の死をどう受け入れたらいいかわからない。病気の宣告を受けるまでは、もっと冷静に自分の死を考えることができた。だが体が弱り、自由が奪われていく中で、これまで考えてきた死生観が崩れてしまった。死というものをいかに他人事と考えていたのか痛感した。正直に言おう。俺は死ぬのが怖い。生き残る可能性がわずかでもあるのなら、それに懸けたい」

「病状はそんなに良くないのか」

「計画を早く進めよう。俺の体が動くうちにできる限りのことをしたい」

「そのことで一つ心配がある」

「なんだ」

「君の立場だ。大企業の経営者であると同時に相当の資産家でもある。君の死は社会的な影響が大きい」

どうやら立木の心配は遺産相続のようだ。法的には妻が相続人となる。離婚届を出さないまま夫婦関係を続けてきてしまったことがここにきて災いしてしまった。

「無粋なことを聞くようだが、奥さんとの関係はどうなっている」

「離れて暮らしているが、まだ籍は残っている」

「後々面倒なことにならなければいいが」

コールド・スリープの問題の一つに処置後の法的な手続きがある。死亡届を出すべきかどうか。身体の保管をどう位置付けるか。死亡届が出された場合、失踪宣告をされた場合に遺産相続をどうするか。資産を持つ人間にとっては重要な問題だ。

「財産をいくつかに分割して信託したい。できれば基金を作り、運用してこの計画のために使いたいと思っている」

「具体的には」

「方法は考えるが、財団法人を作り、資産を個人から切り離す」

「奥さんはそれで納得するのか」

「納得させる必要はない。ただ、邪魔をさせないように遺産として少なくない額を相続させるつもりだ」

「私が口を出すことではないが、遺産相続は揉め事の最たるものだ。慎重に頼む」

「忠告はわかった。しばらく考えさせてくれ」

話を切り上げ、待たせていた秘書の加賀を呼んだ。加賀に体を支えられ、部屋を後にした。立木に言われた遺産相続について頭の中で考えを巡らせていた。

車で自宅に戻る途中、妻とのこれまでの経緯に思いを馳せた。

妻にはもう愛情はなかった。そもそも妻の美佐子との結婚は会社経営のための政略結婚と言われても仕方がない成り行きだった。

父、宗吉は立志伝中の人物だった。港湾整備事業にはかつて反社会的な勢力が介在していた時代がある。その勢力を追い出し、健全化させたのが父だった。宗吉は経営者としての才覚と人間的な魅力を兼ね備えていた。

だが、会社が大きくなり、地位が上がると父は変わってしまった。会社でも家庭でも暴君のようにふるまうようになった。企業としてさらなる飛躍を遂げるには家族的な経営からの脱皮が必要だった。

父を経営から切り離し、会社を改革するためには後ろ盾が必要だった。目をつけたのが、当時大手流通グループとして急成長していたミヤコヤだった。ミヤコヤは傘下にスーパーやコンビニ、外食チェーンを持ち、流通分野でコングロマリットを築き上げていた。創業者の都築勝平《しょうへい》には娘がいた。

業界のパーティに参加し、美佐子に近づいた。当時美佐子には交際相手がいた。相手は新鋭の芸術家だが、父親から交際を反対されていた。三十を過ぎてもお嬢様気質が抜けない美佐子にブランド品のプレゼントや贅沢《ぜいたく》な食事をご馳走することで気を引いた。さらに家族ぐるみの付き合いを意識し、家族旅行や食事を頻繁にした。都築家との親交が深くなった頃合いで、美佐子に結婚を前提に交際を申し込んだ。父親は賛成し、美佐子も承諾した。大手企業経営者の子女同士のカップルは業界でも注目され、美佐子との結婚は公になった。

強力な後ろ盾を得た後、社内の改革に着手した。自分が育てた幹部候補生を抜擢《ばってき》し、社内で派閥を固めた。外堀を埋め、社長である父親を退陣に追いやったのだ。父は経営から退き、代わりに自分が社長に就いた。父の側近たちを引退させ、組織の新陳代謝を図った。マスコミはお家騒動と騒ぎ立てたが、結果会社は成長した。

五十を過ぎた時、自分の一粒種である息子を後継者に考えた。だが、思わぬ形でしっぺ返しを食らう。息子雅人《まさと》が再生不良性貧血で突然入院したのだ。

再生不良性貧血の原因ははっきりわかっていない。造血幹細胞がなんらかの原因で損傷し、正常な血液細胞が作りだせなくなる難病だった。血液検査と骨髄の画像診断で発見されたが、その時に意外な事実がわかる。それが雅人の血液型から、自分とは血のつながりがないという事実だった。そんなことがあるはずがない。しかし、遺伝子検査の結果も同じだった。

妻を追及して真相がわかった。美佐子は知り合ってから結婚するまで他にも交際相手がいた。奔放な美佐子は結婚前から複数の恋人と付き合っていたのだ。雅人はそのうちの一人との間の子供だった。雅人には独特の才能を感じていた。一言でいうと、芸術家肌。神山家の血筋にはない繊細な感性は、妻の血筋かと思っていた。

思わぬ形で裏切られ、息子への愛情が揺らいだが、たとえ血のつながりはなくとも、幼い頃から愛情を注いできた息子はかわいい。子供に罪はない。怒りの矛先が妻に向いたのは必然だった。そんな矢先、妻は家を出て行ってしまった。

雅人はドナーが見つからないまま亡くなった。結果、家庭を失った。喪失感とともに神山が感じたもう一つの感情が安堵だった。血のつながりのない息子をどう扱えばいいのか、葛藤した。雅人が死んだことで神山家にとってのスキャンダルは外部に漏れず、面子《めんつ》は保たれた。だが、そう簡単に一人息子の死を割り切れるものではなかった。

雅人の死後、会社経営に心血を注いだ。喪失感を埋めるために働いた。自分にとって会社は子供にも等しい。そう思うことで、怒りを鎮め、自らの理性を保ってきた。これから先、未来永劫この会社の育ての親として君臨するにはどうすればいいのか。いつしかそんなことを考えるようになっていた。

気づけば車が停まっていた。車窓から自宅のマンションが見えた。運転手の手を借りて、部屋に戻った。

【四月七日】

病気は進行が速く、宣告から二か月で自力での歩行が困難となった。そしてついに車椅子での生活を余儀なくされた。

これまでなんとか秘書の助けを借りて、経営者として仕事を続けてきたが、日に日に体調は悪化し、ついに実質的に経営から身を引いた。経営の第一線から離れて取り組んだのが、コールド・スリープの実用化だった。これまで培ってきた経営者としての人脈と経験をもとにコールド・スリープ実現のための態勢づくりに着手した。

まず手をつけたのはこのプロジェクトの資金管理団体の設立だった。元社長室長の加賀を抜擢した。社内にも極秘のプロジェクトのため、私財を元手に財団を設立。名称を『ライフ・サイエンス財団』とし、医療技術の発展と技術開発への投資という名目で赤城の研究を資金的に支援した。加賀には会社を退職してもらい財団の理事長に任命した。財団は会社から切り離し、独自にスタッフを集めた。技術面、資金面、法律面と、あらゆる角度から問題点をクリアするため、協力者を募り、態勢を整えた。こうしてコールド・スリープの運用の基盤が出来上がった。

【五月八日】

この日の午後七時。関係者が財団の事務所に集まった。

「皆さまがお揃いです」

車椅子を操作し、中に入った。車椅子は電動で、手元のスティックで自由に動くものを購入した。財団の事務所はバリアフリー設計となっており、段差には必ずスロープが設けられていた。

会議室に入るとメンバーが席に着いていた。自分以外に立木、赤城、白川、加賀の四人が当初からのメンバーだった。

最初の打ち合わせは今年三月末。あれから一か月余りで態勢を整えた。自分の命の残り時間を計算しながら、スケジュールを最大限早めた。結果、最初の被験者をスイスに送り出すことができる。

全員が席に着くと、立木が口火を切った。

「今日は集まってくれてすまない。いよいよ決行の時が来た。最初の被験者として来月スイスに行く」

この二か月で立木は見るからに痩せていた。海外に渡航できる体力を考えたうえでの決断だったのだろう。自分にもいずれ決断の時が来る。いつどう決めるべきか。それは死を回避するものだと信じたいが、死を覚悟したうえでの決断でもある。

「現地のコーディネートは『ライフケア・アソシエイツ』に依頼した」

赤城が真剣な顔で立木に言った。

「時期尚早と言わざるを得ませんが、やむを得ないでしょう。現地でのケアは私が直接あたります」

「助かるよ。みんなにもここまでの尽力に感謝する。私一人ではここまで辿り着けなかった。特に神山には多大な協力を受けた」

立木は頭を下げた後、一言付け加えた。

「私の他にもう一人被験者がいる。青海友愛病院に入院している六歳の女の子だ。遷延性意識障害で回復の見込みがない」

患者はまだ六歳の子供だ。いくら治療の望みがないとはいえ、リスクが高い。立木に聞いた。

「本当に治療はできないのか」

「意識がないまま半年が経過している。回復の見込みはない。それどころか、いつまでもつかわからない」

「親は了承しているのか」

立木は首を縦に振った。

「まさか、そのためにおまえが最初の被験者になったのか」

立木は強い眼差しを向けた。

「本来この技術は難治性の疾病で将来を絶たれた子供にこそ使われるべきだと考えている。私はそのための踏み台でいいと思っている」

血のつながりがないとはいえ、一人息子の雅人を病気で失った経験から複雑な感情が生まれた。父親として子供を救いたいと願う反面、社会的な立場からスキャンダルを恐れ、心のどこかで雅人の死を望んでいた。雅人がもし今まで生きていて、現時点で病気で将来が絶たれたなら、この技術を奨めただろうか。わだかまり抜きで考えれば答えは明確だ。息子に生きてほしかった。たとえ血のつながりがなかったとしても、十三年間大事に育てた息子を失う辛さを思い知ったのだ。まして実の子供を持つ親ならば、子供に生きてほしいと願うのは当然だ。では、自分は何のために被験者となるのか。

「神山、どうした？」

立木に声をかけられ、我に返った。

「いや、なんでもない」

「とにかく、私は一足先に未来に行く。後のことは頼んだ」

気のない返事をした。

「俺もじきに追いかける。将来のことは寝て待つしかない」

その後も立木を中心に細かい段取りを話したが、どこか上の空で聞き流した。

打ち合わせは一時間程度で終わった。助けを借り部屋を出ると、白川紬に声をかけられた。

「神山さん、お車でお越しでしょう。私も一緒に乗せてくださらない」

「ご自宅はどちらですか」

「いえ、病院に戻りたいの」

自宅は台場《だいば》にある。同じ方向だった。

「結構ですよ。お送りしましょう」

加賀が気を回したように、言った。

「では私はここで失礼します」

加賀に頷いて返すと、白川と一緒に迎えの車に乗り込んだ。

「私に何か話があるんだろう」

車が発進してから、しばらくして白川の意図を確かめた。後部座席に並んで座る白川は微笑を浮かべた。

「少し都内をドライブしませんか」

「いいだろう」

運転手に首都高をしばらく走るよう伝えた。

「これでゆっくり話ができる。何を聞きたい」

「さっきの打ち合わせで、浮かない顔をされていたのが気になりました」

あの場で表情まで見られていたとは思わなかった。

「立木が言ったことを考えていた。私のような人生の終わりが見えた人間にとって、コールド・スリープにどんな意味があるのか。時間を止めたところでいずれ終わりは来る。延命したところで結局死は避けられない」

白川は疑うような視線で見つめた。

「それが本音ですか。私にはあなたがもっと違うことを考えているように見えました」

白川の鋭い洞察力に驚いた。まるで心の中を透視されたような気分になった。

「言葉は伝え方によって意味合いが変わるものだ。本音を言葉にできる大人は少ない。特に私のような立場では本音を隠して生きるのが当たり前になってしまった」

「もう建前は必要ないんじゃありませんか。死を前にすると人は正直になります」

「それは君の経験か」

「はい。死が迫ると人はこれまでいかに本音を隠して生きてきたかを実感します。そうやって後悔して死んでいく患者を何人も見てきました」

「私には後悔などない」

「では死を受け入れられますか」

やはり白川に心を見透かされている。もう一度自分の心に正直になって考えてみた。

「やりたいことはほとんどやった。人から見れば羨ましがられるほど恵まれた人生だったと思っている。ただ、だからといって死んでもいいとは思わない」

「つまり、後悔のない人生と死は別だと」

「そうだ。死を目の前に突きつけられた人間と死を意識していない人間には隔絶の差がある。死を客観的に考えられるうちは、死についてわかっていない。死は概念的に考えるものではない。本能的に感じるものだ。難病になり、死を意識して初めてそれがわかった」

白川の目に慈愛とも哀切ともとれる感情が見えた。

「私は幼い頃から死の恐怖に怯えて生きてきました。医師になったのも、宗教師になったのもすべては死の恐怖を克服するためです」

「ならば教えてくれ。どうすれば死の恐怖を克服できる」

死は避けられない。ならばせめてその恐怖を乗り越えたい。それこそが探している答えだった。

「答えはありません」

「医学と宗教をもってしても死の恐怖は乗り越えられないというのか」

「残念ながら——。ですが、私たちには希望があります。私はコールド・スリープを『エンドレス・スリープ』と呼んでいます」

「『エンドレス・スリープ』、果てなき眠りか」

「そうです。死ではなく眠りです」

「物は言いようだ。眠りと思えば幾分恐怖も減るかもしれないな。だが、そんなものは気休めに過ぎない」

根本的に死は避けられない。死を恐れる心はそんな言葉のごまかし程度ではなくならない。それが偽らざる本音だった。

「まさかあなたはコールド・スリープで、将来本当に蘇生できるとは信じていないでしょう」

「信じたいとは思っているが、無理だろう。ただ、立木や赤城教授は信じているようだな。あの二人のほうが、医学に対する信頼は私よりもはるかに強い。私もそれに懸けてみようと思う」

白川は怪訝な表情を浮かべたまま言い返す。

「私も医者の端くれですが、医学的な常識では冷凍保存からの蘇生などありえません。臓器バンクも実現するかどうか疑問です。人間の体は複雑です。コールド・スリープによる記憶障害や脳への影響は計り知れません。仮に人体を保存し、蘇生できたとしても記憶を司る脳細胞を保護できるのか。蘇生後、記憶を失った場合、その人間は果たして同じ人間なのか。未知なる課題は山積しており、現段階では実用には程遠い。医学的な課題以外にも社会的、法的な問題があります。それらの問題を先送りにして進めるのは無謀な試みと言えます」

「だったらどうして君はこの計画に参加しているんだ」

白川の本音が聞きたかった。根本的な技術に疑問があるのはわかるが、計画を推奨しているメンバーはそれらの課題を未来に先送りし、技術の進歩に託している。白川の考え方は現実的だが、あまりにも希望がないと思えた。

「私はホスピス病棟で長く働いています。たとえ医者に見放された患者であろうと最後まで希望を持っています。最後の瞬間まで奇跡を望んでいるのです。生きることへの執着は人間に備わった本能です。それが絶たれた時、人は絶望します。希望こそが死の恐怖から人を救う支えになるのです」

赤城の理論や立木の計画が砂上の楼閣に思えた。白川が今話したことにこそ、この計画の真の目的があるのではないか。そう思い始めていた。

「君は最初からそう思ってこの計画に参加したのか」

白川は否定も肯定もしない。ただ、意味深な言葉を告げた。

「アフリカにこんな諺《ことわざ》があります――『早く行きたければ一人で行け。遠くへ行きたければみんなで行け』。あなたが死を恐れるのは、一人だからです。同じ状況で同じ苦しみを抱えた仲間が誰もいない。だから誰も自分の苦悩をわかってくれない。すべての人間に死は訪れます。ですが、残念ながらあなたが言う通り、余命宣告された人間と死を遠くにしか感じられない人間には深い溝があります。同じ場所に立っていない人間には、その苦悩は到底わかりません。あなたに必要なのは共通の苦悩を抱えた仲間です。『エンドレス・スリープ』はその人たちをつなぐ希望だと思っています」

白川の言葉を嚙みしめながら考えた。医師も看護師も家族も、本人以外誰も末期患者の苦しみはわからない。所詮人間は最後は一人で死んでいく。ただ、少なくとも、希望のない世界で一人で死んでいくのはあまりにも辛い。遠くへ行きたければみんなで行け。その言葉通り、この計画を進めるうちに、仲間ができ、同じ苦悩を共有した。たとえ死から逃れることができないとしても、生を求めることは間違いではない。そう気づかせてくれる仲間だ。

白川の横顔に話しかけた。

「君に一つ頼みがある」

「なんでしょうか」

「私が眠りにつくまで時々会ってもらえないだろうか」

白川が真意を測りかねるような表情をした。

「他意はない。臨床宗教師として相談に乗ってほしい。話を聞いてほしいのだ」

白川は納得した表情で答えた。

「わかりました」

白川の微笑に束《つか》の間《ま》、心の安寧を得たような気がした。

車はちょうどレインボーブリッジを渡っていた。湾岸の夜景が目に飛び込んできた。無数の光が夜の街を照らしている。

「きれいな夜景ですね」

「この夜景が見られなくなると思うと寂しいものだ。案外人が生きたいと思うのはそんな単純な理由なんじゃないだろうか」

　しばらく黙って夜景を眺めていた。白川も何もしゃべらずただ黙って車窓を見つめていた。

　レインボーブリッジを渡り切ったあたりで白川が言った。

「そろそろ病院に戻ります」

　運転手に青海に向かうよう伝えた。

　車は台場で首都高を降りて、病院に向かった。病院前のコンコースに入り、車は病院の正面に停まった。白川はシートベルトを外して、顔を向けた。

「神山さん、『エンドレス・スリープ』は多くの人の希望です。どうかこれからも私たちを助けてください」

「わかっている。協力は惜しまないつもりだ」

「感謝します。また会いましょう」

　白川は頭を下げて、車を降りた。白川の姿が見えなくなるまで見送った。

24

——二〇一九年五月十五日　水曜日

午後九時半。矢島は今村から送られてきた原稿を手に捜査本部に向かった。

第五章の内容は、神山の視点で書かれていた。神山はＡＬＳと診断され、旧友の立木の奨めで、聖恵大学の赤城教授の話を聞き、『エンドレス・スリープ』に関心を寄せた。原稿には神山が立木の計画に賛同し、資金を提供するまでの経緯が詳細に書かれていた。加えて、白川紬との接点にも触れられている。神山が白川のＮＰＯ法人に入会した経緯、妻との出会いと結婚、別居に至る事情まで、神山の視点で書かれてある。

原稿に目を通しながら、弓成は時折ため息をついた。十分程度で弓成は原稿を読み終え、捜査員にコピーするよう指示した。

「これを書いたのが白川紬だとすると、内容が疑わしいところだ」

矢島も弓成に同意した。

今村は第五章を白川紬から受け取ったと言っていた。神山自身が原稿の下書きをしたのか、それとも、白川が神山から聞いた内容をまとめたのかはわからない。ただ、これまでブログにあがっている内容には事実と違う点がいくつもあった。この原稿にも虚構が紛れている可能性が高い。

弓成は低い声で言った。

「真偽はともかく、重い内容だった。あの原稿を読んで身につまされた。実は俺も母親をがんで亡くした。痛みで殺してくれと何度も訴えていた。医者に任せて、延命治療をやったが、それが良かったのかどうか今でもわからない」

それは警視庁の管理官としての言葉ではなく、弓成個人としての感想だろう。ただ、この原稿の読者も少なからず同じような感想を抱くはずだ。白川がこの原稿を本にまとめて、配付する目的はそのあたりにあるのかもしれない。

矢島が弓成に聞いた。

「白川の所在は？」

「まだ摑めていない。だが、白川紬が明後日の講演会に出るのであればその時に聴取できる。事の真偽は白川紬に直接聞くしかないな」

白川はこの事件のキーパーソンだ。すべての答えを知っている存在とも言える。だが、火災事故によって遺体が発見され、世間を騒がせている状況で、果たして講演会に参加するだろうか。

「白川は講演会に参加するでしょうか」

弓成はやや考えてから、答えた。

「この原稿を出版社に送ったということは参加するつもりだろう」

その時、弓成が持っているスマホが鳴った。

「なんだと、湾岸署に来ているのか。――わかったすぐに行く」

スマホを切った弓成は深刻な表情だった。矢島は弓成に聞いた。

「どうしたんですか」

「神山美佐子が湾岸署に来ている。夫の遺体を引き取りたいと言っている」

「どうするのですか」

「事情を聞く。おまえも来い」


午後十時過ぎ。神山美佐子が待つ会議室には捜査一課の主任と弓成、そして矢島の三人が入った。会議室の中央に置かれた六人がけのテーブルに神山美佐子が座っていた。矢島たちが席に着くと、美佐子は憮然《ぶぜん》とした表情で睨んだ。弓成が丁重に頭を下げた。

「お待たせして申し訳ございません。お話を伺います」

美佐子は視線を弓成に向けた。

「あなたがこの事件の捜査責任者なの」

「はい。捜査本部の管理官をしております」

「だったら話が早いわ。すぐに夫の遺体を返してくださらない」

弓成は眉根を寄せた。

「申し訳ございません。すぐというわけにはいきません」

「どういうこと。遺族が遺体を引き取りにきているのよ」

まるで忘れものでも取りに来たような言い方だった。弓成は落ち着いた声で答えた。

「ご主人の遺体は冷凍倉庫で発見されました。通常このような場合、異状死とみなされます。異状死の中でも犯罪性が疑われる場合、司法解剖が必要です。ただ、今回のケースは事前に関係省庁との調整も必要となっております」

「関係省庁って何よ。見つかったのは主人の遺体で間違いないんでしょう」

美佐子は声を荒らげ、弓成を睨んだ。高圧的な態度をかわすように弓成が応じる。

「遺体の確認は後日改めてやります」

「後日ってなに？　早くしてちょうだい」

「なぜそんなにお急ぎになるのです」

美佐子は弓成の言葉に表情を硬くした。強い口調で弓成を責めるように睨んだ。

「倉庫に置いたままにしておくわけにいかないでしょう。早く弔いをしないと、主人も成仏できないわ」

「ご主人がなぜ冷凍倉庫で遺体となって発見されたのか。それを調べるのが、我々警察の仕事です。逆にお聞きしますが、奥様はご主人がなぜお亡くなりになったか、ご存じないのですか」

バン、という大きな音が会議室に響いた。美佐子がテーブルを叩き、立ち上がった。

「そんなことはあなたたちに関係ないわ。早く夫を返してちょうだい」

弓成の横に座る本庁捜査一課主任が慌てて立ち上がる。弓成が主任を抑え、美佐子に言った。

「奥様、落ち着いてください。遺体をお返しするための手続きは進めております」

美佐子は顔を背けて座った。

弓成が質問する。

「奥様はご主人がご病気だったのをご存じでしたか」

美佐子が顔を背けたまま答える。

「ええ、ＡＬＳよ」

「では、その後の療養や、お亡くなりになるまでの経緯は？」

美佐子が眉根を寄せて、弓成を睨む。

「主人とはここ一年ほど連絡が取れなかったのよ。心配だったから色々と調べてみたの」

「警察に行方不明者届は出されましたか」

「そんな大ごとになっているなんて知らなかったのよ。いずれ自宅に戻ってくるだろうと思っていたけど、まさかあんなことになるなんて」

美佐子が顔を伏せる。矢島にはそれが演技にしか見えなかった。夫婦関係は破綻していた。だから、夫が遺体で見つかるまで何の疑問も抱かなかったのではないか。

弓成が質問を続ける。

「ご主人が生前どんな活動をされていたかご存じですか」

「ええ、医療技術の発展に貢献したいと、資金的な援助をしていたことは調べたわ」

「ご主人がＮＰＯ団体に協力されていたことは？」

「知っているわよ。なんて言ったかしら、あの団体、死を待つ――」

「『死を待つ人の家』ですね」

「そう、その新興宗教みたいな団体よ。私は反対したの。あの人の家まで行って、直接話したわ。どんな団体かは詳しくは知らないけど、なんだか怪しそうだったから関わらないようにって。でも、主人は聞く耳を持たなかったの。きっと主人を殺したのは、あの怪しい団体よ」

「なぜそのように思われるのですか」

「主人はその団体に騙《だま》されて、私財を投じて活動に参加していたのよ。難病だっていうのに、随分と活動にのめり込んでいたわ」

「その団体を主宰している白川紬という女性をご存じですか」

「主人はあの女に騙されていたのよ。病気の不安もあったんでしょうけど、なにもあんな宗教まがいの団体にお金を出すなんて」

ＮＰＯ団体の活動には徹底して批判的な姿勢だった。

矢島が口を挟んだ。

「白川紬とご主人はどのような関係だったと思われますか」

美佐子の怪訝な視線が矢島に向けられた。

「あなた、何をおっしゃりたいの」

「生前の神山雄一郎さんの交遊関係はどうだったのかと」

「随分と不躾《ぶしつけ》な質問ね。まあいいわ。身内の恥をさらすようだけど、主人は奔放な性格だったから、外に女もいたわ。何人か知っているけど、白川って女もきっとその一人じゃないかしら」

あけすけに身内の恥をさらす夫人には、夫に対する愛情が何も感じられなかった。

「外に女をということは、ご主人には交際相手がいたということですか」

「そうよ」

美佐子は投げ捨てるように言った。

「失礼ですが、奥様はその交際相手をご存じですか」

美佐子の厳しい視線が矢島を捉えた。

「あなた本当に失礼な人ね。警察がそんなプライベートなことをずけずけ聞いてもいいの」

弓成が取りなすように、言い繕う。

「今回の事件はかなり特殊でして、実は見つかった六人の遺体それぞれに互いに何らかの関係があったようなのです」

美佐子が顔を横に向けた。

「事件と関わりがあるなら仕方がないわね。見つかった遺体の水島優子とその娘を調べてみるといいわ」

「どういうことですか」

「そういうことよ」

美佐子はそれ以上、夫のことには触れなかった。

「なるべく早めに遺体を頼むわね。こちらも葬儀や遺産相続の手続きを進めないといけないの。今日のところはこれで失礼するわ」

美佐子は話を切り上げ、席を立った。弓成が主任に指示して美佐子を送らせた。

会議室に弓成と矢島が残った。

「いけすかない女ですね」

矢島の言葉に弓成も頷いた。

「だが、収穫はあったな」

「水島優子と娘の麻里ですね。やはり原稿にはかなり作り込まれた嘘があったということですね」

弓成は矢島の意図を察したようだ。

「神山雄一郎と水島優子の関係をもう一度調べてみよう」

矢島はその時あることに気づいた。あの原稿が巧妙に作られたフィクションだとしたら、その目的は真実を隠すためだ。だが、そのフィクションを作り上げた人物が、そのどこかに真実を隠していたとしたら――。

矢島が弓成に顔を向けた。

「遺体とともに見つかった折り紙ですが、ＱＲコードは遺伝子情報でしたよね」

「そうだ」

「ＱＲコードに残されたＤＮＡ情報は故人を特定するだけでなく、親子関係を証明するためのものだったとしたら――」

弓成は矢島の意図に気づいたように返した。

「もう一度データを照合してみよう」

25

午後十時二十分。矢島は刑事部屋に戻ると、残っていた的場がデスクで、『エンドレス・スリープ』のコピーを読んでいた。

的場が矢島に気づいて、顔を上げた。

「新たに原稿の疑問点が見つかった。水島麻里は神山と優子の娘かもしれない」

「なぜそんなことがわかったんですか」

「神山美佐子の証言だ。生前神山には妻以外に交際相手がいた可能性がある。水島優子がその一人だ。本部でＤＮＡ情報を照合してもらっている。すぐに答えがわかるだろう」

的場が頷いて、原稿の内容を確かめるように聞いた。

「白川がこの原稿を書いた理由は『エンドレス・スリープ』を広めるためだけでしょうか」

「他に何か気づいたのか」

「原稿の中で白川はコールド・スリープを死の恐怖を克服するための手段だと言っています」

第五章の最後、白川と神山の対話にそのことが書かれている。的場が続けた。

「立木は、病気で将来を絶たれた子供にこそ、この技術を使いたいと語っています。作中に登場する水島の娘のケースのようにまだ幼い子供が治療法の確立されていない重病で余命宣告をされた場合、人体を冷凍保存することで未来に希望をつなぐという考え方は心情的に納得できます。ただ、原稿ではコールド・スリープについては科学的な裏付けがなく、研究実績も論文も発表されていないことを認めています」

それについては矢島も調べていた。

「アメリカやロシアのクライオニクス団体では、蘇生の成功例は見つからなかった。その点でこの技術はまだ確立されているとは、とても言えない」

「コールド・スリープが死の恐怖を克服する目的だとしたら、死亡した後も遺体を保管する必要があるでしょうか」

確かに的場の言う通り、白川の目的を考えた場合、遺体の保管に意味はない。

「被験者が死んだ時点で、死の恐怖は終わっている。だが『エンドレス・スリープ』を末期患者の『救い』として広めようとした時、蘇生のためには遺体が必要だ」

「原稿では赤城教授がコールド・スリープの理論が完成したと説明しています」

「白川が提唱する死の恐怖を克服するための『エンドレス・スリープ』は赤城の技術があってこそ成り立つ。つまり、白川にとって赤城の協力は必要だった」

聖恵大学で赤城に事情を聞いた時、赤城は白川に対して不信感を持っていた。人体保存に対しても、技術的にはまだ確立していないと話していた。

「白川にとっては赤城にコールド・スリープの技術が本物だと言わせなければならない。だから、原稿では赤城が技術的な検証テストを実行し、協力したように書いたんだ」

「他にも疑問があります。なぜ白川紬は面倒な手続きを踏んで、被験者をスイスに渡航させてまで、人体保存を進めたのでしょうか」

「原稿に書かれているコールド・スリープの手順は、被験者に安楽死と同じような処置を施したうえで、コールド・スリープの処置をしている。血液を保護液に置換し、細胞を氷結晶による損傷から保護するため、死亡と同時に処置をする必要があると書かれている。

だが、日本では積極的な安楽死が認められていない。そこで、一連の処置は外国人の安楽死が合法とされるスイスで行われるとされている」

「そんなことが本当に可能なのでしょうか」

的場の感じた疑問を、矢島も考えていた。

「理屈は通るが現実的ではない。何より遺体として見つかった六人の出国記録がない」

「原稿では神山雄一郎が資金提供し、赤城がスイスでコールド・スリープの処置をすると書かれています。にも拘わらず遺体は日本の冷凍倉庫で見つかった」

的場の疑問はもっともだ。

「遺体はスイスで処置されていない。全て日本で処置された」

突き詰めればスイスでの安楽死の処置も、赤城の技術的な協力もすべてが偽装だとしたら。

「あの原稿にとらわれ過ぎると事件の本質を見失う恐れがある。もしかすると、俺たちは何かを見誤っているのかもしれない」

これまで原稿を重要な手がかりと考えて、捜査を進めてきたが、そこには偽装が含まれていた。つまり、原稿はコールド・スリープの処置を合法化するために書かれたのではないか。

「もう一度事件の原点を調べてみよう」

「どうするつもりですか」

「明日の朝大井埠頭に行く。現場の倉庫をもう一度調べたい」

その時、矢島のスマホが震えた。着信は弓成からだった。

「DNA情報を照合した。美佐子の言った通りだ。水島麻里は神山雄一郎と水島優子の娘だ」

やはりそうだったか。原稿の虚偽がまたも露呈した。

「それと、神山が作った『ライフ・サイエンス財団』について角田に調べさせた。資金の管理と運用を任されていた加賀の証言では、資金の提供先は神山が独断で決めていたそうだ」

「資金の流れは？」

「ほとんどが赤城教授の研究に使われている。詳しい報告は後で角田に直接聞くが、赤城はコールド・スリープに関わっていたようだ」

赤城の証言に疑いがある。

「それだけじゃない。加賀が妙なことを言っていたらしい」

「なんですか」

「美佐子は雄一郎が難病になったと知ってから夫を気にかけるようになったそうだ。それまではまったく関心を持たなかったのに」

神山夫婦の関係は破綻していた。にも拘わらず、美佐子は病気の夫を気にかけていた。

「遺産相続が目的でしょうか」

美佐子にとっては神山が死んだという事実がなければ、保険請求も、遺産相続もできない。美佐子は遺産相続のために神山の生死の確認をしていたと考えられる。

「美佐子の言動からはそう取れるな。ところで、原稿の続きはどうだ」

矢島は腕時計を見た。午後十一時過ぎ。今村から連絡はまだない。

「編集者に連絡を取ってみます」

矢島は電話を切ると、すぐに現代出版の今村の携帯に電話を入れた。携帯はつながらなかった。その後も何度か連絡を入れ続けたが、電話は不通だった。

26

——二〇一九年五月十六日　木曜日

午前八時過ぎ。矢島は的場を連れて大井埠頭に向かっていた。的場に運転を任せ、矢島は外を眺めていた。大井埠頭の近くまで来たところで渋滞にはまり、車は進まなかった。トラックが列を作っている。車はトラックに挟まれ身動きが取れなくなった。

「やたらトラックが多いですね」

的場に言われ、矢島が気づいた。

「今日は十六日か」

「それがどうかしたんですか」

「冷凍倉庫の保管料は一か月を前半、後半に分ける二期制だ。今日から期が変わる。荷主は保管料を節約するため、十六日に荷物の入庫が集中するんだ」

「矢島さん詳しいですね」

「昔倉庫で働いていたって言っただろう。ところで、あの遺体の荷主は誰なんだろうな」

「それ、本庁が調べているんですよね」

丸神ロジスティクスの聴取は本庁一班が担当している。

「昨日の会議でその話は出なかったな」

「まだ入庫記録も、関連の書類も見つからず、調査中だそうです」

「丸神ロジスティクスの関係者の誰かが極秘に入庫した可能性はあるな」

「そもそもあの遺体が輸入されたものではないということですか」

「あの遺体が輸入されたという根拠は保税庫で見つかったことだ。保税庫にある荷物は外貨という常識にとらわれ、誰もが海外から遺体は輸入されたと考えた。しかも、それを裏付けるように『エンドレス・スリープ』という原稿が見つかり、遺体の身元や経緯がわかった。遺体はスイスから運ばれてきたというストーリーが出来上がってしまった。だが、海外から輸入されたという根拠は見つかった場所だけだ。だから出国記録もない。そもそもあの遺体は世間から隠す必要があった。だからあえて保税庫に保管したのだとしたら――」

「つながりますね、しかも遺体の一つは見つかれば必ず遺産相続の問題が出る丸神ロジグループの元会長神山雄一郎です」

霧が晴れたように頭がクリアになった。

前のトラックが動き出し、車が流れ出した。

「なんだか先が見えてきましたね」

矢島はスマホを取り出し、湾岸署の袴田に電話した。

「ヤジか、おまえ今どこにいるんだ」

矢島は袴田に事情を伝えたうえで、遺体に関する推察を伝えた。

「つまり遺体は最初から倉庫に置かれていたってことか」

「まだ仮説ですが、関係書類が見つからないということは、そもそも輸入されていない可能性があります。出国記録も見つかっていません。丸神ロジスティクスへの捜査をやり直すよう本庁に申し入れてください」

「わかった。おまえたちはこれからどうするつもりだ」

「大井埠頭に向かっています。もう一度現場を調べてみます」

「何かわかったら、必ず連絡をくれ」

矢島は返事をして電話を切った。車は大井埠頭の構内に入った。


午前九時半。大井埠頭の一角にある水産ターミナルのゲート前で車は停止した。的場が詰め所の係員に警察手帳を見せると、係員は許可証を渡した。丸神ロジスティクスは水産ターミナルのちょうど中央部にある。的場は丸神ロジスティクス大井第一物流センターの前に車を駐めた。

現場の倉庫前には、警察車両が並んでいた。周辺にテープが張られ、地域課の警官が数名立っている。矢島は警官に話しかけた。

「現場を見たいんだが」

警官は矢島に敬礼して、体を横に向けた。

「中に誰かいるか」

「警察関係者は誰もいません。消防官が数名だけです」

矢島は的場を連れて倉庫に入った。エレベーターに乗り、五階のボタンを押した。エレベーターの中で的場が話しかけた。

「火災事故は消防に任せたのでしょうか」

「だろうな。消防は火災。警察は遺体。お互いの縄張りには踏み込まない」

的場の話を聞き流そうとしたが、何か引っかかった。

「警察はなぜ火災を調べないんだ」

「火災と遺体に関連性がないと考えたからじゃないですか」

「本当にそうなのか」

的場が訝しげな顔をした。矢島の頭の中で何かがつながった。

「火災が起きたから遺体が見つかった。遺体が見つかったから身元を調べた。もし火災がなければ遺体は倉庫に保管されたままだった」

「まさか、偶然じゃないですか」

「偶然にしては出来過ぎな気がする」

「どういうことですか」

「火災は事故じゃない。作為的に起こしたとしたら――」

矢島は的場と顔を見合わせた。

エレベーターが止まり、五階で降りた。遺体発見現場をもう一度確認するため、倉庫棟に入った。遺体があった保管庫の荷物はすべて移され、電源も止まっている。壁や床には黒い焦げ跡が残っていた。

矢島は遺体があった場所をもう一度観察した。この場所で遺体を見つけたのは三日前。火災発生現場はこのすぐ上の屋上。火元から冷媒に燃え移り、火の勢いが強くなって、下の階の倉庫部分に燃え広がったようだ。

「火災当日は改修工事をしていたはずだ」

的場が補足した。

「外壁の補修だと聞いています」

「定期的な補修か」

「さあ、詳しくはわかりませんが」

矢島は屋上に向かう階段を上がった。屋上部分には床や機材類に黒く焦げた場所が目立ち、所々ブルーシートがかけられていた。

矢島は現場付近にいた年配の火災調査官に近づき、警察手帳を見せて話しかけた。

「湾岸署の矢島です。少しお話を伺ってもいいですか」

火災調査官は顔を上げて、矢島を見た。

「大森消防署の調査官で清水《しみず》と申します。現場で責任者を任されています」

清水は見たところ、五十代くらいで消防官としてもベテランに見えた。

「刑事さんが現場検証ですか」

「死体遺棄事件を担当しています。火災との関連性がないかと思いまして」

「そうですか。実はまだそこまで手が回っていないんですよ」

「と言いますと？」

「現場検証作業に追われて工事関係者には火災発生に関する聴取しかしていません」

清水の言い方から、事件ではなく事故としての聴取しかしていないと理解した。

「火災の原因はわかったんですか」

清水は渋い顔で答えた。

「それがはっきりしないんです」

火災発生から三日。火災による消失で証拠が残っていないとはいえ、何らかの手がかりはあるはずだ。

「考えられる可能性は？」

「はっきりしているのは可燃性の断熱材に着火して燃え広がったということです。でなければ、これだけ広範囲には燃え広がりません。ただ、火元がわからないんです」

清水はブルーシートで覆われた外壁部分に視線を向けた。矢島も清水の視線を追いかけた。

「冷却装置の回線のショートや作業員の火元の不始末など、考えられる原因は色々あります」

「火元の不始末とは？」

「いえね、現場で煙草を隠れて吸う作業員がたまにいるんですよ。注意喚起はされていますが、施工業者は目が届かずに見逃してしまうんでしょうね」

清水が言ったことが妙に気になった。矢島は現場をもう一度俯瞰した。ブルーシートに覆われてはいるが、晴れていれば埠頭が見渡せる場所だ。晴れた日の屋外での喫煙は気分がいい。矢島も初めて現場を訪れた時、岸壁で一服している。

的場が横から清水に質問した。

「冷凍倉庫の火災というのは過去にも多かったのでしょうか」

的場の質問の意図がわからなかったが、矢島は黙って聞いた。清水は嫌な顔を見せずに、丁寧に答えた。

「冷凍倉庫は庫内の温度を保つためにウレタン樹脂やスチロール樹脂など可燃性の合成樹脂を多く使っています。ですが――」

清水が語尾を濁した。

「なんでしょうか」

「いえ、気になるというほどのことではないのですが、冷凍倉庫の火災は建物に断熱が施されているため室内の温度が上がりやすいので深刻な被害になるケースが多いんです。通常この規模の火災では多数の被害者が出てもおかしくありません」

的場が頷きながら聞くのを矢島は黙って見ていた。

清水への聞き取りを終えると、既に時刻は正午を回っていた。

「どこかで飯でも食おう。頭を整理したい」

言った途端にスマホが震えた。着信は現代出版の今村からだった。

「すみません。何度もお電話をいただいていました」

今村の声はかすれていた。

「いえ、原稿の続きが気になりまして」

「昨夜、最後の原稿が送られてきました。なんとか明日の納品に間に合わせてくれということでしたので、かなり無理をして昨夜中に入稿しました。校正も必要ないというので、最低限のチェックだけで校了して印刷、製本に入るところです」

「すぐに私のメールに送ってください」

「そう思って先ほどメールを入れたところです」

矢島は手短に礼を言って電話を切った。的場に指示を出す。

「すぐに署に戻る。最後の原稿が送られてきた」

「食事はなしですね」

スマホから漏れた声が的場にも届いていたようだ。

「すまん。急いでくれ」


一時前。署に戻った矢島はすぐにデスクに向かい、パソコンを立ち上げた。今村から送られてきたメールを開き、原稿を二部印刷して、そのうち一部を的場に渡した。

「最後の原稿だ。おまえも読んでおけ」

的場に原稿を渡すと、矢島は最初のページを見た。これまでと同じく原稿は、章のタイトルになっている人物の一人称で書かれていた。

第六章　白川紬（39）職業　NPO法人主宰

【二〇一九年五月十五日】

第六章を書くにあたって、どうしても伝えなければならないことがある。この本を読む人たちの希望が邪推で水を差されないよう、そして『エンドレス・スリープ』の理想と現実について知ってもらうため、あえてあの事件について触れようと思う。

事件とは二〇一九年五月十三日、大井埠頭で発生した冷凍倉庫の火災、その現場で見つかった遺体についてである。遺体は火災事故で偶然発見されたと報道されたが、実際は違う。

火災事故が人為的だったかどうかは、消防と警察の調査でいずれわかるだろう。私が伝えなければならないのは、遺体がなぜあの場所で見つかったかだ。

様々な憶測が世間に出回るだろうが、心配なのは真実が伝えられるかどうかだ。ここに書こうとしていることが真実だと思ってほしい。しかし、それ以上に知ってほしいのは、何のために、あの遺体をあの場所に保管したのかである。

それは、死を前にした人間にとっての『救い』のためだ。

なぜ私がこんなことをするようになったのか、それを知ってもらうために、少しだけ私の過去のことを書き記そうと思う。そのうえで、これまで綴ってきた五人のエピソードの結末をこの第六章に書き残したい。それが、私の役目であり、この原稿が本になった時、多くの人に伝えるべきことだと信じている。


私は幼い頃から怖がりだった。私を慰めてくれたのは姉だった。姉には怖いものはなかった。真夜中のトイレにも、近所の大きな犬にも、学校の怪談話にも、姉はいつも冷静に対処した。一時、姉には心がないんじゃないのか、そう思ったこともある。でも、それは違っていた。後で知ったのだが、姉はいくつかの深刻な病気を抱えていた。幼い頃から体が弱く病気がちだったが、姉が病気の不安や辛さを話すことはなかった。姉は不安や恐怖、痛みを感じない体だったのだ。

姉の病気は白皮症《はくひしょう》というもので、皮膚のメラニン産生に障害が出る病気だった。色素欠損で全身の皮膚は白く、髪も白髪だった。夏でも長袖の服を着て、遮光のために目深《まぶか》に帽子をかぶっていた。原因は両親どちらかの遺伝子の異常だった。そのため両親は次の子供を授かる前に遺伝子治療を受けた。そうして生まれたのが私だった。

——私が紬の病気を全部引き受けてあげる。

——その代わり紬は私の不安や痛みを引き受けてね。

今でも私は姉の遺《のこ》した呪いに縛られている。

姉は小学校を卒業する前に亡くなった。苦しみも痛みも、死への恐れすら感じないかのごとく、まるで眠るような最期だった。ただ、姉が遺した言葉がその後の私の人生を縛りつけた。姉の言葉通り、私は病気一つせず、望んでいた通り、医学部を卒業して医師になった。でもそれは人を病気から助けるためではない。死から逃れるためだった。

人はなぜ死ぬのか。なぜ死ななければならないのか。その疑問に答えてくれる大人はいなかった。医師も大学教授も宗教家もそれなりの答えを示すが、どれも的外れだった。

医学や生物学、哲学で死は語られる。だが、それらの死に関する言葉は私には響かない。なぜなら、語っている誰もが死を経験したことがないからだ。

死は必ず誰にも訪れる。生物が死を前提に設計されているのであれば、それに抗《あらが》うのは万物を創造した何者かに逆らうこと。私たち人間を作りだした何者かは設計図に死を組み込んだ。ならば、我々人類は死を必然として受け入れなければならない。そこに私は大きな疑問を感じた。

死が受け入れるべきものであるならば、なぜこんなに辛く苦しみを伴うのか。なぜこれほどまでに怯えられ恐れられるのか。死を避ける方法はないのか。その答えを見つけるため、私は生物学、医学、宗教を学び、死を理解しようとした。だが、その試みはすべて失敗だった。そんな時に見つけたのが「クライオニクス」という技術であり、「ＤＮＡからの脱却」という生命観だった。

クライオニクスの技術が完成すれば、理不尽な死は回避できる。理不尽とは、寿命を全うすることなく、降りかかる病のことだ。生老病死《しょうろうびょうし》のうち、病死をなくし、本来の生を全うする。不幸にも病に侵され、死を突きつけられた時、死を終わりではなく、眠りに変えるのが、クライオニクスである。

私はこのクライオニクスを実現させるため、仲間を募り、計画を立てた。賛同者のおかげで、計画を実行段階に移すことができた。そして実行にあたり、最初に献体となったのは幼い子供だった。

【二〇一八年五月九日】

「本当に麻里は大丈夫なのね」

水島優子の悲痛な声に私は答えた。

「必ず将来この子と一緒に笑える日が来るわ。それを信じなさい」

すべての準備を終え、麻里を手術室に運ぶ。そこで、冷凍保管のための処置を施す。赤城と立木がそのための段取りを整えていた。

当初、この処置は患者をスイスに運んで施す予定だったが、重症患者をスイスに運ぶのは現実的ではない。そこで、立木が青海友愛病院の設備を使い、処置できるよう手配した。最も気を遣ったのは、この処置が「安楽死」に該当しないようにするための手順だ。

低体温療法は医学的に認められた療法だ。そこで、立木は『エンドレス・スリープ』においても、低体温療法を施す前提で処置を進めた。「事故のリスク」を承諾していると、事前に患者家族にも同意署名を求めた。そのすべての処置を立木一人でこなし、他の者には触らせなかった。立木は責任を一人で背負ったのだ。

五月九日、水島優子の娘麻里に処置を施すために手術室に運んだ。まず麻里の体を低体温状態にして、徐々に人工冬眠に近い状態にする。心臓が停止した後、血液を保護液に置換し、細胞をガラス化する。特殊容器に収容した患者を通常の冷凍状態に移し、冷凍倉庫に保管する。この一連の手順に沿って、クライオニクスが完了する。

そこから先は私の役目だった。水島優子に無事に処置が終わったことを伝えた。

「もう麻里の笑顔には会えないの」

「将来必ず会える。約束するわ」

「だったら、私にも同じような処置をして」

娘に依存することで、自身を支えてきた母親が、その支えを失った時、どうなるかある程度予想はできた。

水島優子は麻里の処置後すぐ、急激に精神状態が不安定になった。娘は眠っているという私の言葉を受け止められなかったのだ。水島優子は、遷延性意識障害となって、たとえしゃべらず、体が動かなくとも、呼吸をし、心臓が動いている麻里を「生きている」と認識していた。だが、心臓も呼吸も停止するコールド・スリープを頭では理解できても、心は納得してなかったのだ。

「あの子はまだ生きているの、それとも死んだの」

「『エンドレス・スリープ』は死ではないのよ。あの子は眠っているだけ。いずれまた会えるわ」

麻里を入れた容器から離れない水島優子に理解させるために、何度も言葉を尽くした。人生を全うできない人たち、道半ばで病気で人生をあきらめなければならない人たちを救うため、時間を稼ぐ。「生」を一時的に止め、将来の希望に縋る。それがコールド・スリープだと何度も伝えた。

だが、水島優子はこれまでのようには、麻里に会えないことで、娘の「死」を意識してしまった。「生」を一時的に止めるという概念を優子の情緒は受けとめられなかった。

その日の夜から、優子を精神科病棟に入れた。抑うつ状態となった優子に抗うつ剤を投与し、回復を図った。だが、優子の心は既に壊れてしまっていた。麻里の処置から、二日後、優子は自殺未遂をした。看護師が目を離した隙に、ベランダがあるカフェから海を見下ろしながら、飛び降りたのだ。

幸い一命はとどめたが、全身を地面に打ち付け、重傷を負った。看護師に発見され、すぐに手術室に運ばれたが、肝臓が損傷し、出血が止まらなかった。院長の立木に呼ばれ、私も手術室に入った。まだ意識がある状態で優子は私に訴えかけた。

「私も麻里と同じようにして。あの子と一緒に眠りたいの。お願い。麻里の傍に行かせて」

このまま放っておけば、いずれ失血死する。時間は残されていない。私は決断し、立木に頼んだ。

「本人の望み通りにしましょう」


【二〇一八年五月十二日】

火野秀夫の容態はもはや一刻の猶予も残されていなかった。入院してから一か月後、再びせん妄が始まった。

記憶の交錯が続き、大学病院の医師の名前を連呼する。退院して別の病院に転院したことも曖昧になってきている。思考や記憶に障害が出始めている。このままがんが小脳に浸《しん》潤《じゅん》すれば、呼吸や心拍など自律神経への支障も出てきてしまう。本人が危惧していた通り、自分が自分でなくなってしまう一歩手前まで病状が進行しているのだ。

「優子はどこですか、早く連れてきてください」

せん妄は記憶の混乱を引き起こす。脳が過去の記憶を勝手に映し出してしまうのだ。このままでは、火野秀夫は自分のことすら忘れてしまう。本人の意思をもう一度確認するため、私は火野を診察した。

「前にお話ししたことは覚えていますか」

「もちろんです。いつ娘に会えるんですか」

「娘さんの下に行きたいですか」

火野は静かに首を傾けた。それを本人の同意とするには、あまりにも心もとない。そこで私は火野の回復を待って、さらにもう一度本人の意思を確認しようとした。だが、その日のうちに症状は急激に悪化した。

「明日には処置しないと手遅れになる」

立木の診立てでは、これ以上待つことはできないという病状だった。

「妻は、娘はどこだ」

立木が火野の状態を見て、決断した。

「今から処置しよう。私がやる。君は手を出すな」

夜間大きな声で叫ぶ火野を立木とともに、支えながら手術室に入った。必要な機材、薬剤は事前に揃えていた。火野秀夫をベッドに寝かせ、点滴針を入れる。

「痛みはないですか」

火野はもはや首を縦に振ることすら辛そうな様子だった。

「大丈夫ですよ。もうすぐ痛みが少しずつ楽になりますよ」

麻酔を入れながら、私は火野に心の中で、つぶやいた。

「これから家族の傍でゆっくりお休みください」

立木が私に目で合図をした。私は黙って手術室を出た。


【二〇一八年七月三十日】

なるべく人に会いたくないという神山雄一郎の希望で、個室に入れるスタッフを限定した。ここでの処置はすべて立木に任せることになっている。それが立木からの指示だった。

万が一コールド・スリープの処置が殺人や自殺ほう助に問われるようなことがあれば、自分だけが罪を背負う。立木はそう言ってコールド・スリープに関して、私に手を触れさせなかった。

神山は安定剤の作用もあって落ち着いていた。自分で自分の終わりを決めるというのはどんな心境なのか。もっとも、これは「終わり」ではなく、「一時停止」なのだ。それはコールド・スリープを望むすべての患者に伝えていた呪文だった。とはいえ、次に目が覚めるのはいつなのか。そんな日が来るのか、不安に思うのは当然だろう。

私はベッドに横たわる神山の傍らに立ち、声をかけた。

「ご気分はいかがですか」

「生まれた日に死ねるというのはなんだか感慨深いな」

今日を選んだのは神山だった。六十三歳の誕生日だそうだ。

「誕生日おめでとうございます」

苦笑いを浮かべながら神山は言った。

「これから死ぬんだ。めでたくはないだろう」

「死ではありません。眠りです。赤城先生と立木先生を信じましょう」

神山は頷いたが、不安なのは手に取るようにわかった。立木と私は、ストレッチャーに神山を載せて手術室に入り、神山の体に心拍モニターを取り付ける。点滴でラインを確保し、ゆっくりと輸液を流す。神山の心拍は百二十を超え、緊張が電子音を通して伝わってくる。

「少し安定剤を入れますね」

静脈に薬が注入され、脈は徐々に安定した。心なしか神山の表情も和らいだようだ。

「ずっと走りっぱなしだったじゃないですか。ゆっくり休んでください」

耳元で囁くと、神山も口元を緩めた。

「そうでもない。自分では常に走り続けたつもりだったが、振り返ると随分と時間を無駄にしてきた。生きている時間は二度と戻らないかけがえのない時間だったと、今ようやくわかったよ」

「まだ、時間は残されていますよ。次の人生が待っています。病気を克服して、もう一度生きてください」

これまで看取ってきた患者にはこんな言葉をかけられなかった。意識を失い、苦しみ悶え、声をかけても冷静に話ができる状態ではない場合がほとんどだった。たとえ意識がはっきりしていても、医師として死を前にした人間にかける言葉などなかった。

「ゆっくり休んでください」

死に瀕している患者がこんな言葉を受け入れられるだろうか。コールド・スリープの技術への期待があるからこそ、気休めではなく眠りだと伝えられる。「死」ではなく「眠り」、それが死の不安を和らげる。

神山は眠りにつく前、私に言った。

「実は最後に告白したいことがある」

「最後じゃありませんから」

「そういう覚悟で話すんだ。真剣に聞いてほしい」

私は黙って頷いた。

「人生の最後にあなたに会えてよかった。私はこれまで随分と強がって生きてきたが、こんなに素直に自分をさらけ出せたのは初めてだ。恥ずかしながら私は怖い。眠るだけと思ってもやっぱり怖いんだ。頼むから、私が眠りにつくまで、手を握っていてくれないか」

私は神山の動かない手を取り、両手で強く握った。

「ありがとう」

神山が麻酔で眠りにつくまで、私は手を握りしめていた。神山の寝顔は子供のように穏やかだった。

【二〇一八年九月八日】

「あとはあなたが自分で綴ってください」

最後の原稿を書き終えた如月啓一は満足そうに言った。

如月本人を含めた六人のストーリーをまとめてほしい。そんな無理な依頼をしたのは、如月自身にライターとして最後の時間を生きてほしかったからだ。

「残りの原稿は私が筆を執って、本にします。その本が死を前にして苦しむ人たちの救いになることを願っています」

「そうなってくれたら、原稿を書いた甲斐があります」

ライターとして最後まで生きたいという如月の願いはある程度満たせた。もちろん、死の恐怖にあえいでいた如月に安らかな眠りを与えることが、私に課せられた仕事でもある。

「少ない資料を頼りに五人の皆さんの真実を見事に書いてくださいました」

「モデルをもとにしてストーリーを書くのは慣れています。実は昔、小説家を目指していたこともありましたから」

登場人物をそれぞれ主人公にして章を立て、その中に、コールド・スリープやクライオニクスの情報を入れて、一冊の物語を如月に書いてもらった。それが『エンドレス・スリープ』だ。この本はNPO法人に寄付するつもりだ。死を前にして苦しむ人に少しでも希望を持ってほしい。それが本にする理由だ。もちろん、『エンドレス・スリープ』という考え方に共感してくれる仲間を増やすという目的もある。何より、死の恐怖を克服したいという末期患者に「救い」を持ってほしい。そんな願いを込めて本を作った。最後の第六章には、麻里を入れて六人の終章を書き入れる。既に、四人が眠りにつき、その過程を見守ってきた。彼らは終わりではなく、未来に希望があるという「眠り」だからこそ、死を意識せずに安らかに眠りにつけたのだ。

如月もまもなく眠りにつく。ここまでよく体力がもったと思う。

「そろそろ行きましょう。立木先生が待っています」

私は如月が乗った車椅子を押し、手術室に運んだ。

「ゆっくりと眠りたい」

手術室の前で如月はそう言った。あれほど恐れていた死の恐怖は消え、安らかな眠りを迎えることができるのは、他でもない如月自身が、登場人物になり代わり、筆を執り、それぞれの人生を書きとどめたからだろう。

如月は手術室のベッドに横になり、私はその腕に点滴の針を刺す。私がやるのはここまでだ。

あとは患者に付き添い、眠るのを見守るだけだ。

「どうですか、ゆっくり眠れそうですか」

「不思議なものですね、そう言われるとなぜか、それほど怖くはない」

私はその言葉を聞いて、この計画の成功を感じた。

如月が穏やかな声で言った。

「以前、話した時、こうおっしゃいましたね。末期患者にとって死の受容は最大の苦痛だと」

それはエリザベス・キューブラー・ロスが書いた『死ぬ瞬間』に対するアンチテーゼだった。ロスは著書の中で、最後に人は死を「受容」すると書いているが、実際に多くの死を見てきた私は、その「受容」がすべての人に当てはまらないことを知っていた。

「そうね。人はどんなに死を受容しようとしても、一縷《いちる》の望みを捨てきれない。最期の瞬間まで人は救済を求めている」

「病気になって、医者に見放され、そのことを痛感しました。でも、私は先生に助けられました」

「――私に」

「先生は最後まで私を見捨てませんでした。私は大学病院の医師に見放された時、絶望の淵に落ちました。そこから拾い上げてくれたのがあなたです」

末期患者に寄り添う、それが、臨床宗教師の仕事だ。だが、如月が言っているのはそういうことではない。

「『エンドレス・スリープ』を考え、生から見放された人たちの救いを作ってくれた。心の痛みに目を向け、痛みを取り除くため、献身してくださった先生には感謝しかありません」

転院してきた時は、絶望に打ちひしがれていた如月が、最後にそんなことを言えるとは思ってもみなかった。『エンドレス・スリープ』という本は如月にとって何よりも薬になったのかもしれない。

「あなたは最後に大切な仕事をしたんです。それも苦しい体に鞭《むち》打ってここまで書いてくださいました。これからはゆっくり休んでください」

如月の目に涙が滲んだ。

「大丈夫。また起きたら書けばいいんです」

私は子供を撫でるように、如月の頭を撫でた。やがて、麻酔が体にいきわたり、如月は眠った。私は心の中で、「おやすみなさい」とつぶやいた。

【二〇一八年十月十五日】

手術室に運んだ立木をベッドに寝かせる。ここから先は立木が自らの手でやる。そうすることで責任を負うつもりなのだ。

ベッドで横になる立木は笑顔で言った。

「神山は安らかな顔で眠った。君のおかげだ」

「いえ、ここまでこられたのは、先生のおかげです」

「まだ道半ばだ。後のことを君に頼みたい」

この日のために、立木は自分の手で点滴の麻酔を開放し、細胞ガラス化の処置ができる機材を作り上げていた。

「こうして君に見守ってもらえるのはありがたい」

立木は遠くを見つめるような目をした。

「私がやっていることはただの安楽死だろうか」

「それは違います。これは『エンドレス・スリープ』です」

「君にとってはそうだろう。私も医者の端くれだ。人が最後にどうやって死ぬかよくわかっている。食事が摂れなくなり、全身に痛みを抱え、次第に体が衰弱し、細胞が徐々に壊れていく。末期には血圧が下がり、弱った心臓は脈拍を弱める。最後は血中酸素が減り、意識が朦朧《もうろう》として、チアノーゼで全身に紫斑が現れる。もちろんそれは穏やかな死だ。静脈瘤《りゅう》が破裂した時など、口から血を吐き、急激に血圧が下がり、意識を失うこともある。様々な死を見てきたが、こんなにゆっくりと安らかに眠れることはない。まだ意識がはっきりしているうちに、別れを言うこともできる。やはり、この選択は間違いではなかった。ただ、一つだけ後悔がある」

「なんでしょう」

「妻のことだ。安らかに死んだと思っていた。苦しまなかったと。でも本当にそうだったんだろうか」

立木の妻は乳がんで亡くなっている。肺に転移した状態では窒息するような苦しみもある。酸欠状態のまま、体は限界を迎え死に至る。決して安らかな死ではなかったはずだ。

「そろそろ休みたい」

立木は手を伸ばした。私は立木の手を握った。

「白川君、ありがとう。これが最後の言葉だ。君のやったことは間違っていない。いずれ日本も自らの死を選択できる時代になるだろう。だが、そうなったとしても死の恐怖や苦しみは決してなくならない。『エンドレス・スリープ』はそうした苦痛を和らげ、希望を与える手段になる」

「私もそう信じています。ただ、やはり先生を見送るのはとても辛いです」

「これでいいんだ。私は満足している」

涙があふれた。立木の目元も潤んでいた。立木の手に力が籠《こ》もる。

「いいか、白川君。君は正しいことをした」

それが立木の最後の言葉となった。立木は握っていた手を離し、点滴に備え付けられた弁に手をかけた。目を瞑り、弁を開く。輸液が流れ、立木の静脈に麻酔薬が入り込む。十分ほどで立木は眠りについた。後の処置をする間、何度も立木の言葉が頭の中で繰り返された。


——正しいことをした。

果たして本当にそうだったのか。もしかすると自分のやっていることは、ただの妄信かもしれない。ただの独りよがりかもしれない。だが、死を前にした人の言葉に嘘はない。そう信じたい。立木は言った。「正しい」と。たとえ、いつか自分のやったことを断罪されようと、私は末期患者を決して見捨てない。苦痛を取り除くため、安らかな眠りに導くため、自分ができることをやる。それが私の信じる「正しさ」なのだ。

27

――二〇一九年五月十六日　木曜日

原稿に目を通した矢島はすぐに弓成に連絡し、捜査本部に原稿を持ち込んだ。弓成は原稿を手に取るなり読み始めた。十分ほどで原稿を読み終えた弓成は、矢島に言った。

「この原稿がどこまで本当かわからないが、遺体についての重要な手がかりがある」

矢島が頷いた。

「すぐに緊急会議を開こう。原稿の内容についてこれまでの捜査情報を合わせて真偽を確かめる」

午後一時過ぎ。捜査本部の一角で、本庁の捜査員を集めた緊急会議が開かれた。二十人程度座れるように並べられたテーブルに、隙間を埋めるように捜査員が着席した。その中には捜査一課の角田もいた。弓成が全員に顔を向ける。

「これまでにわかっている情報を整理したい。新しく見つかった第六章に書かれていたことを整理する」

弓成の視線が矢島に向けられた。

「まずは原稿を読んで気がついたことを説明しろ」

弓成の指示に従い、矢島は原稿に書き込んだメモを見た。

「まず原稿では患者をスイスに運ばず、日本で処置したことになっています。つまり、発見された遺体は輸入されたものではなく、日本でコールド・スリープの処置を施され、保税庫に保管された可能性があります」

弓成が矢島の仮説を受ける。

「そうだとしたら、保税でも何でもない。税関にその旨を伝えて、遺体の司法解剖を進めるぞ」

矢島は疑問を投げかけた。

「もう一つ調べてもらいたいことがあります。火災の原因です。原稿にもそれを匂わせる一文があります」

火災は偶然ではない。火災現場を調べた時に疑問を抱いた。

「火災現場をもう一度調べてみました。火災調査官も今回の火災は規模のわりに犠牲者が出ていないと言っています。作為的に起こした火災であれば、犠牲者が出ていないことにも納得がいきます」

弓成が丸神ロジグループを担当した刑事に聞いた。

「作為的な火災だという可能性はあるのか」

担当する班の刑事が答える。

「事故に見せかけた放火だという可能性は考えられます」

「根拠はあるのか」

「火災は定期修繕中の事故とされていますが、請け負った業者が以前とは変わっています。発注を担当する管理課課長に聞いたところ、上層部からの指示があったそうです」

「上層部とは？」

「執行役員の一人で土屋《つちや》という男です。土屋は口を割りませんでしたが、周辺からの話でわかったことがあります」

「なんだ」

「土屋の元上司は神山美佐子です。美佐子は神山の所在を調べていました」

「神山美佐子は丸神ロジスティクスの取締役だったな。二人にはつながりがあったのか」

「土屋を執行役員に推薦したのが神山美佐子だそうです。経営企画部部長の土屋を取締役の美佐子が役員に引き上げました」

「土屋と神山美佐子がつながっているとすれば、業者に事故を装って放火させた疑いに信憑性が出てくるな」

「神山美佐子が間接的に放火をやらせた可能性は高いと思います。美佐子は神山雄一郎の遺産相続人であり、動機がありあます」

神山美佐子にとっては遺体が見つからなければ死亡が証明されず、遺産相続の手続きができない。

だが、それは生前、神山雄一郎もわかっていたはずだ。矢島は弓成に疑問を投げかけた。

「神山雄一郎は生前、遺産の一部を妻に贈与していたはずです」

そこに弓成が口を挟んだ。

「土屋と神山美佐子の関係をもう一度調べろ」

火災が人為的だという線が現実味を帯びてきた。さらに火災事故と遺体発見がつながった。

弓成が指示を出す。

「修繕の施工業者に聴取しろ。必要ならば令状を取る」

丸神ロジグループを担当する刑事たちは弓成の指示を受け、講堂を出て行った。

次に弓成が角田に視線を向けた。

「『ライフ・サイエンス財団』についてはどうだ」

弓成に指示され、角田がメモを片手に報告した。

「『ライフ・サイエンス財団』の理事長は加賀秀樹《ひでき》。加賀は丸神ロジスティクスの元社員で、神山雄一郎の秘書をしていました。財団は主に聖恵大学医学部の研究プロジェクトに資金を提供しています。プロジェクトの内容はiPS細胞を利用した脳神経細胞の移植、低温下での臓器保存の技術開発、シナプスの保存に関する技術開発などです」

弓成が質問した。

「臓器保存の技術開発はコールド・スリープのための研究だとわかるが、他の二つは何だ？」

矢島が挙手すると、弓成が視線を向けた。

「脳神経細胞の移植は認知症や脳死患者に対して脳の機能を回復させるための医療技術だと考えられます。コールド・スリープでは脳をいかに保護するかが課題になります。シナプスを保存する、即ち記憶を保全するための研究もコールド・スリープに関係します」

弓成が頷いた。

「どの研究もコールド・スリープという一本の線でつながっているな。財団の理事長に話は聞けたのか」

角田が報告を続けた。

「財団設立は神山雄一郎の意向で、本人が難病に罹患したのをきっかけに医療技術の進歩に貢献したいと始めたそうです。設立の際、コールド・スリープに強い関心を持っている神山雄一郎に、研究者を紹介されたと話していました」

「それが聖恵大学の赤城教授か」

「そうです」

「財団はコールド・スリープに関わっていたのか」

「加賀は神山の指示で聖恵大学の赤城に研究資金の面で協力していましたが、研究の詳細については関知していないと供述しています」

「つまり財団はあくまでも資金提供だけをしていたというのだな」

「話を聞く限りではそうです」

「すべての答えを知っているのは白川紬か。白川の所在はまだわからんのか」

弓成は角田に視線を向けた。

「青海友愛病院に捜査員を配置していますが、まだ見つかりません」

矢島はふと思いついた疑問を口にした。

「そもそも白川紬という人物は本当にいるのでしょうか」

弓成が表情を変えた。

「今何と言った？」

弓成の先の質問で矢島はあることに気づいた。

「そもそも、最初に白川紬の存在を確認したのは、如月のブログです。しかしここまで捜査員が白川の行方を捜しても本人は一向に出てきません」

角田が矢島に言い返した。

「だが、青海友愛病院で白川紬という非常勤医師を確認している」

病院の医師登録などあてにはならない。矢島が角田に質した。

「身元はどうですか。住民基本台帳、戸籍、医師免許、個人を特定するものは他にもあるはずです」

矢島の質問に角田は言葉を濁した。だが、弓成が別の資料を手に答える。

「白川紬の名前で医師免許があることは確認できている。戸籍も見つかった」

「つまり、白川紬という人物は存在しているわけですね」

そこに角田が口を挟んだ。

「入院患者や看護師にも確認した。診察やカウンセリングを受けていた患者もいる。スタッフも病院で白川が働いていたことを認めている。白川紬という医師がいることは周知の事実だ」

矢島が別の角度から角田に言った。

「倉庫での遺体発見以後、白川の姿は確認できていません。事件を察知して姿を隠した可能性はあります」

矢島の推測に弓成が指示を出した。

「もう一度青海友愛病院を当たれ。白川の行方を調べるんだ」

矢島は翌日白川が参加予定となっている講演会に触れた。

「明日の講演会に白川本人が出てくればすべてがはっきりします」

「では、明日の捜査員の配置について打ち合わせよう」

弓成が指示を出し、打ち合わせが始まった。

28

——二〇一九年五月十七日　金曜日

午前九時五十分。矢島をはじめ捜査本部の捜査員十名が聖恵大学の講堂にいた。捜査員は目立たないよう私服に着替え、参加者を装っていた。

講演会の前、矢島は白川への逮捕状を要請したが、許可が下りなかった。逮捕状を請求するだけの証拠がない。白川紬を現認できれば、参考人として事情聴取をする。それが弓成の下した判断だった。

講演会は十時から始まる。時間は約二時間。『スピリチュアルペイン　～死について考える～』というテーマで、三人が講演する。会場を見渡すと、百人近い参加者がいる。ざっと見て、学生が三割、大学関係者が三割、そして残りは一般参加者というところだろう。中には車椅子に乗り、酸素ボンベを携帯している患者もいる。

矢島は会場の入口付近に席を確保し、隣に的場を座らせた。矢島が的場に指示する。

「白川が会場に入ったら、写真を撮れ」

的場には広角レンズのついたカメラを持ってこさせた。原稿には白川の容姿や顔の描写があったが、捜査を始めて以来、白川と会うのはこれが初めてだ。なるべく材料が欲しかった。

捜査員は前列、後列、さらに講堂の出入口と会場を囲むように配置されている。白川の行動確認のために捜査員を投入していた。弓成は自ら指揮を執るため、後部席で会場全体を俯瞰している。

午前十時五分。講演会はやや遅れて始まった。司会者の女性がマイクに向かってアナウンスを始めた。

「お待たせしました。これより、特別講演を開催します。本日は、ご参加ありがとうございます」

司会がスケジュールと注意点を伝えると、最初の講演が始まった。青海友愛病院院長の後藤が拍手に迎えられ登壇する。

後藤は壇上に立ち、冒頭で青海友愛病院の紹介をした後、ホスピス病棟での治療方針について話した。講演のタイトルは「終末期医療の現場から」。後藤はタイトルに沿って、何人かの患者の事例を報告し、終末期医療の在り方について持論を展開した。論旨は一病院長の現場をふまえた提言に近い。多死社会に向けて医療現場の改革の必要性と、これまでの延命治療から、看取りの医療への転換が急務なことを訴えた。

講演が終わると、降壇した後藤に二人の捜査員が近寄る。会場内では目立つため、後藤が会場を出てすぐに、聴取することになっている。矢島の視界で角田が席を立ち、会場の外に出た。

二人目の講演は臨床宗教師の谷口良信だった。浄土真宗の僧侶である谷口は、病院での臨床宗教師としての仕事内容について触れた。谷口は医師でもあり、非常勤として医療現場で診療することもあると話した。宗教や性別は違えど、臨床宗教師と医師を兼任しているという点は白川紬と共通している。

聴衆は熱心に谷口の話に耳を傾けていた。谷口は前半では臨床宗教師の役割や資格を紹介し、後半は、患者へのカウンセリングを通して、経験したエピソードに触れ、終末期医療での宗教師の必要性を説いた。

谷口の講演が終わると、いよいよ白川紬の出番だった。

「いよいよだぞ。講演が終わったら、会場から出たところで接触する」

イヤホンに入る無線の声に反応し、会場にいる捜査員が互いに目配せする。矢島は講堂の入口を注視した。扉が開き、小柄な女性が入場した。赤い蝶の刺繡《ししゅう》のある白いワンピース。髪は銀色に染め、後ろで結んでいる。胸に十字架のネックレスをつけ、淡い化粧に薄い朱色の口紅を差している。矢島は白川の手に注目した。一冊の本を持っている。遠くからではよく見えないが、完成した『エンドレス・スリープ』に違いない。

司会が白川を紹介する。

「次の講演は白川紬氏による『スピリチュアルペインへの処方箋』です。白川紬さんは医師であり、臨床宗教師でもあります。また、NPO法人を主宰され、終末期医療や末期患者の看取りについての活動を長年続けてこられました。その活動をまとめた本をこの度出版されました」

司会が参加者に向けて本を掲げる。

「本日ご参加の皆様には、お帰りの際に一冊お渡しします。本日はこの本に書かれている内容にも触れられるそうです。それでは白川さんよろしくお願いします」

司会が紹介を終えると、会場から自然と拍手が起こった。拍手が響く中、白川が登壇した。聖恵大学の講堂に集まった百人近い聴衆の視線が壇上に立つ一人の女性に集まっている。

矢島は壇上に立つ白川を見ながら、的場の耳元で囁いた。

「ぼうっと見てんじゃねえ。写真だ」

的場は気がついたように、カメラを構えた。シャッター音が会場に響くと、白川の視線が矢島たちの席に向いた。係員がかがみながら、的場に近づき、囁く。

「撮影はご遠慮ください」

係員の忠告を受け、的場はカメラを下ろした。

壇上に立つ白川を見た。静謐《せいひつ》な落ち着きの中に、人を包み込むような慈愛を感じる。その姿は神々しいとも言える。原稿の中で白川は「救い」の象徴として描かれている。実物はそれを表現するかのようだった。

拍手が止み、会場に静けさが戻ると、白川はマイクに向けて静かに話し始めた。

只今紹介がありました通り、私は医師としてだけでなく、臨床宗教師としても医療現場で活動してきました。私が出会ったのは余命宣告され、死を待つ患者たちです。これまで患者に寄り添ってきました。その経験から死に臨む患者が抱くスピリチュアルペイン、即ち精神的な痛みを和らげるのは大変難しいことだと実感しています。医師としても、宗教師としても私は無力でした。活動の中で、私は患者の痛みをどうすれば緩和できるのかを考え続けてきました。しかし、一介の医師の力では限界があります。そこで私は何人かの協力者を得て、NPO法人を立ち上げました。最初に私が主宰する『死を待つ人の家』について紹介します。

『死を待つ人の家』という名はマザー・テレサがインドのコルカタで始めた活動にちなんでつけました。マザー・テレサが活動を始めた時期、インドには貧困や格差があり、たくさんの人たちが路上で死を迎えなければならない状況でした。

現代の日本は世界でも有数の豊かな国です。憲法で人権が尊重され、最低限の文化的な生活が保障されています。不幸の比較をするわけではありませんが、世界の国々から見れば、恵まれた国であることは間違いありません。

では、なぜ私がこの団体を作ったのか。それは団体の設立趣旨にあります。「死の前で人は平等である」、これがこの団体の精神です。

人は日常を平穏に送るために、死を遠ざけます。頭の隅に追いやり、忘れようとします。

しかし、どんなに忘れようとしても、考えないようにしても、いずれ死は訪れます。どんなに富を得ても、貧しくとも、善人も罪人も、人として生まれた以上、死から逃れることはできないのです。人には生まれた時から終わりがあります。これは人類共通の必然の事象です。憎むべきことではなく、負けでもありません。ごく自然な理《ことわり》なのです。受け入れたくない、忘れたいことではありますが、生きている人間、いえ生物すべてにとって逃れられない定めなのです。

私は数多くの人の死に立ち会いました。どんなに人の死に目を見ても、家族や親しい友人の死を経験しても、死を知ったことにはなりません。死は一度しかない。自分自身が死ぬ瞬間、それだけが唯一死を知る方法なのです。他者の死は客観でしかない。死を主観的に捉えるには死を経験する他ない。そして死を体験する日があなたにも必ず訪れます。あなたはその日をどう迎えるか、想像できますか。

私は幼い頃から死に怯えてきました。今でも恐れています。生きているということは死を背負っているということです。生を受けた時から私たちは死に向かっています。そして、この運命は自らの意思ではどうにもなりません。

死は本当に逃れられないものなのか、本当に人間は死ぬべき運命なのか。その疑問への答えを探すことこそ私の出発点でした。

私たちを怪しい宗教団体とみなし、金目当てで信者を集めていると揶揄《やゆ》する人たちがいます。私たちは誹謗《ひぼう》中傷を乗り越え、真摯《しんし》に活動の目的を訴えてきました。私はキリスト教徒です。洗礼を受け、十字架を身に着け、聖書を読みます。また、臨床宗教師として死を迎える人の傍らに立ち、緩和ケアを施す医者でもあります。その経験をふまえて、あえて言います。死は本当に避けられない人のさだめ、受け入れるべき宿命なのでしょうか。人は苦しみから解放されるため、これまであらゆる方法を考えてきました。宗教もその一つです。死後の世界を生み出すことで、死の無力感から人々を救ってきました。イエスは死人をよみがえらせ、自らも復活し、そしてすべての人類が審判の日に復活すると約束しました。もちろん宗教だけでなく、科学や医学の発展も死を遠ざけるため、様々な医療技術や薬剤を生み出してきました。人類の英知がやがて死をも克服する日が来るというのは、空想でしょうか。私はそうは思いません。これからお話しするのは、人類の英知によって不死を実現する可能性についてです。医学や科学の発展はそのためのものです。病や死を宿命とするならば、医師も宗教師も必要ありません。しかし、私たち人間は受け入れがたい宿命を背負っているからこそ、救済を必要とし、探求するのです。

なぜ人は生まれてくるのか。世代を超えて人間という種を残すため。それが種の保存であり命のつながりです。そして、それは生物としてのプログラムです。ならば、なぜ人は死を恐れるのでしょう。

人間という種は遺伝子からの支配を超えた存在となってしまいました。私たちは進化の過程で他の生物とは違う知能や自我を得ました。人間の大脳は知識を蓄え、記憶を形成し、知恵を習得します。記憶情報の蓄積が自我となり、個を確立します。あなたという人間は世界に唯一無二の存在です。種という括りではなく、個々に人格を形成した一個の存在なのです。あなたが両親から遺伝子を受け継いだ配偶子であっても、あなたは両親のコピーではありません。あなたの記憶や自我はすべてあなたの脳で形成されたものです。だからあなたが死ねば世界は終わるのです。自分という存在の消滅。それが死の恐怖の正体です。

これまで何度も話したように、私はこの恐怖をどうすれば克服できるのか長年考え続けてきました。死を回避するために、私は医学を学び、解決策を探しました。しかし、答えは見つからなかった。ただ、わかったことがあります。私たちの人格や記憶、自我を司っているのは脳です。つまり、脳の記憶を永続的に保存する方法があれば、私たちは永遠に生きることができるのです。そしてその方法こそ、クライオニクスです。

クライオニクスとは人体の冷凍保管です。それは人類が新たな生命観を持つための手段なのです。今現在その技術は確立しておりません。確立されていないせいで、クライオニクスは世間から偏向的な技術として見られています。そこで、私はその偏見を払拭するため、本来の目的をふまえた名前をつけました。それが『エンドレス・スリープ』です。『エンドレス・スリープ』は人類が渇望する未来への信託です。そして、私が伝えたいのは、その技術を背景にした新たな生命観です。

私は実用的なクライオニクスを考えるうえで哲学的な支柱となる新たな生命論を考えました。それが遺伝子による繁殖からの脱却、即ち本来唯一無二である個の遺伝子を守るという生命観です。

私たちは長年DNAの支配に縛られてきました。人間は種の保存、即ちDNAを守るために有性生殖で繁栄してきました。ところが、高度に発達した人間の脳には記憶や自我、思考などあらゆる個を形成する記憶情報が蓄積されています。自我を備えた人間はもはやDNAの保存のための使い捨ての装置ではありません。

人間の主体は脳であり、DNAを受け継ぐための装置ではない。個の脳を唯一無二の存在として守るためにクライオニクスは必要な技術なのです。

しかし、クライオニクスの技術の確立にはまだ時間がかかります。そして、すべての人間がこの技術を受けられるわけではありません。だからこそ、私が提唱したいもう一つの救済とは、死にまとわりつく人の痛みを取り除くための方法です。

人は死に触れ、死を意識しない限り、身をもってその恐怖を感じません。死を宣告され、絶望の淵に立たされた時、それがいかに辛く苦しいことなのかに、初めて気づくのです。そしてその時初めて人は「救済」を求めます。救済がないと知った時、人は絶望し、死の恐怖に飲み込まれます。人を死から救う。それが私に課せられた使命であり、これまで救えなかった患者への贖罪なのです。

キルケゴールの『死に至る病』はご存じでしょうか。冒頭でキリストが蘇生させたラザロの逸話が引用されています。新約聖書に書かれているラザロの復活です。なぜラザロはよみがえったのか。キリストは病気で死んだラザロに告げます。

「この病気は死に至らず」

死に至る病とは絶望のことです。希望がある限り死には至りません。死とは自己の喪失です。『エンドレス・スリープ』はまさにその希望であり、自己を守るための技術なのです。この技術に未来を託し、六人の末期患者の方が眠りにつきました。その方々のことを記憶にとどめるため、私は『エンドレス・スリープ』という本にまとめました。ここには希望と救いを求めて、死を乗り越えた末期患者たちの記録が綴られています。眠りについた六人は、今も将来の蘇生を夢見て、長い眠りの中にいます。

この研究が進めば、人間は死の恐怖から解放されます。そしていずれ死そのものをも克服できるのです。

私は皆さんに約束します。死の恐怖を克服した世界を。そして死をも克服した世界を。

白川が話し終えた時、会場は静寂に包まれた。どの顔も狐につままれたように茫然としている。いったい何の話を聞かされたのか、そんな顔で壇上をただ漠と見ている。これまで白川の原稿を追いかけてきた矢島には白川が言わんとすることは理解できた。だが、大学の講演会に参加し、初めて死の恐怖と救済について聞かされた参加者にとっては、目の前に死を突きつけられ、恐怖を提示されて、果たして共感できるのだろうか。

だが、そう思ったのは矢島の思い込みだった。理解など必要なかった。聴衆は共感していた。その証拠に白川が壇を降りた時、会場から拍手が沸き起こった。もちろん、すべての参加者からではない。だが、その拍手は大きく、中には涙を流す者もいた。白川の話はまるで教祖の説話のようであり、また参加者は信者のようであった。

「まるで宗教の集会だ」

的場も茫然としながら、白川の姿を見つめていた。

「白川を追うぞ」

矢島は的場の肩を叩き、席を離れた。他の刑事たちも白川を追いかけるように席を立ち、先に会場の外に出た。白川は周囲をスタッフに囲まれ、出口に向かって歩く。矢島はその姿を追いかけた。

「白川が会場から出る」

耳に挿したイヤホンが弓成の声を伝える。矢島も別の扉から外に出た。外には捜査員三名が待ち構えている。矢島は的場とともに、捜査員に合流しようと近くに寄った。ちょうどそこに白川紬が出てきた。刑事の一人が白川に警察手帳を見せる。

「白川紬さん、少し聞きたいことがあります。署までご同行願います」

白川の前に三人の捜査員が並ぶ。矢島もその列に並んだ。白川の視線が矢島に向く。

「私にはまだやることがあります。同行できません」

白川が隣にいた男性に視線を向けた。男が前に出る。

「なんだあんたは」

刑事の質問が愚問であることはすぐにわかった。胸に金色のバッジが見える。弁護士だ。

「この方の代理人です。申し訳ありませんが、任意の聴取であれば強制力はないはずです」

弁護士は白川に目で合図した。白川はスタッフ数名とともに刑事たちの脇をすり抜け、その先にあるエレベーターに向かった。そこに弓成が駆けつけた。

「どうした」

弓成が事態を察し質問した。矢島が答える。

「やられました。弁護士です。やはり令状を取るべきでした」

「まだ終わっていない。後を追いかけろ」

刑事数名が白川の後ろ姿を追った。

「こうなることはわかっていました」

弓成が矢島を睨む。

「この段階で逮捕状は無理だ。だが、身柄は確認した。チャンスを見つけて、必ず聴取する」

そこに白川を追いかけた刑事たちが戻ってきた。

「白川はどうした」

刑事が口ごもる。弓成が語気を強める。

「どこに行ったか聞いているんだ」

「見失いました」

「なんだと」

「エレベーターに乗るところまでは見たのです。一緒に乗り込むことができなかったので、先回りしてエレベーターを待っていました。降りてきた時、白川の姿がありませんでした」

「そんなバカなことがあるか」

弓成が刑事を叱責したが、矢島には刑事のミスとは思えなかった。エレベーターに一緒に乗り込むべきところを、弁護士に妨害された。問題はエレベーターの中で何があったのかだ。矢島が刑事に質問した。

「白川は何階で降りたんですか」

「四階だ」

講堂があるのは二階だ。

「一つ下の階で降りたということは？」

「エレベーターをずっと見ていた。三階では止まらず、四階に上がった」

「間違いないですか」

刑事は沈黙した。見逃した可能性は否定できないが、簡単にベテランの刑事を撒《ま》けるとも思えない。

「四階でエレベーターから出てきたのは？」

「医者らしき女性だ。弁護士たちはそのまま一階に下りた」

「その医者の特徴は？」

刑事は思い出すように下を向いた。

「よく覚えていないが、茶色のショートカットに白衣を着ていた」

白衣を見て医者だと思ったのだろう。だが、矢島の直感が働いた。

「白川はまだ学内にいるはずです」

刑事が顔を上げる。弓成が矢島を睨んだ。

「どこにいる?」

矢島はその場にいる全員の刑事を見た。

「これから会いに行きましょう」

矢島はまっすぐエレベーターまで歩き、ボタンを押した。弓成と本庁の刑事二人、そして的場がエレベーターに続いて乗り込むと、矢島は四階を押した。

29

矢島は四階でエレベーターを降りると、研究室が並ぶ廊下を歩いた。

弓成が歩きながら、矢島に聞く。

「どこに行くんだ」

「すぐにわかります」

目指す場所はこの先だ。矢島は腕時計を見た。本庁の刑事が白川を見失ってから、まだ十分程度。矢島の推理が正しければ、白川はまだ部屋にいるはずだ。

矢島は目的の研究室に着くと、おもむろに扉を開けた。弓成たちが後に続く。実験室には誰もいなかった。矢島は実験室を通り抜け、奥にある教授の部屋の扉を開けた。デスクには赤城が座っていた。

「失礼します」

矢島がデスクに一歩近づくと、赤城が顔を上げ、矢島に視線を向けた。

「警察の方が大勢で何の用ですか」

「覚えていてくれてうれしいよ。あなたの顔をもう一度見たくてね。写真を一枚いただけないだろうか」

「何の写真かしら」

「あなたのですよ。赤城教授、いえ白川紬さん」

後ろに控えている刑事がざわついた。

赤城は表情を変えずに聞き返した。

「何を言っているの」

「とぼける必要はない。顔認証をすればわかることだ」

赤城の顔に焦りが感じられた。服と髪は目につきやすい。だが、一つだけ忘れていることがある。

「せっかくのメイクが徒《あだ》になったようだ」

矢島が口元に指を当てた。赤城も気づいたようだ。

「さすがは刑事さんね。目がいいわ」

赤城は引き出しからティッシュを出すと、口元を拭った。ファンデーションが落ち、ほくろが現れた。

「ほくろだけじゃない」

矢島は視線を赤城が座るデスクの横の本棚に向けた。

医学書が並ぶ本棚の一角に聖書やキリスト教に関する書籍がある。

矢島はその本棚の傍に行き、一冊の本を抜き出した。

「聖書やキリスト教関連の本はそれほど珍しくはない。ただ、同じ場所に如月啓一が書いたこの本があるのは不自然じゃないか」

矢島は『安楽死を求めて』というタイトルが見えるように本を掲げた。刑事たちの視線が手元に集中した。

弓成が前に出て、矢島に聞いた。

「どういうことだ」

「白川紬を演じていたのは赤城教授です」

赤城は矢島を睨んだ。

その表情から真偽はわからなかった。赤城が口を開く前に弓成が矢島に聞いた。

「しかし、白川紬という医師はいる。医師免許も確認している。青海友愛病院でも白川の診察を受けた患者の存在を確認している」

弓成の言う通り、白川の存在は確認している。ただ、それがブ、ロ、グや、原、稿、に、登、場、してい、る、白、川、か、どうかは疑、わ、しい。矢島は赤城に顔を向けた。

「如月のブログを更新していたのはあんただな」

赤城がかぶりを振る。

「なんの証拠があってそんなことを」

「最初にあんたに会った時、角田という刑事からあんたに来訪の目的をこう伝えた。如、月、啓、一、さ、ん、の、ブ、ロ、グ、が、更、新、さ、れ、ま、し、た、と。刑事は何気なく言ったんでしょう。しかし、あんたはその言葉に驚かずにブログの内容を見たいと言った。如月啓一は既に死んでいる。ブログを更新できるはずがない。そのことに疑問を抱かず、内容を見たいと言ったのは、あんた自身がブログを更新していたからではないのか。警察がどこまでブログの内容を把握したのかが気になって、確認するために、ブログの内容について質問した」

赤城は微笑を浮かべた。

「さすがは刑事さん、素晴らしい観察力ね」

その言葉は赤城が矢島の推論を認めたようなものだ。

「あなたたちがブログを見ているのは閲覧数を見ればすぐにわかったわ。ただ、あの原稿を書いたのは、如月啓一よ。私は彼が書いた原稿を引き継いで、本にまとめただけ」

赤城の告白には嘘が交じっている。矢島は推理を展開した。

「如月啓一が書いたブログには『エンドレス・スリープ』という言葉は出てきていない。『エンドレス・スリープ』が初めて出てきたのは、第二章だ。第二章からあんたが原稿に手を入れたからじゃないのか。第二章の主人公水島優子については明らかな嘘が書かれてあった。自分の研究を進めるために、『エンドレス・スリープ』を提唱する人物が必要だったんだ。そこで白羽の矢が立ったのが、白川紬だった。臨床宗教師であり、ＮＰＯ法人を主宰する白川はあんたにとって都合の良い人物だった」

赤城は口元を緩ませた。

「確かにブログは私が書いた。如月からブログのパスワードを聞き、原稿の続きも引き受けた。『エンドレス・スリープ』を進めるためには白川紬というシンボルが必要だったのよ」

矢島は頷きながら、赤城に言い返す。

「ブログを更新したのは、警察の目をごまかし、白川にすべての責任を背負わせるためだった。白川を神格化し、『エンドレス・スリープ』の提唱者として利用したんだ」

赤城は矢島の推測を否定しなかった。矢島はさらに赤城に詰め寄る。

「恐らく白川紬は『エンドレス・スリープ』に反対したんだろう。彼女は臨床宗教師であり、医師だった。あんたが書いたような救世主ではなかった。『エンドレス・スリープ』を実行するために、本物の白川は邪魔になったんだろう。白川に何をした。他の被験者と同じように殺したのか」

赤城は冷静な眼差しで矢島を見た。表情に動揺はなかった。

「白川紬は生きている。さっき会場で見たでしょ。彼女の存在は言葉とともに聴衆の記憶に刻まれた。そして、その存在はあの本を通して、多くの人に伝播《でんぱ》するのよ」

矢島が赤城に問いかけた。

「そうやって実際の白川とは違う偶像を作りだしたわけか。神を作ろうとでも思ったのか。実際は白川紬をスケープゴートにして、罪を逃れるために身代わりにしただけだ」

「白川紬は救世主よ。人の記憶に残るのは、慈愛に満ち、人の痛みを理解し、救いを与える救世主。聖書がフィクションで、イエスが起こした奇跡が逸話であることは誰でも知っている。それでも人は信仰を持つ。なぜなら、そこに救いがあるからよ。だからこそ、聖書は読み継がれているのよ」

的場が赤城の前に立った。どうやら赤城の言葉に挑発されたようだ。

「御子を持つ者は命を持ち、神の御子を持たない者は命を持っていない。遺体に残した聖書の引用はあなたが考えたのね」

的場の仮説に赤城が頷いた。

「その通りよ。彼らは安らかな眠りにつくことができた。死の恐怖を克服し、未来に希望をつなげた」

的場が赤城を問い詰める。

「そのために白川紬を犠牲にしたのね。本物の白川紬はどこにいるの？　あなたが殺したの？」

赤城が首を横に振り、的場の質問を真っ向から否定した。

「彼女は生きているわ。ただし、もう白川紬ではない」

矢島が赤城に詰問する。

「どういうことだ」

「彼女は自ら心を壊した。強い強迫観念と絶望のせいで自分を殺したの」

赤城は俯きながら、訴えるように話した。

「死に強い恐怖感を抱いているという点で私と彼女はよく似ていたわ。ただ、彼女は医学に絶望した。死と向き合わされた多くの人の極限の状況を見つめるうちに、医学では人を死の恐怖から救えないという思いにとり憑《つ》かれたのよ。私がいくらコールド・スリープの可能性を伝えても、彼女は聞く耳を持たなかった。彼女が最後に行きついたのは絶望であり、医師としての挫折よ。彼女は宗教に救いを求めた。だけど、宗教から救いは得られなかった。結局人は死から逃れられない。彼女は徐々に自らの心に死を取り込んでしまった。死から逃れられないという強迫観念が彼女を追い詰め、統合失調症を発症したのよ」

それが本物の白川紬が辿った道だったとしたら、なんという皮肉だろう。本当の白川紬は人を救うどころか、自らの心を壊していた。

「白川紬はどこにいるんだ」

赤城は隠すことなく、告白した。

「彼女は青海友愛病院に入院しているわ」

警察が所在を確認してもわからなかったのは、医師ではなく患者だったからだ。

「青海友愛病院に設置されていた閉鎖病棟。あそこに白川紬を隠したんだな」

角田が青海友愛病院の関係者を聴取した時に言っていた閉鎖病棟。あの場所に白川紬はいたに違いない。

矢島は赤城をもう一度問い詰めた。

「すべてはあなたが作りだした虚構だった。都合のいいように真実を書き換え、フィクションにしたのは、犯罪を隠し自分自身の研究を進めるためだった」

赤城はデスクに置かれた『エンドレス・スリープ』に触れた。

「確かに私は真実を歪めたかもしれない。だけど、それが何だというの。この本はあくまでもフィクションよ。人に希望を与えるため、死の恐怖を克服するための『救い』なのよ」

本の内容がたとえ事実でないとしても、それ自体は犯罪ではない。だが、事件の背景には別の犯罪が隠れている。矢島はそれに気づいた。

「ずっとあのブログを何のために書いたのか考えていた。ようやくそれがわかった。あのブログには犯罪を隠すというもう一つの目的があった」

赤城は悪びれることなく言い返した。

「あのブログは被験者たちを守るために公開したの。ブログの情報があったから、あなたたちは遺体をすぐに司法解剖しなかった」

「保税扱いで遺体を保管したのもそのためか」

「神山がより安全な方法を考えてやったことよ」

「安楽死の処置も死体遺棄も犯罪だ」

「あれは死体遺棄ではなくて保管よ。それに、積極的な安楽死の処置をしたのは私じゃない、立木元教授がやったことよ」

死体遺棄については弁明の余地はない。それにコールド・スリープの段階で安楽死を施したとすれば、殺人または嘱託殺人となる。仮に安楽死を立木が実行していたとしても、赤城が犯した罪は他にある。矢島が気づいたのはもう一つの殺人だ。

「俺が言っているのは安楽死以外の殺人のことだ」

赤城の表情にはまだ余裕があった。

「何を根拠にそんなことを――」

「遺体にはいくつかヒントが残されていた。遺体のDNA情報を残したおかげで、水島麻里が水島優子と火野秀夫の娘ではなく、神山との間に生まれた娘だとわかった。その時、それぞれの思惑が一本の線でつながった」

隣にいた弓成が矢島に質す。

「どういうことだ?」

ＤＮＡ情報については弓成も知っている。ただ、それをつなぐ線は別にある。

「原稿を読んだ時、疑問に感じたことがある。神山のような合理的思考をする人間が、なぜこれだけの協力をしたのか不思議だった」

矢島の言葉に赤城が水を差した。

「死の恐怖は死が差し迫った人間にしかわからないわ」

矢島は先を続けた。

「原稿にそう書くことで、説得力を持たせたつもりだろうが、神山が協力したのは、難病になったことだけが理由じゃない」

赤城が鋭い視線を矢島に送る。

「何が言いたいの」

「娘の存在がすべての出発点だった。そう考えれば辻褄《つじつま》が合う」

「どういうことですか」

的場の問いに、矢島は順を追って説明した。

「神山雄一郎は妻美佐子との間に生まれた息子——これも実は血のつながった本当の子供ではなかったが——を病気で亡くしている。その後、子供はできず、後継者を失った。その後、神山は水島優子と出会い、娘を得た。それが麻里だ」

　そのことはＤＮＡ情報からわかっている。矢島は続けた。

「その事実を水島の夫、火野が知ったとしたらどうしただろう。火野は麻里が自分の娘でないという事実を知ると、優子を問い詰めたはずだ。そして、父親が神山だと知り、火野は神山と優子を脅迫した。神山は大企業のトップで、その妻は有力者の娘。神山に隠し子がいるという事実は決して表沙汰にできない。そこにつけ込んで火野は口止め料を要求したんじゃないか」

　矢島の仮説に赤城は沈黙した。的場が矢島に疑問を投げかける。

「でも、それなら神山が口止め料を払えば済む話ではないのですか」

　的場の言う通りだ。だが、その前に事件が起こっていたとしたら。

「神山にとって口止め料は安いものだ。だが、脅迫に関わる理由で火野が殺されたとしたら――」

　的場が疑問を受けるように答える。

「――殺人を隠ぺいする必要が生じる」

「原稿にある通り、死の恐怖を克服するためなら、火野にその処置は必要ない。火野が本当に認知症だったとしたら、死の恐怖を感じる以前の問題だ。認知症が進めば自分自身が誰かわからなくなってしまう。だが、その段階になる前に殺されたとしたら、それを隠ぺいするための仕掛けが必要になる。それが『エンドレス・スリープ』だ。もちろん計画が前提にあり、神山の難病も重なったんだろう。火野の殺害を隠すために計画は都合が良かった」

矢島が仮説を話し終えると、赤城はしばらく無言で下を向いていた。そして顔を上げて矢島を見つめるとようやく口を開いた。

「火野を殺したのは水島優子よ」

矢島は赤城の表情を注視した。赤城はこれまでよりも真剣な眼差しで矢島を見つめた。

「火野は麻里が入院した時、偶然自分の子供ではないことを知り、水島優子を脅迫した。ターゲットは神山だった。ちょうど弁護士事務所が立ち行かなくなっていて、火野はお金を必要としていた。ところが水島優子は神山に頼る前に火野を殺してしまった。放っておけば、火野はすべてを忘れるというのに、水島優子は火野の病気を知らなかった。催促のため病院を訪ねてきた火野を屋上に誘って、衝動的に突き落としたのよ」

的場が何かに気づいたように口を挟んだ。

「水島優子と火野秀夫の原稿は病気だけでなく、親子関係も含めてすべて嘘だったのね」

赤城は的場に視線を向けた。そして的場の推測を認めたように言った。

「原稿の中で火野が麻里に抱いている感情は神山雄一郎の心情を代弁したものよ」

的場が赤城に質す。

「だったら、水島優子が麻里を椅子から転落させたというのもフィクションなの？」

赤城が淡々と答える。

「麻里が転落したのは水島優子が原因よ。本人が告白したわ。優子は夫と娘に対して抱いた罪悪感のせいで、心を壊して自殺した」

原稿では水島優子は自殺を図り、死の間際、自ら望んでコールド・スリープに処されたと書かれてあったが、実際は自殺したのだ。遺体の頭部にあった外傷はその時のものだろう。

赤城の告白に矢島は疑問を感じた。

「二人は事故で処理できたはずだ。だが、そうしなかったのは、あなたが二人を研究に利用するため、そして神山から研究資金を調達するためだ」

赤城は矢島を見据えながら冷静な口調で言った。

「研究だけが目的じゃない。神山雄一郎にとってもフィクションが必要だったのよ。水島優子の犯罪を隠ぺいし、火野を世間から隠すための作り話が」

矢島が赤城の意図を察して仮説を唱えた。

「事実が公になれば、麻里の素性を警察が知ることになる。マスコミに漏れれば、神山にとってスキャンダルになる。だから事件を隠すためにも神山を説き伏せ、『エンドレス・スリープ』を提案し、協力させた」

赤城は冷めた視線を矢島に向けた。

「神山雄一郎は妻との間に出来た一人息子を二度失った。一度目は妻美佐子の裏切りによって自分と血のつながりのない子供だと知った時。そして、二度目は息子を病気で失った時。妻への信頼を失った神山は失意の中で離婚も考えた。だが、妻は有力者の娘で会社のためにも離婚はできない。神山は自暴自棄になり、精神的にも不安定になった。そんな時に水島優子と出会ったのよ」

矢島が赤城に問う。

「水島優子と神山雄一郎との間にどんな接点があったんだ」

赤城が口元を緩ませて答える。

「皮肉なものね。神山の人生は順風満帆だった。ところが妻の裏切りですべてを失いかけた。そんな時に人生の岐路が訪れた。きっかけは神山が自ら運転する車で事故を起こしたことよ。重傷で聖恵大学病院の救急外来に運ばれた神山の看護にあたったのが水島優子よ」

的場が何かを思い出したように呟いた。

「神山の入院歴によれば、六年前に整形外科に入院したことがわかっています」

赤城が一瞬、的場に視線を向けた。

「神山は入院中に甲斐甲斐しく世話をしてくれる水島優子に好意を持った。水島優子も家庭を顧みない夫に不満を持ち、仕事に専念していた。そんな矢先に神山に出会った。二人が恋仲になるのにそう時間はかからなかったようね」

矢島の中でいくつかの情報がつながった。

「麻里は六歳、ということはちょうど二人が出会ってすぐに――」

「二人の間に子供ができた。息子を亡くした神山にとって麻里は血のつながった娘。麻里を守るためにも、水島優子が逮捕されるわけにはいかなかった。そもそも『エンドレス・スリープ』は水島麻里を救済するために考えた計画よ。その部分はフィクションではないわ。あなたたちは私を犯罪者にしたいようだけどそんなことに意味はない。警察がやるべきなのは、私を糾弾することじゃない。そんなことよりも先にやることがある。早く放火犯を捕まえなさい。あの火災は事故ではなく事故を装った放火。神山美佐子が首謀者であることはわかっているはずよ。神山美佐子は私たちの活動を邪魔していた。神山の遺体を返すよう要求してきたけど、私たちは応じなかった。だからあんな行動に出たのよ」

弓成が赤城に視線を向けた。

「それはこれから捜査が進めばわかることだ。現場検証と神山美佐子らへの取り調べで火災が事件かどうかはっきりする。それに、遺体を司法解剖すれば、死因もはっきりする。そのうえで、あなたを重要参考人としてもう一度聴取させてもらう」

赤城が強い敵意を弓成に向けた。

「遺体を解剖ですって。そんなこと私が許さないわ。あなたたちはあの人たちを殺すつもりなの」

弓成が冷静な口調で言い返す。

「事件性のある遺体を司法解剖するのは法的にも認められている」

「いえ、あの人たちは死んではいないわ。眠っているだけよ」

「我々は法に則り手続きを進めるだけだ。あなたが何と言おうと、現在の法律では彼らは遺体なんだ」

赤城はしばらく間をおいて、弓成に問いかけた。

「あなたはチャッツワース事件をご存じかしら」

弓成がかぶりを振ったのを見て、赤城が説明を始めた。

「カリフォルニア・クライオニクス協会が起こした事件のことよ。一九七九年、カリフォルニア州チャッツワースの墓地で協会が保存していた九体の遺体が解凍されていた。原因は資金の枯渇。カリフォルニア・クライオニクス協会の理事長は訴えられ、この時の悪評が後にクライオニクスの普及を遅らせたと言われている。同じ過ちを繰り返さないために私たちは資金管理やドナーへの趣旨書の交付やそれへの署名、保管に関する仕組みを作った。警察に彼らを起こす権利はない。彼らは、自らを未来に信託したのを受けて、保管されているのよ。強制的に司法解剖しようとするのなら、私はあなた方警察を訴える」

本来、不審死で発見された遺体は遺族であっても司法解剖を拒否できない。だが、弓成はそれには触れなかった。

「だったら、それは弁護士を通してやってくれ。どういう手続きをふんでいるのかは、現時点ではわからないが、それを調べるのは警察の仕事ではない」

「結構よ。早速弁護士と相談するわ」

弓成は冷静な視線を赤城に向けた。

「死体遺棄は犯罪だ。それにこれは個人的な意見だが、他にも償うべき罪がある」

「私にどんな罪があるというの。私は人に救いを与えようとしただけよ」

「人々に無用な希望を与えた。法で裁くことはできないが、大きな罪だ」

赤城は無言のまま弓成を見た。

「では、近いうちにまた会いましょう」

弓成は踵《きびす》を返し、部屋を出て行った。他の刑事も弓成に続いて、部屋から出た。矢島と的場だけが部屋に残った。

矢島が部屋を出ようとすると、赤城の声が響いた。

「待ちなさい」

矢島が足を止めて振り返った。

「矢島さん、あなたにはまだ話があるわ」

的場が矢島の顔を見た。

「先に行け」

的場は頷いて部屋を出て行った。部屋には赤城と矢島の二人きりになった。赤城が矢島に微笑を浮かべる。

「私は決してあきらめないわ。人には救いが必要なの」

「俺には関係ない」

「いいえ、関係あるわ。あなたこそ私たちの救世主になるべきなのよ」

「俺が救世主だと、何を馬鹿な――」

「覚えてないかしら。あなたに会うのはこれが三度目よ」

——三度目。やはりそうか。この部屋にはつい二日前に訪れたばかりだ。だが、それ以前にも赤城に会っている。

「過去に大学病院の脳外科を受診したことがあると言ったわね」

矢島には思い当たる記憶があった。一度だけ大学病院の外来を受診していた。

「やっぱりあの時の医師があんたか」

赤城が頷いた。

「私が以前大学病院で脳外科医をしていた頃、あなたを診察した」

当時、矢島は体や心の痛みを感じにくいという特異な体質に悩んでいた。日々の生活で自分が痛みに対して鈍感だということに気づいた。痛みだけではなく恐怖や不安といった感情も欠落していた。弓成との捜査で改めてそのことを実感し、内分泌疾患や脳外傷などの器質的な疾患を疑い大学病院の脳外科を受診した。その時の医師が赤城だったのだ。

「あの時、あんたは異常がないと言った」

「脳の検査結果に異常はなかった。無痛症の疑いを考えたけど、あなたの場合は違った。脳の神経に由来するような異常はなかった。器質的な異常がないとしたら、心理的な原因を疑わざるを得ない。私は精神的な原因を考えて精神科の受診を奨めた。でもあれから文献を調べて同じような症例を見つけたの」

「同じような症例があるのか」

矢島は反射的に聞いた。

「過去に大きな事故や事件に巻き込まれたことはない？」

矢島にはそんな記憶はない。いや、思い出そうとすると、記憶の扉にシャッターが閉まるのだ。以前からそうだった。過去の記憶を無理にこじ開けようとすると、拒否反応が出る。矢島が黙ったままでいると赤城は勝手に続きを話した。

「もしかすると、過度なストレス状態から守るために、体の防御反応がそうさせているのかもしれない。強いストレス、例えば命をおびやかされるような状態では体を守るためのホルモンが出るのかもしれない。危機的状態を脱するために分泌されるステロイド・ホルモンのように、アドレナリンを放出させ、血圧や血糖値を上げて、血流を増やし、エネルギーを供給するように」

言われてみれば、赤城の言う通り、捜査中に危険な目に遭っても恐怖を感じなかったのは、体の防御作用が働いて、何らかの脳内物質を作り出していたのかもしれない。だが、矢島には思い出してはいけない何かに触れられたような強い拒否感があった。

「なぜそんなに俺に興味を持つんだ」

「あなたを見ていると姉を思い出すの」

矢島は『エンドレス・スリープ』の第六章、白川の生い立ちが書かれていた箇所を思い出した。

「『エンドレス・スリープ』の最後の章に書かれていた白川の姉はあんたの姉だったのか」

「あなたは私の姉と同じ選ばれた人間なのよ。死の恐怖を感じない稀有な存在」

矢島は初めて自分と同じ人間がいることを知った。赤城の姉は無痛症ではなく、痛みや死の恐怖を感じられない人間だった。矢島と同じ体質を持っていたのだ。

「恐怖や不安のような情緒は人が生きていくために必要な機能よ。あなたにはそれが欠落している。これまで随分と苦労したでしょうね」

人並みに暮らしていくには苦労はあった。ただ、今更そんなことを言われたところで、どうにもならない。矢島は一人でこの体質を克服したのだ。

「あんたに同情される筋合いはない。ただ、一つだけ教えてくれ。この特異体質は治るのか」

「治すのがもったいない、とても珍しい体質と言えるでしょうね。感情はある。ただ、不安のような負の感情や痛覚が極端に鈍い。あなたの特異体質は痛みや不安を克服するための人間の進化だと思っている。その進化を調べたいの」

「俺を実験台に研究しようっていうのか」

「あなたの体質には人を救う可能性がある。クライオニクスはすべての人間が受けられる技術ではないの。それに今の段階では医学の進歩に希望を託さざるを得ないのが現実よ。それでも死を回避できるという希望は死を背負った人にとって救いとなる。私が本当に探しているのは不死じゃない。死を恐れないための救い。そのための手がかりをあなたは持っている」

これまでこの体質を克服するために苦労した矢島にとって、到底赤城の申し出は受け入れられなかった。

「そんな研究に付き合うつもりはない」

「予想通りの答えね。あなたには死の不安も恐怖もない。だから必要性を感じない。だけど白川紬を救うためにはあなたが必要なの」

「白川紬を救うだと」

「そうよ。白川は私と同じ、いえ、それ以上に死に怯えていた。私がコールド・スリープを提案しても白川は関心を持たなかった。白川はどうすれば死を受け入れられるかを考え続けていた。結局答えは見つからず、白川は死の恐怖に耐えられず心を壊してしまった。今からでも間に合う。白川を助けるためにも私に協力して」

矢島は赤城の訴えかけるような視線を避けた。

「俺には関係のない話だ。悪いがこれが最後だ。もう会うこともないだろう」

矢島は踵を返した。

「待ちなさい」

赤城の声が矢島の背中に響いた。

「私はあきらめないわ。あなたとはまた会うことになるでしょうね」

矢島は何も答えず、赤城の部屋を出た。事件の真相は今後の捜査でわかるだろう。後のことは弓成たちに任せればいい。もう自分にはやることはない。

矢島は研究室を出ると、まっすぐ喫煙所に向かった。

30

――二〇一九年五月十八日　土曜日
午前十時。矢島は的場とともに青海友愛病院を訪れた。ホスピス病棟の最奥、ナースステーションから最も遠い場所に閉鎖病棟があった。その一室、鍵付きの部屋には監視カメラが設置されている。
「面会が終わったら、ナースステーションに声をかけてください」

案内してくれた看護師は丁寧にお辞儀をして、病室から出て行った。

部屋は十畳程度の大きさで、医療用のベッドの横に大きな窓があり、窓からは東京湾が見渡せる。簡素なキッチンがあり広いスペースにソファーとテーブルが一組置かれていた。医療機器がなければ、病室とは思えなかった。

「患者の徘徊があるので、部屋に鍵をかけています。監視カメラも自殺企図を考慮して設置しています」

職員の説明の通りなのだろうが、どう使うかは病院次第だ。

矢島はベッドの上で横になり、じっと外を眺めている女性に目を向けた。見知らぬ人間が入ってきたにもかかわらず、微動だにせず、放心したように窓の外を見つめている。

「あれが本物の白川紬ですね」

的場の問いかけに、矢島は頷いたが、果たしてそうと言い切れるのだろうか。患者の名前は白川紬で、この病院に勤務していた医師だということもわかっている。銀色の髪を後ろで結び、肌は白く、化粧はしていない。赤城が演じていた白川になんとなく似ている。いや、赤城が似せていたのだろう。

矢島はベッドに近づいて、白川の顔を見た。静かな佇まいは、年齢よりも上に見える。目はガラス玉を入れたかのように生気を失っており、息をしていなければ、まるで人形のようだ。矢島は白川に顔を近づけた。

「白川紬さんですね」

女性は反応しなかった。声に気づいていないのか反応がない。矢島はもう一度耳元で名前を確かめた。わずかに顔が横を向いたが、言葉を発せず、虚《うつ》ろな目で矢島を眺めるだけだった。

「赤城教授からあなたのことを聞きました。あなたは赤城教授とともに『エンドレス・スリープ』に関わっていたのですか」

矢島の質問に答えることなく、白川は矢島を見つめていた。

的場が矢島と入れ替わるようにベッドの脇に寄り、白川の耳元で囁いた。

「あなたは立木教授が亡くなったのをご存じですか」

白川はやや表情を曇らせたが、沈黙したままだ。

「私の声が聞こえていますか」

白川は的場を見て、突然笑いだした。まるで子供がおもちゃを見るような笑みで、何もしゃべらず、顔を左右に傾けた。

会話が成立しないことには聴取にならない。的場がベッドから離れ矢島に言った。

「カルテの通り、統合失調症のようですね」

矢島は頷いてから、ため息をついた。

病院に来る前に令状を取り、白川紬のカルテを閲覧した。入院したのは一年ほど前。病名は重度のうつ病と統合失調症。症状には認知症に類するような記憶障害や離人症が見られる。確かに目の前の女性を見る限り、離人症がかなり進んでいるように見える。

入院後、投薬治療を続けているが、症状は改善されず、次第に感情や言葉を失っていった。

『エンドレス・スリープ』への関与があったかどうかは不明。後藤、赤城への聴取を進めているが、限界があり、やはり白川本人を聴取するしかなかった。そこで、矢島は弓成に白川の聴取を申し出た。

矢島は赤城の言葉を思い出した。

——彼女は生きているわ。ただし、もう白川紬ではない。

「もしこれが演技だとしたらたいしたもんだ」

つい口に出した言葉だった。次の瞬間、矢島は白川の表情に目を奪われた。これまで矢島の存在にさえ気づかなかった白川が、目を瞑ったのだ。何かを考えているように眉間に深い皺を浮かべている。矢島は白川にもう一度話しかけた。

「赤城を重要参考人として任意聴取している。捜査本部ではあなたの関与を疑っているが、こんな病状じゃあ逮捕も起訴も無理だろう」

白川の表情に変化はない。目を瞑ったままだ。

「だが、俺はあなたの追及をあきらめていない。カルテに書かれてあることが本当かどうかわからないが、精神疾患の病巣はCTや血液検査じゃわからないからな」

やはり表情に変化はない。声が届いているのかどうかもわからなかったが、矢島は続けた。

「俺が疑っているのは、あなたが赤城の計画に関与したかどうかじゃない。むしろ逆だ。あの計画は本当に赤城一人が考えたのか。本当は二人の共犯だったんじゃないのか」

わずかだが、眉間の皺が深くなった気がする。矢島はなおも続けた。

「俺は正直あなたと赤城が共犯かどうかなんて興味がない。ただ、あなたが赤城に自分の立場を利用させたとしたら、その目的は何なのかを知りたいだけだ」

的場が視線を向けた。誰にも話していなかったから当然だろう。このまま白川が黙秘を続ければ、警察は手を出せない。まして、カルテには精神疾患で入院と書かれている。ただ、それがあまりにも作為的に見えるのだ。

赤城はあくまでも白川の立場を利用して計画を立てたが、白川自身の関与はないと供述している。赤城と白川は同期生であることはわかっているが、それ以上の関係があったのかどうか、それがどんな関係だったのかはわかっていない。二人の目的は違うが、一致する部分もある。

警察としては赤城の犯罪性を検証し、検察に引き渡せばいい。白川が関与したかどうかは白川に任意聴取をして確かめればいいと考えている。つまり、赤城や後藤の供述の裏が取れれば、白川への容疑は不要と考えている。だが、矢島にはある疑念があった。それは赤城と白川は最初から結託していたのではないか、白川を逃がすために、赤城が演技をしたのではないか、という仮説だった。

白川は相変わらず目を閉じている。このまま何もしゃべらず、心の中に隠れているつもりだ。それならそれでいい。矢島は最初から白川をどうこうするつもりはない。ただ、赤城が言った白川を助けるために協力して、という言葉が気になった。赤城のあの言葉は本心だったのか。

自分の特異体質が本当に白川の助けになるのか。赤城の研究に付き合うつもりはないが、本物の白川紬に会うことで、確かめたかった。だが、白川は既にブレーカーが落ちた状態だ。これ以上何を聞いても、返答はないだろう。

「わかった。今日は帰る」

矢島がその場を離れようとした時だった。白川の口元が歪んだ。一瞬だったが、矢島は見逃さなかった。もう一度白川の顔を凝視した。すると歪んだ口元から涎《よだれ》が垂れた。白川は涎を拭いもせず、顔を歪めた。涎は口から糸を引き、ベッドの上にだらだらと垂れた。それを見て、矢島は思わずつぶやいた。

「たいした役者だ」

矢島は白川の顔から視線を逸らし、的場に言った。

「署に戻るぞ」

矢島は病室を出た。もう二度とこの病室には来ないだろう。そう思いながら、病棟の廊下を歩いた。無性に煙草が吸いたくなったが、矢島は喫煙室に寄らずに病院を後にした。

《主要参考文献》

『クライオニクス論　—科学的に死を克服する方法—』　清永怜信著　（ブイツーソリューション）
『まんがでわかるクライオニクス論』　監修　清永怜信　原作　橋井明広　漫画　高原玲　（文芸社）
『「人工冬眠」への挑戦　—「命の一時停止」の医学応用—』　市瀬史著　（講談社）
『死にゆく患者と、どう話すか』　明智龍男監修　國頭英夫著　（医学書院）
『安楽死を遂げるまで』　宮下洋一著　（小学館）
『キラリ看護』　川島みどり著　（医学書院）
『死ぬ瞬間　死とその過程について』　E・キューブラー・ロス著　鈴木晶訳　（中公文庫）
『看護師が流した涙』　岡田久美著　（ぶんか社文庫）
『死にゆく人の心に寄りそう　医療と宗教の間のケア』　玉置妙憂著　（光文社新書）
『死に逝く人は何を想うのか　遺される家族にできること』　佐藤由美子著　（ポプラ新書）
『医療事故に「遭わない」「負けない」「諦めない」』　石黒麻利子著　（扶桑社新書）
『エンジェルフライト　国際霊柩送還士』　佐々涼子著　（集英社文庫）
『こわいもの知らずの病理学講義』　仲野徹著　（晶文社）
『がんと向き合い生きていく』　佐々木常雄著　（セブン＆アイ出版）

『一人でできるはじめての戸籍の読み方・取り方』　千葉諭著　（翔泳社）
『身内が亡くなったときの届出と相続手続き』　相続手続支援センター編著　（日本実業出版社）

二〇二〇年三月　光文社刊

光文社文庫

エンドレス・スリープ

著者　辻《つじ》　寛《ひろ》之《ゆき》

2023年3月20日　初版1刷発行

発行者　三宅貴久
印刷　堀内印刷
製本　ナショナル製本

発行所　株式会社　光文社
〒112-8011　東京都文京区音羽1-16-6
電話（03）5395-8149　編集部
8116　書籍販売部
8125　業務部

ISBN978-4-334-79505-4　Printed in Japan

組版　萩原印刷